KB017178

사랑을 더 잘 주고받는 법을 배우는 것,
이것이 우리 인생 계획이 잘 이뤄지고 있는지
알 수 있는 시금석이다.

태어나기 전 사랑을 계획하다

2023년 1월 10일 초판 1쇄 발행. 로버트 슈워츠가 쓰고 추미란이 옮겼습니다. 도서출판 샨티에서 박정은이 펴냅니다. 편집은 이홍용이 하고, 표지 및 본문 디자인은 김현진이 하였으며, 이강혜가 마케팅을 합니다. 인쇄 및 제본은 상지사에서 하였습니다. 출판사 등록일 및 등록번호는 2003. 2. 11. 제2017-000092호이고, 주소는 서울시 은평구 은평로3길 34-2, 전화는 (02) 3143-6360, 팩스는 (02) 6455-6367, 이메일은 shantibooks@naver.com입니다. 이 책의 ISBN은 979-11-92604-11-4 03800이고, 정가는 17,000원입니다.

태어나기 전 사랑을 ★계획하다

로버트 슈워츠 지음
추미란 옮김

【샨티】

세상은 우리의 감각이 더 날카로워지기를
인내심 있게 기다리는 마술 같은 일들로 가득하다.
—W.B. 예이츠

나를 사랑하고 내가 사랑해 마지않는

내 영혼의 짝, 리즐,

애초에 이 책을 가능하게 해준

비물질 세상의 우리 팀,

그리고 자신의 이야기를 나눠준

트리시아,

앤드루,

알렉사, 호르헤, 루카,

캐시,

사라, 짐

그리고 이들이 사랑하는 존재들에게

이 책을 바칩니다.

차례

프롤로그 8

01 외도 15

트리시아 이야기 17
트리시아의 전생 영혼 퇴행 24
트리시아의 생과 생 사이로의 영혼 퇴행 34
코비와 함께한 트리시아의 세션 46

02 성 기능 장애 59

앤드루 이야기 61
앤드루의 생과 생 사이로의 영혼 퇴행 66
스테이시와의 세션 85

03 차원 간 양육 107

알렉사 이야기 110
예수아 및 호르헤와의 대화 122
알렉사와 호르헤의 탄생 전 의도에 대해 좀 더 알아보다 130
차원 간 양육의 또 다른 이유들 135
알렉사의 생과 생 사이로의 영혼 퇴행 150

04 싱글로 살기 165

캐시 이야기 167

아론 및 신성한 어머니와 함께한 캐시의 세션 174

캐시의 생과 생 사이로의 영혼 퇴행 203

05 금욕적 관계 227

사라 이야기 230

사라의 생과 생 사이로의 영혼 퇴행 240

파멜라, 예수아와 함께한 사라의 세션 258

에필로그 287

감사의 말 289

옮긴이의 말 291

부록: 영매와 채널 294

독자들께 드리는 부탁의 말씀 295

프롤로그

여러 해 전 나는 무기력의 극단을 달리고 있었다. 내 나이 마흔 살 때였다. 직장을 다니고는 있었지만, 단조롭고 아무런 의미도 찾을 수 없는 일이었다. 연애도 하고 싶었지만 어쩐지 잘되지 않았다. 그날이 그날 같은 공허한 일상을 아무 목적도 없이 마지못해 떠밀리듯 살고 있었다. 나는 내가 왜 이 땅에 있는지 그 이유가 궁금했다. 하지만 도무지 알 수 없었다. 아니, 그 답을 얻는 방법을 몰랐다. 때때로 '이제 그만하고 싶다'는 생각이 들었다. 그만 집Home으로 돌아가고 싶었다.

그렇게 삶의 의미를 찾던 중 한 심령술사psychic medium와 첫 세션을 하게 되었다. 그녀가 내 길잡이 영spirit guide을 불러냈는데 그 영이 나에게 내가 태어나기 전 영적인 성장을 위해 이번 생에서 아주 큰 도전을 계획했다는 말을 들려주었다. 그 후 얼마 되지 않아 자신의 영혼을 불러오는 능력이 있다는 어느 여인을 만나게 되었다. 열다섯 시간 정도 채널링을 하면서 그녀의 영혼은 우리가 태어나기 전 어떻게 삶의 계획을 세우는지 자세히 설명해 주었다. 그렇게 탄생 전 계획pre-birth planning이라는 개념에 대해 처음 들었고, 그때 내 마음속에서 부인할 수 없는 어떤 강하고 분명한 울림이 느껴졌다.

그 비슷한 시기에 나는 이른바 '영적 변형'이라 불릴 체험을 하나 했다. 어느 날 그저 시내를 걷고 있었을 뿐인데 거리의 모든 사람들을 향한 조건 없는 순수한 사랑에 압도된 것이다. 그것은 부모나 자식, 연인에게 느끼는 것과는 근본적으로 다른 사랑이었다. 그것은 신성하고 초월적이며 무한한 사랑, 모든 것을 아우르며 거기에 완전히 몰입하게 되는 사랑이었다. 나는 그것이 내 영혼이 나에게 "이 사랑이 바로 너다"라고 말해주는 것임을 직관적으로 알았다. 그것은 진정 선물 같은 경험이었다.

나는 회사를 그만두었고, 몸을 갖고 태어나기 전에 우리가 왜 인생의 커다란 도전들을 계획하는지 책으로 써보기로 마음먹었다. 그리고 몇 년에 걸쳐 《웰컴투 지구별*Your Soul's Plan*》(한국어판 제목—옮긴이)과 《당신 영혼의 선물*Your Soul's Gift*》을 썼고, 지금 당신이 읽고 있는 이 책도 쓰기에 이르렀다. 이 책들을 쓰는 동안 나는 내 고유의 '나' 자신으로 살기 시작했고, 그 이전의 나라면 도저히 상상할 수 없고 이해할 수 없을 대단한 충족감을 느꼈다. 그리고 이 책들을 위한 자료 조사를 하는 동안 인간의 고통이 그때그때 아무 이유 없이 닥치는 게 결코 아니란 걸 알게 되었다. 사실 그 반대이다. 우리가 겪는 고통에는 커다란 의미가 들어 있다. 그렇게 이해하자 나는 깊이 치유되었다. 나는 당신도 나처럼 치유되기를 바란다. 이것이 내가 책들을 쓴 이유이다.

오직 하나의 단순하고 직선적이며 구체적인 인생 계획만, 이른바 플랜 A만 있는 것이 아님을 꼭 알아야 한다. 플랜 A도 있지만, 플랜 B도 있고 C, D, E……도 있으며, 인간 뇌의 역량으로는 온전히 이해할 수 없는 수많은 다른 계획들도 있다. 우리 영혼soul은 인간으로 태어난 우리가 자유 의지로 수많은 다양한 선택을 할 것을 고려해 이런 추가 계획들을 세워놓는다. 우리는 모두 자유 의지를 갖고 있다. 그리고 지구라는 학교에서의 경험을 진정 의미 있게 하는 것이 바로 이 자유 의지이다. 자유 의지가 없다면 우리는 진정으로 배울 수 없는, 아니 배움 자체가 불가능한 로봇이나 다름없다.

플랜 A는 에너지 진동수가 가장 높은 계획이다. 즉 우리 인격체personality(육체 안에 있는, 영혼 에너지의 일부분)가 매 순간 가장 큰 사랑에 입각해서 결정을 내리는 삶이다. 이 경우 인격체와 영혼 사이에는 진동수에 아무런 차이도 나지 않는다. 기본적으로 영혼은 에고 또는 작은 자아에 의해 희미해지거나 변경되는 것 없이 육체 속에 온전히 거주하며 평생을 산다. 이런 플랜 A는 성인聖人이나 깨달은 자들이 영위하는 삶이다. 우리 대부분은 사랑을 거스르는 결정들을 적어도 몇 번, 아니 수없이 많이 내리며 살아간다. 이 사랑을 거스르는 결정들이 자신과 타인에게 고통을 가져다준다. 하지만 의식적인 삶을 살아간다면 그러한 결정들은 결국 치유와 확장을 부르고 우리의 사랑하는 능력을 크게 강화하는 결과로 이어진다. 그렇기에 실수는 '나쁜' 것이 아니다. 사실 우리는 바로 그런 실수를 하기 위해서 여기에 태어난다. 실수는 곧 성장이고, 그렇게 성장할 때 우리는 세상과 동료 인간들에게 봉사할 수 있다.

가장 높은 진동수의 플랜 A를 달성하는 데 최고의 방법은 '현재에 살기presence'와 '받아들이기acceptance/감사하기gratitude'를 함께 하는 것이다. 이 조합이야말로 하늘이 준 조합이라 할 수 있다. 온전히 현재에 머물면서 지금 일어나고 있는 일이 무엇이든 그것에 감사할 때, 최소한 그것을 받아들일 때, 우리는 우주의 무한한 가능성의 장場 속으로 들어간다. 다시 말해 현재에 존재하며 받아들이거나 감사할 때 우리는 우주에 온 힘을 다해 "네!"라고 대답하는 것이다. 치유하겠느냐는 물음에 "네", 더 깊이 이해하고 싶으냐는 물음에 "네", 안내를 받겠느냐는 물음에 "네", 풍요나 건강, 영적 깨달음을 얻겠느냐는 물음에 "네", 모두에게 최선의 결과를 가져다줄 창조적인 해결책을 찾겠느냐는 물음에 "네"라고 대답하는 것이다.

삶에 그렇게 힘차게 "네!"라고 대답하려면 삶과 우주를 신뢰하고 그 선함을 믿어야 한다. 우리는 이 믿음과 신뢰를 여러 방식으로 계발할 수 있다. 그 중 가장 중요하고 가장 도움되는 방법이 바로 태어나기 전에 우리가 계획한 도전거리들이 의미와 목적으로 가득함을 아는 것이다. 궁극적으로 나는 그런 앎으로 당신을 인도하고 싶은 마음에 이 책을 썼다.

내 이메일 뉴스레터를 받아보는 사람이라면(아직 받고 있지 않다면 www.yoursoulsplan.com에 와서 신청하기 바란다) 내가 그동안 사람들에게 나의 아내 리즐Liesel이 하는 채널링(의식 수준이 뛰어난 비물질 존재와의 교신 행위. 채널러는 이런 교신 행위를 하는 사람을 일컫는다—옮긴이) 작업을 알려왔음을 잘 알 것이다. 리즐은 현명하고 사랑 가득하고 자비심 깊으며, 통합된 하나의 의식 상태에 있는, 우리가 빛의 존재들Beings of Light이라고 부르는 비물질 존재들의 집단 의식을 전달하는 일을 하고 있다. 이 존재들이 탄생 전 계획에 대해 이렇게 말한 바 있다.

"우리는 현재 순간 알아차리기 연습과 당신의 작업을 하나로 묶는 일에 매료되어 있습니다.

머리로만 생각하면 이 말은 모순처럼 들릴 수 있습니다. 하지만 꼭 그렇지는 않습니다. 현재에 사는 것(지금 순간에 존재하는 '동시에' 지금 순간에 있는 것을 받아들이고 그것에 감사하는 것)은 여러분이 태어나기 전에 계획한 것 중 그 최고 버전이 실제로 작동하게 하니까요.

이전에도 말한 바 있지만, 우리의 언어를 영어라는 언어로 바꾸는 일은 무한한 수의 단어를 몇백 개 안 되는 단어로 정제해 내는 것과 비슷합니다. 마찬가지로 탄생 전 계획 안에는 기본적으로 무한한 수의 실제 계획들이 순서를 이루고 나열되어 있습니다. 인간의 마음에는 이것도 모순처럼 보일 겁니다. 무한한 수의 가능성이 있다면 그것을 엄밀히 계획이라고 할 수는 없을 테니 말입니다. 하지만 우리는 이것도 여전히 계획이라고 분명히 말씀드립니다.

이 계획들 자체는 모두 우리가 '가능성의 다차원 곡선 probabilistic, multidimensional curve form'이라고 부르는 것 안에 들어가 있습니다. 다차원 곡선이란 간단히 말해 수학과 통계학에서 볼 수 있는 벨 커브bell curve(종형 곡선) 그래프로 상상하면 좋을 겁니다. 탄생 전 계획들 중에는 실제로 일어날 가능성이 매우 커서 가능성의 벨 커브 중앙의 가장 높은 곳에 분포해 있는 것도 있고 가능성이 낮아서 벨 커브의 가장자리(양쪽 낮은 곳)에 위치하는 것도 있습니다. 현재에 살고 자신의 영혼과 깊게 진정으로 연결되는 것은 많은 사람에게는 가능성 벨 커브의 가장자리에 위치하는, 즉 자주 일어나지 않는 일일 것입니다. 하지만 현재에 살고 자신의 영혼과 깊게 진정으로 연결되는 것이 (어떤 순간이든 선택할 수 있는) 최고의 탄생 전 계획과 에너지적으로 정렬하는 가장 좋은 방법입니다.

가능성의 벨 커브 안에는 당신이 선택할 수 있는 다른 어떤 계획보다 우주와 더 '동조'하게 하는 계획들이 있습니다. 모든 선택이 결국에는 배움과 깨달음으로 이어지지만, 배움과 깨달음으로 가는 길에는 분명 훨씬 덜 우회하는 길이 있습니다. 당신이 선택할 수 있는 길 가운데 가장 깊은 자아Self, 현존Presence, 영Spirit, 의식Consciousness과 가장 잘 정렬된 길들이야말로 우회로가 가장 적은 길, 따라서 가장 빠른 길입니다."

달리 말하면 탄생 전 계획의 대다수는 확실성이 아니라 가능성이나 개연성으로 설정되어 있다는 말이다. 인생 계획은 유동적이고 유기적有機的이며 프랙털fractal 영상처럼 어떻게 변할지 모른다. 특정 계획이 실현되느냐 아니냐는 개인의 자유 의지에 의한 결정, 지금 순간 그 사람의 에너지 진동 상태, 외부적인 사건, 즉 일견 분리된 듯 보이는 '타인들'이 자유 의지로 만들어낸 결정들에 달려 있다. 온전히 현재에 존재한다면 에너지 진동수가 가장 높은 플랜 A가 자연스럽게 드러나 이 지구 차원에서 실현될 수 있다. 인생 계획의 이 버전(플랜 A)이야말로 깊은 충족감과 기쁨을 맛보고, 자기를 실현하며 타인을 충심으로 섬기는 데 가장 덜 고되고 가장 덜 고통스러운 길이다.

이 책은 탄생 전 계획들, 즉 우리가 삶에서 만나는 주된 도전거리들을 알아보는 시리즈의 세 번째 책이다. 이 책에서 우리는 애정 관계 또는 애정이 없는 관계에서 발생하는 영혼 수준의 계획(도전거리)들을 살펴볼 것이다. 이전의 두 책에서처럼 영매와 채널러를 통해 지혜롭고 연민 가득한 비물질 존재들과 대화하게 될 것이고 그 과정에서 치유를 부르는 통찰과 깨달음의 정보들을 얻게 될 것이다. 바바라 브로드스키Barbara Brodsky가 아론Aaron(상승한 마스터ascended master)과 신성한 어머니The Divine Mother(성모 마리아, 관음觀音 보살 등 우리 우주 내 최고의 여성 의식들이 합쳐진 존재)를 채널링할 것이고, 코비 미틀라이트Corbie Mitleid는 어떤 사람의 영혼 혹은 더 높은 자아를, 스테이시 웰즈Staci Wells는 자신의 길잡이 영을, 파멜라 크리베Pamela Kribbe는 예수아Jeshua라는 히브리 이름을 쓰는 예수를 채널링할 것이다.

그리고 내 전문 분야로 최면 요법의 한 형태인 '생과 생 사이로의 영혼 퇴행Between Lives Soul Regression(BLSR)'(생과 생 사이의 시간으로 가보는 것—옮긴이)과 전생 퇴행past life regression을 통해 추가적인 지혜도 얻게 될 것이다. 이 요법들을 통해 우리는 (종종 원로 위원회Council of Elders라고도 하는) 고도로 진화한 비물질 존재들과 직접 대화도 할 수 있다. 이들은 현재 생을 위해 우리가 무엇을 왜 계획했는지, 그 계획을 이루기 위해 어떻게 하고 있는지, 어떻게 하면 그 계획을 더 잘 이룰 수 있는지 알고 있다. 최면 세션은 '생과 생 사이로의 영혼 퇴행' 안에 짧은 전생 퇴행을 포함하는 방식으로 진행된다.

당신은 이 책에서 자신과 자신의 인생을 볼지도 모른다. 이 책에 등장하는 용감한 영혼들처럼 당신도 치유되고 더 지혜로워지기를 바란다.

01

외도

버림받음, 놓아버림, 그리고 조건 없는 사랑을 배우기 위한 트리시아의 선택

"이 물질 세상에서 우리를 가장 괴롭히는 자가 대개 우리 영혼 그룹에서는 가장 강력한 사랑과 가장 큰 신뢰를 나누는 존재이다. 태어나기 전 트리시아는 자신이 가장 신뢰하는 사람이 자신을 위한 배신자 역할을 가장 잘할 것임을 알고 있었다."

★★★

조사에 따르면 일부일처제 관계에 있는 성인 다섯 명 중 거의 한 명꼴로 부정不貞 행위를 저지른다. 평생 한 번은 바람을 피운 적이 있다고 인정한 사람은 두 명 중 거의 한 명꼴이다. 외도는 알려지면 신뢰를 깨고 의심과 혼란, 분노, 배신감을 낳으며, 어쩌면 자신이 부족하다는 느낌을 불러일으킬 수도 있다. 외도하는 당사자라면 죄책감에 괴로울 수 있고, 심하면 자기 혐오에 빠질 수도 있다. 수년 동안 키워온 사랑과 연대감이 외도로 하루아침에 무너지기도 한다.

외도가 그렇게 흔한 것을 볼 때 나는 외도가 태어나기 전에 계획되는 경우가 종종 있지 않을까 하는 생각을 했다. 하지만 대체 어떤 영혼이 배신을 당하고 싶겠는가? 그리고 또 어떤 영혼이 자진해서 배신자가 되고 싶겠는가? 배신하고 배신당하는 고통스러운 경험이 대체 어떻게 영혼의 진화를 부른단 말인가? 그리고 태어나기 전에 그것을 미리 계획했다는 걸 알게 된다고 해서 그게 배우자의 부정에 따른 상처를 치유하는 데 도움이 될까? 이런 의문들을 파헤쳐보기 위해 나는 트리시아Tricia를 만나 그녀가 겪은 남편의 외도 이야기를 들어보았다.

트리시아 이야기

트리시아는 나와 대화할 당시 일흔 살이었다. 이미 세상을 떠난 남편 밥Bob과 둘 다 30대 초반일 때 처음 만났는데, 트리시아는 첫 데이트 때부터 바로 '이 사람이다'라는 확신이 들었다고 했다.

"그냥 서로에 관해 묻기를 멈출 수가 없었어요." 트리시아가 회상에 젖어 말했다. "저녁을 먹던 레스토랑이 문을 닫을 때까지 이야기를 나누다가, 한밤중이 되도록 밤거리를 걷고 또 걸으면서 웃고 재잘댔죠. 드디어 내 짝을 찾은 것 같았어요. 밥은 정말 유쾌하고 활기 넘치는 남자였죠! 함께 밤하늘의 별들을 보고 있는데 그때 그가 키스해도 되느냐고 묻더라고요. 얼마나 좋던지! 나는 당연히 된다고 했죠. 무릎이 떨리고 정신이 아득해졌죠. 그런 기분은 처음이었어요. 예전부터 알던 사람 같았죠. 그날부터 바로 사귀었어요." 트리시아와 밥은 사귄 지 넉 달 만에 결혼했다.

"그때는 다 좋기만 했어요." 트리시아가 말했다. "신혼 여행을 하와이로 갔는데, 누가 우리 방에 들어와 돈을 모두 훔쳐간 거예요. 그래도 우리는 그냥 웃기만 했죠."

그 후로 17년 동안 트리시아와 밥은 행복한 결혼 생활을 이어갔다. 원한 것은 다 가진, 아니 그보다 훨씬 더 많이 가진 결혼 생활이었다. 그러다 어느 날 갑자기 뭔가가 바뀌었다.

"어느 날 한 회의에 다녀오더니 밥이 그 회의에서 만난 클레어Claire라는 여자 이야기를 하는 거예요. 밥의 몇몇 동료들로부터 그 이름을 들어본 적이 있는 여자였는데, 젊고 예쁘고 건강미 넘치는 싱글이라고 들었어요. 그 여자가 자신에게 쪽지를 주었다며 밥이 싱글벙글하더라고요. 내가 '그 여자가 당신에게 쪽지를 왜 줘?' 하니까, 밥이 퉁명스럽게 '그걸 내가 어떻게 알아?' 하고 툭 쏘아붙이더니(그런 적은 처음이었죠) 소파에서 벌떡 일어나 쿵쾅거리며 나가버리더군요.

다른 의심스러운 점도 많았어요. 한번은 정말 너무 노골적이었는데, 그의 옷에 정액이 묻어 있었어요. 착한 건지 그를 너무 사랑한 건지 나는 그냥 '창피해할 수도 있으니 말은 하지 말아야지. 아프지만 않으면 됐지 뭐'라고 생각했다니까요. 그 정도로 순진했어요."

트리시아는 밥이 클레어와 함께 있는 악몽을 꾸기 시작했다. 꿈속에서 밥은 트리시아에게 "당신을 떠나고 싶어. 더 이상 당신을 사랑하지 않아. 클레어를 사랑해"라고 말했다. 트리시아가 밥에게 그 꿈 이야기를 하자, 밥은 "당신이 그렇게 힘들어하니 내 마음이 안 좋네"라고만 할 뿐 그럴 이유가 없다는 말은 하지 않았다.

"한번은 클레어가 참석하는 회의를 마치고 돌아온 밥이 나에게 키스를 하려고 했어요. 그런데 그에게서 향수 냄새가 나더라고요. 내가 뒤로 물러서며 그랬죠. '뭐야? 기분 나쁜 냄새가 나!" 그랬더니 밥이 친구들과 레스토랑에 갔는데 여종업원이 자신에게 들러붙었다는 둥 말도 안 되는 변명을 하더군요."

그 후 얼마 안 가 밥은 직장 일이 즐겁지가 않다며 오레곤으로 이사를 하고 싶다고 했다. 트리시아는 그러자고 했다. 이사 후 밥은 마음에 드는 다른 직장을 구했다. 그리고 다시 10년이 흘렀다. 트리시아에 따르면 그 10년은 "다시 찾은 동화 같은 날들"이었다. 분란거리는 다 잊힌 듯했다.

그러던 어느 날 밥은 수첩에 일기 같은 걸 쓰고 있고 트리시아는 침대를 정돈하며 잘 준비를 하던 때였다. 그때 트리시아는 왠지 감정이 복받쳐 올랐다면서 이렇게 말했다. "뱃속 깊은 곳에서 뭔가가 치솟듯 올라와 숨을 쉴 수가 없었어요. 밥이 '당신 괜찮아?'라고 물었고, 나는 '아니, 안 괜찮아!'라고 했죠. 내 목소리가 굉장히 낯설었어요. 나는 '너무 화가 나. 그러니 당신이 그 이야기를 해줘야겠어. 클레어와 있었던 일을 전부 말해주면 좋겠어'라고 했죠. 이미 10년이나 지난 일을 말예요. 그동안 우리는 클레어라는 이름은 입 밖에 꺼내지도 않았어요. 그만큼 이미 오래전에 잊힌 사람이었죠. 나는 내가 왜 그런 말을 하고 있는지 알 수 없었어요. 그것은 마치 무슨 연극 대사를 읊는 것 같았어요. 밥이 놀라서 눈이 휘둥그레지더군요. 그러곤 수첩을 내려놓았어요. 괴로운 표정이었죠. 그러고는 '그냥 키스 몇 번 했던 것뿐이야'라고 했어요. 나는 그에게 전화기를 집어던지고 그의 얼굴을 때렸죠."

결국 밥은 클레어와 1년 동안 바람을 피웠다고 인정했다.

"나는 바닥에 쓰러졌어요. 죽을 것 같았죠! 그날 밤새도록 대화를 했네요. 속이 안 좋아서 토할 정도로요. 난생처음 욕을 하고 소리를 질렀고요. 남편 표정이 변하는 걸 볼 수 있었죠. 머릿속에서 '그를 안아줘, 그냥 사랑해 줘' 하는 소리가 들렸지만 무시했어요. 밥은 후회하고 자책하며 괴로워했고요."

트리시아는 그 후 몇 주 동안 매일 밤마다 밥에게 소리를 질렀다. "트리시아, 내가 어떻게 해주면 좋겠어?" 하고 밥이 물으면, 그녀는 "죽어버려. 그럼 좋겠어!"라며 소리를 질렀다.

그리고 여섯 달 후 밥은 몸이 좋지 않은 걸 느꼈다. 조직 검사 결과 가장 공격적인 형태의 전립선암이라는 진단이 나왔다. 살날이 석 달 정도 남았다고 했다.

트리시아는 더 이상 화를 낼 수가 없었다. 트리시아는 호스피스 침대를 거실로 옮겨 밥이 침대에서 TV도 보고 창밖의 새들도 볼 수 있게 했다. 그리고 자신은 침대 옆 바닥에 이불을 깔고 잤다. "그를 위해서 뭐든 다 했죠. 간호는 물론이고 목욕도 시켜주고 음식도 먹여주고요." 트리시아와 밥은 옛날 사진도 꺼내 보고, 함께 영화도 보고, 둘이 가장 행복했던 시절 이야기도 나눴다. 그리고 치유를 위한 방법도 찾았다.

"우리는 기억 속 과거로 돌아가 그때 그렇게 했다면 좋았을 걸 하지 않고 지나가 버린 것들을 실제로 해보았어요. 서로에게 해줬으면 좋았을 말도 해주고요. 그리고 문제의 그날도 밥이 평소처럼 퇴근한 거라고 생각했어요. 그리고 그가 나한테 '오늘 어떤 여자한테 잠깐 끌렸었어'라고 말하는 거죠. 실제로 그런 대화를 주고받았어요. 그때 정말 그렇게 말했다면 별일 없이 행복하게 살았을 수도 있었겠죠. 우리는 그렇게 우리 나름으로 당시의 실수를 만회했어요. 그런데 그게 치유력이 참 좋더라고요. 그렇게 연기를 한 번 할 때마다 쓰라리던 상처가 하나씩 사라졌으니까요."

트리시아의 분노는 그렇게 서서히 사라졌다.

"밥에게 그를 완전히 용서했다고 말해주었고, 정말로 그렇게 했어요. 그리고 그동안 살면서 어디서도 보지 못했던 걸 그에게서 보았죠. 바로 조건 없는 사랑이요, 나에 대한 절대적이고 무조건적인 사랑 말이에요."

의사의 진단대로 밥은 석 달 후에 죽었다.

"밥은 내 가슴속에 살아있어요." 이렇게 말하는 트리시아의 목소리가 부드러웠다. "그가 여기에 있다는 걸 알아요. 그가 하는 말을 들을 수 있어요. 정말 그의 목소리가 들릴 때도 있고, 단지 느낌이 그럴 때도 있어요."

이 말에 앞서 트리시아는 밥의 외도가 탄생 전에 세 사람 모두에 의해서 계획된 것이었다고 믿고 있다는 말을 했다.

"트리시아, 그렇다면 당신 세 사람은 왜 그런 경험을 하고 싶었던 걸까요?" 내가 물었다.

"밥은 이번 생을 자신을 위해 사는 데 바치고 싶었어요.(그런 말을 그가 했었죠.) 필요하다면 싫다고 말하고, 남들한테 이용당하길 거부하고요." 나는 밥이 지금 자신이 그 연습에 실패했다고 느끼고 있지는 않은지 궁금했다. 어쩌면 지금 밥은 다음 생에는 "꼭 그렇게 살겠다"고 생각하며 준비하고 있을지도 모른다. 트리시아가 말했다.

"내 경우에는 조건 없는 사랑을 배우기 위해 여기로 왔어요. 밥이 나의 큰 스승이었죠. 그를 통해서 나는 조건 없는 사랑이 무엇인지 배웠어요. 젊었을 때 나는 다른 사람들에게 상처를 많이 줬죠. 사귀던 남자들을 일방적으로 차버리기도 하고 바람도 피우고요. 한번은 결혼한 남자와도 사귀었어요. 내가 무슨 짓을 하고 있는지 그때는 몰랐어요. 나의 무분별한 행동이 누구에게는 얼마나 잔인할 수 있는지 직접 당하고서야 뼈저리게 배운 거죠.

사실 클레어하고도 몇 번 만나서 이야기를 나눴어요. 클레어는 자기가 무력하다는 느낌 속에 살고 있다고 하더군요. 그런 무력감에서 벗어나기 위해 자기가 할 수 있는 일은 남자든 여자든 혹은 가족이든 자신의 명령대로 하게 만드는 것뿐이었다고요. 그렇게 만들면 힘이 느껴지고 자신감이 생겼으니까요. 클레어는 세상이 자신을 싫어한다는 느낌을 극복하려고 이 땅에 온 것 같았어요. 처음 만났을 때는 아직 거기에서 헤어 나오지 못한 상태였어요. 몇 년 전 마지막으로 만났는데, 그때는 훨씬 지혜로워져 있었고 나한테도 매우 친절했죠. 이 경험을 통해 우리가 얻은 치유는 정말 강력했어요. 모두의 인생이 바뀌었으니까요."

"트리시아, 이 책에서 당신 이야기를 읽는 사람 중에도 파트너의 외도로 인해 상처받고 괴로워하는 사람이 있을 거예요. 그리고 당신 말을 듣고, '다 우리가 계획한 거니까 상대방이 외도를 해도 괜찮다고 말하는 것 같군. 하지만 나는 그런 것 같지 않아. 나는 화가 나서 미칠 것 같고 힘들어!'라고 생각할 수도 있을 것 같아요. 이들에게는 뭐라고 하시겠어요?"

"나도 그 일 한가운데에 있을 때는 그게 세상에서 제일 끔찍하고 슬픈 일 같았어요. 영화라면 그야말로 세상 최악의 비극이었죠. 그런데 엔딩은 그야말로 놀라운 반전이었죠. 나를 다시 태어나게 했으니까요." 트리시아가 대답했다.

트리시아의 이 말을 듣고 있자니 인생의 큰 시련을 딛고 일어서 마침내 치유를 이루어낸 내 클라이언트들이 떠올랐다. 시련의 한가운데에 있다면 무엇보다 그 고통을 인정하고 존중하고 온전히 느끼는 것이 중요하고 또 필요하다. 용기를 내어 그럴 수 있었던 사람들은 몇 년

후가 되면 그 문제가 자신의 진화에 꼭 필요했다고 말한다.

그때 트리시아가 내게 깜짝 놀랄 말을 해주었다. 클레어와의 외도가 하나의 가능성으로서 세 사람 모두에 의해 태어나기 전에 계획된 것이었다고 밥이 말한 적이 있다는 것이었다.

"언제 그런 말을 했나요?" 내가 물었다.

"죽기 며칠 전 침대에 누워 있을 때요."

"그가 그걸 어떻게 알았을까요?"

"밥은 가끔 그가 '저쪽 세상other side'이라고 부른 곳으로 가곤 했어요. 그곳에 갔다 오면 눈이 반짝반짝 빛났고, 인간은 태어나기 전에 자기 인생을 계획하면서 영적으로 성장하기 위해 어떤 일들을 마주칠지 대본을 쓰는데, 그 대본대로 살지 말지는 우리가 자유 의지로 정한다고 말하곤 했죠."

나는 트리시아에게 지금 파트너의 외도로 괴로워하는 사람에게 또 해주고 싶은 말이 있는지 물었다.

"그 사람들이 지금 어떤 심정인지 잘 알아요. 당시 나는 남편이 나를 사랑하지 않아서 그런 게 아니라고 나 자신에게 계속 말해줬는데, 그게 위로가 됐어요. 남편이 바람을 피운 건 나를 사랑하지 않아서나 나에게 상처를 주고 싶어서, 혹은 그가 나쁜 사람이어서가 아니고, 스스로 해결해야 할 자기만의 약한 부분이 있어서였어요. 당신은 여전히 당신 파트너가 사랑하는 바로 그 사람이고, 당신 파트너도 여전히 당신이 사랑하는 바로 그 사람이에요. 그걸 보기 바랍니다."

트리시아의 전생 영혼 퇴행

트리시아, 밥, 클레어가 태어나기 전에 밥의 외도를 정말 계획했는지 확인하기 위해 트리시아와 나는 전생 영혼 퇴행Past Life Soul Regression을 시작했다. 나는 늘 하듯이 긴장을 풀어주는 여러 단계를 거쳐 트리시아가 머릿속으로 계단을 내려가 '기록의 저장소Hall of Records'로 들어가게 했다. 트리시아는 기록의 저장소 복도를 따라 천천히 걷다가 뭔가 주의를 끄는 문 앞에 섰다. 나는 그녀에게 문을 열고 그 문 뒤에 있는 전생으로 들어가 보라고 했다.

"들어갔나요?" 내가 물었다.

"네, 둥근 탁자와 의자들이 있는 꽤 넓은 카페에 들어왔어요. 계산대가 있고 계산대 뒤에 사람들이 있네요. 낮이에요. 창문을 통해 빛이 들어오고 있어요. 나는 혼자예요. 덥고 공기가 좀 답답합니다. 담배 연기 때문인지 냄새가 좀 고약해요.

나는 구두를 신고 있어요. 엄청 예쁜 건 아니고, 평범한 구두예요. 치마를 입고 나일론 스타킹을 신었고요. 치마 끝자락이 느껴져요. 그리고 아주 선명한 빨간색 블라우스에 갈색 여성 재킷을 입고 있어요. 직장인에게 잘 어울리는 복장입니다. 치마와 재킷이 잘 어울려요. 손톱이 잘 정리되어 있고, 오른팔에는 팔찌를 왼쪽 손에는 반지를 끼고 있어요. 금반지예요. 반지 두 개를 같이 끼고 있어요. 작은, 아주 작은 보석이 박혀 있는 것 같아요."

나는 트리시아에게 거울을 보고 있다고 상상해 보라고 했다. "당신 얼굴이 어떤가요?"

"젊은 여자네요. 매력적이에요. 빨간 립스틱을 발랐고요. 모자도 썼어요. 머리칼이 어깨까지 내려오는데, 웨이브가 있고 검은빛이에요. 피부톤이 매우 밝아요. 아담하고 날씬해요."

"이제 거울이 사라졌어요. 지금은 무엇을 하고 있나요?" 내가 부드럽게 물었다.

"카페 안의 테이블들을 보고 있어요. 나는 긴장하고 있고 아주 감정적인 상태예요. 두렵기도 하고, 불행해요. 누군가 그곳에 올 예정이에요. 나는 그를 만날 거예요. 오른쪽 팔에 핸드백을 걸고 있어요. 핸드백을 열어서 손수건을 꺼내요. 창문 밖으로 사람들이 지나가네요. 방금 모자를 쓴 남자 한 명이 지나갔어요. 계산대에 신문이 놓여 있어요. 나는 아주 천천히 안쪽으로 들어가다가 멈추고 주위를 둘러봐요. 몹시 긴장하고 있어요. 칸막이가 있네요. 높은 의자에 한 여인이 앉아 있어요. 그 조금 뒤에는 두 남자가 무언가를 마시고 있고요. 아주 조용해요. 한 남자가 일어나서 문 쪽으로 걸어와요."

"그 사람이 당신이 만날 사람인가요?"

"아니요."

"당신이 만나기로 한 사람은 나타났나요?"

트리시아가 장면들을 더 넘겨보느라 조용했다.

"아니요."

"그 사람이 나타나지 않았는데 기분이 어때요?"

"기분이 아주 나빠요!" 그녀가 말했다. 목소리에서 고통이 묻어났다. "배신당하고 버려진 것 같아요. 너무 슬퍼요. 너무너무 슬퍼요."

"누구를 만날 예정이었나요?"

"나에게 매우 중요한 사람이요." 그녀가 울기 시작했다. "그 사람은…… 내 남편이에요. 자기가 떠났다는 걸 그런 식으로 나에게 말해주고 있어요. 나는 지금 그걸 알고 있어요. 지금 알게 됐어요. 확실히요. 그러지 않기를…… 너무도 바랐는데."

"트리시아, 나타나지 않은 그 사람의 에너지를 느껴봐요. 당신 남편이었던 그 사람을 이번 생에서도 만났나요?"

"네." 그녀가 떨리는 목소리로 말했다. "밥이에요, 밥!" 그녀가 흐느끼기 시작했다.

"밀려오는 감정을 모두 허락하세요. 눈물은 영혼을 정화하고 치유합니다." 내가 말했다.

나는 몇 분 동안 트리시아가 실컷 울도록 놔두었다. 흐느낌이 잦아들자 나는 그녀에게 그 생의 다음 장면으로 넘어가 보라고 했다.

"인도에 서 있어요. 나무가 있고 아름다워요. 공원 같아요." 이제 트리시아가 기분이 좋은 듯 말했다. "날이 아주 좋아요. 공기를 흠뻑 들이마시며 행복한 기분으로 걷고 있어요. 내 앞에서 어린 소년이 자전거를 타고 있어요. 나는 그 소년에게 손을 흔들어요. 그 소년을 잘 알아요. 내 아들이에요."

나는 소년의 아버지가 카페에 나타나지 않은 그 남자인지 물었다.

"아니에요. 아주 다른 느낌이에요." 트리시아가 확신에 찬 목소리로 대답했다. 전생 퇴행시 사람들은 어떤 사실들을 느낌을 통해 아는 경우가 많다. 이것은 우리가 육체를 떠나서 다른 쪽에 있는 '집Home'에 있을 때 경험하는 앎과 같은 종류의 앎이다. 그녀가 계속 말했다.

"나는 젊고 건강해요. 서른 살 정도예요. 이 소년의 아빠와 결혼했고요. 이제 내가 아들을 안아요. 아들이 다시 자전거를 타네요. 아들이 앞장서서 가고 있어요. 풀밭에서 개 한 마리가 뛰어놀아요. 내가 가고 있는 쪽으로 건물이 하나 있어요. 회사 건물 같기도 하고 대학 건물 같기도 한 큰 벽돌 건물이에요. 나는 아주 흡족한 기분이에요. 아들과 함께여서 아주 행복해요.

그 건물 안으로 들어가고 있어요. 거기서 남편을 만날 거예요. 문들을 통과해요. 이중문인데, 크고 금색이고 손잡이가 아주 커요. 내부의 바닥은 광택이 나는 타일로 되어 있어요. 아들은 밖에 자전거를 두고 나와 함께 들어왔어요. 내가 아들 손을 잡아요. 우리는 건물 안의 복도를 걸어가요. 여기 그가 있네요.(여기서 트리시아는 아주 활짝 웃었다.) 남편이에요. 아들이 그의 품속으로 뛰어듭니다. 나는 아주 행복해요.

남편이 내 허리를 감싸 안아요. 그러곤 재킷을 집어 들고 입어요. 이제 우리는 다시 복도를 걸어요. 그가 내 손을 잡고 있어요. 다시 건물 밖으로 나왔고, 아들은 다시 자전거를 잡아요. 우리는 왔던 길을 되돌아가요."

"트리시아, 당신의 영혼과 길잡이 영들은 뭔가 이유가 있어서 당신을 이 장면으로 데리고 왔을 겁니다. 이 장면에서 당신이 무엇을 알아야 할까요?" 내가 말했다.

"축복받았다는 느낌이 들어요. 아주 안 좋은 일이 있었는데 그걸 극복했어요. 그래서 지금 아주 행복해요."

"당신의 첫 남편이 떠난 것 말인가요?"

"네, 맞아요." 트리시아가 다시 울먹이며 말했다.

"여기서 더 경험할 게 있나요? 아니면 다음으로 넘어가도 될까요?"

"네, 넘어가도 될 것 같아요."

"이제 내가 셋까지 세겠습니다. 그럼 당신은 자동으로 지금 당신이 경험하고 있는 생에서 그 다음으로 중요한 장면이나 사건으로 넘어갈 겁니다. 하나…… 둘…… 셋! 지금 어디에 있고, 무슨 일이 일어나고 있습니까?"

"이제 나는 상당히 나이가 들었어요. 적어도 예순은 되어 보이네요. 집 안에 있고, 침대에 누워 있어요. 혼자예요. 피곤하고 힘이 없습니다. 추운데 이불을 끌어당길 수가 없네요. 움직일 수가 없어요. 눈을 감고 있습니다."

나는 그게 그 생의 마지막 날 같으냐고 물었다.

"그런 것 같아요."

"지금 어떤 느낌인가요? 다 이룬 것 같은가요? 아니면 무언가 더 경험할 게 남았나요?"

"아니에요. 원하는 것을 다 이룬 것 같아요. 떠날 준비가 되었습니다."

"준비되었다면, 지금까지 살펴본 그 생을 마감해 봅시다." 내가 말했다. "당신 영혼은 생이 끝날 때 무슨 일이 일어나는지 정확하게 알고 있습니다. 그리고 생을 다 마친 뒤 육체를 떠나는 법도 잘 알고 있고요. 당신은 방금 죽었고, 이제 육체를 떠나는 중입니다. 이런 경험을 지금까지 많이 해와서 육체적 고통이나 불편함은 전혀 느끼지 않아요. 육체를 떠나도 당신은 나와 계속해서 말하면서 내 질문에 대답할 수 있습니다. 왜냐하면 이제 당신은 내면의 진정한 자아, 당신의 영혼과 연결될 테니까요. 당신 마음mind이 당신 존재의 가장 높은 수준으로 확장되는 것을 느껴보세요.

이제 우리는 모든 것을 아는all-knowing 영적인 힘, 그 사랑의 영역, 그 확장된 의식의 영역으로 나아갈 겁니다. 그 아름다운 영역의 입구에만 도달해도 당신의 영혼은 이미 해방의 기쁨을 느낄 거예요. 가면 갈수록 모든 것이 매우 친숙하게 다가올 겁니다. 왜냐하면 이 평화의 영역에서는 모든 것을 다 알고 받아들이게 되니까요. 이제 내가 다시 큰소리로 셋까지 셀 텐데, 내가 셋까지 다 세면 당신의 길잡이 영에게 앞에 나타나달라고 조용히 부탁하세요. 하나…… 둘…… 셋! 자, 당신 길잡이 영은 어떤 모습을 하고 있나요? 혹은 어떤 느낌인가요?"

"아름다운 빛 같은 느낌이에요." 트리시아가 자신의 길잡이 영을 살피더니 경탄의 목소리로 말했다. "여자예요. 빛과 여성적인 느낌이 아주 강하네요."

"길잡이 영에게 자신을 뭐라고 부르면 좋겠는지 물어보세요."

"리딩Reeding이라고 하네요."

"리딩에게 왜 그 전생을 보여주었는지, 그리고 그 전생에서 무엇을 알아야 하는지 물어보세요."

이때부터 나는 트리시아에게 일련의 질문을 던지도록 유도했고, 트리시아는 자신의 마음속에서 펼쳐진 리딩과의 대화를 나에게 전해주었다.

리딩: 당신은 그 전생에서 매사에 너무 심각했어요. 놓아주는 법을 알고 나서야 큰 기쁨을 알게 됐죠.

트리시아: 현재 생의 밥과 클레어와 함께 내가 무슨 계획을 짰던 거죠? 그리고 왜 그런 계획을 짰나요?

리딩: 당신은 조건 없는 사랑이 무엇인지 알고 싶고 경험하고 싶었어요.

트리시아: 그런 사랑을 해보고 싶은 상대가 누구인가요?

리딩: 밥이에요.

트리시아: 밥도 나에게 조건 없는 사랑을 알게 한다는 자신의 역할에 동의했나요?

리딩: 당연하지요.

트리시아: 그렇다면 나는 지금 잘 해나가고 있는 건가요?

리딩: 더할 나위 없이 잘하고 있습니다. 아직 여전히 자신을 너무 심각하게 받아들이고 있기는 하지만요. 다시 뒤로 돌아갈까봐 두려워하는데 그러지 마세요.

트리시아: 밥의 외도를 계획한 것에 다른 이유가 더 있나요?

리딩: 당신은 용서하고 싶었어요.

트리시아: 내가 아까 본 그 전생에서 첫 남편 밥을 완전히 용서하지 못했나요?

리딩: 네, 용서하지 못했습니다.

트리시아: 이번 생에서 용서와 조건 없는 사랑을 완성하기 위해 내가 또 무엇을 해야 할까요?

리딩: 진정한 자신을 더 이상 거부하지 마세요. 당신이 지금도 느

끼고 있는 그 질투심이 죄책감을 불러일으켜요. 그 죄책감 때문에 당신의 진정한 자아, 당신의 진정한 본성을 받아들이지 못하고 있습니다.

트리시아: 질투심과 죄책감에서 어떻게 벗어나죠?

리딩: 당신은 그걸 너무 심각하게 받아들였어요. 경쾌함의 선생인 밥한테서 배우세요. 당신은 놀고 싶은 마음으로 이곳(지구)에 왔어요. 행복하기 위해서 온 거죠. 그런데 그런 당신이 옳지 않다고 믿게 되었어요. 그것이 진짜 당신이 아니라고 믿게 된 겁니다. 그렇게 학습이 된 거예요.

트리시아: 그렇게 학습된 걸 어떻게 다시 지울 수 있죠?

리딩: 노는 법을 다시 기억하세요. 아이 때 당신이 어땠는지 기억해봐요. 밥은 당신한테 그것을 가르치려고 왔어요. 밥은 재미있게 사는 법을 가르치는 선생이에요. 노는 것이 얼마나 즐거운 일인지 기억하세요.

트리시아: 밥이 잘 있는지 궁금해요. 지금 그가 있는 곳에서도 여기에서처럼 나를 사랑하나요? 그는 행복한가요?

리딩: 밥은 잘 지내고 있어요…… 그리고 당신을 정말 사랑해 마지않는답니다.

트리시아: 언제 밥을 볼 수 있나요? 그와 다시 함께할 수 있을 만큼 내가 지금 생에서 잘하고 있나요?

리딩: 밥은 당신이 살아있는 동안 잘 살기를 바랍니다. 당신은 그를 다시 볼 거예요. 그와 함께할 겁니다. 그리고 네, 그도 그걸 원해요.

트리시아는 나에게 리딩과 하고 싶은 말을 다 한 것 같다고 했다. 나는 다음과 같이 말하면서 그녀가 트랜스 상태에서 빠져나오도록 했다.

"우리가 살펴본 그 전생과 관련된 맹세와 약속, 이제는 더 이상 쓸모가 없게 된 그 모든 맹세와 약속이 무효가 되고 파기가 되기를 요청합니다.

트리시아, 나는 당신이 지금까지 보고 경험한 것 모두를 당신의 의식적인 기억 속에 담아두기를 바랍니다. 오늘 얻은 모든 생각, 느낌, 깨달음이 의식적·무의식적으로 현재 생에서 계속 유용하게 쓰이며 당신에게 힘을 줄 겁니다. 이제 당신은 에너지와 목표가 새로워진 것을 감지하게 될 거예요. 이 모든 것을 아는 지식all-knowing knowledge이 당신의 의식적인 마음 속에 조용히 그리고 올바로 안착하게 하세요.

이제 내가 천천히 하나에서 열까지 셀 겁니다. 그러는 동안 당신은 지금 이 방으로 돌아와 눈을 뜨기 바랍니다. 그리고 맑게 깬 상태에서 이 경험을 곱씹고 소화해 나아갈 수 있기를 바랍니다. 오늘 아주 잘했어요. 당신은 치유되었고 이해했습니다. 오늘 당신이 해낸 이 모든 일이 당신의 초의식적 마음superconscious mind 속에 새겨질 테고, 오늘부터 당신이 하는 모든 선택과 행동, 자아 이미지에 반영될 겁니다."

그런 뒤 나는 목소리의 강도를 조금씩 높여가며 천천히 하나에서 열까지 세었다.

"트리시아, 잠시 스트레칭을 하며 감각을 되찾고 이곳으로 돌아옵니다. 그리고 좀 전의 경험에 관해 말할 준비가 되면 말해주세요."

우리는 몇 분간 침묵 속에 앉아 있었다.

"세상에나!" 트리시아가 갑자기 말했다. "정말이지 실컷 감정을 발산한 느낌이에요. 기분이 아주 가벼워졌어요. 그리고 거울 속의 그 여자를 보고 놀라 기절할 뻔했어요. 젊을 때의 나와 어찌나 닮았던지!" 트리시아가 웃으며 말했다.

나는 트리시아에게 이 경험에서 가장 크게 얻은 게 무어냐고 물었다.

"첫 번째는 밥이요. 마지막에 리딩과 대화할 때 밥의 존재가 강력하게 느껴졌어요. 그에 대한 나의 사랑도요. 덕분에 완전히 치유된 느낌이에요."

"또 달리 느낀 점이 있다면요?"

"그 카페에서 바람을 맞았을 때 그 기분이란…… 근데 그게 너무 익숙했어요. 밥이 클레어와 외도한 걸 알게 되었을 때 느꼈던 그 분노, 그 상처랑 똑같았거든요."

그러니까 트리시아가 밥과 클레어와 함께 짠 탄생 전 계획은 트리시아가 전생에서 치유하지 못했던 버려지고 배신당한 느낌을 다시 느끼는 것이었다. 우리 영혼은 자주 특정 경험이나 감정을 다시 겪기로 선택한다. 이번 생에서 그 경험이나 감정을 졸업하기 위해서이다. 트리시아가 이어서 말했다.

"그리고 내가 나 스스로를 얼마나 힘들게 하는지도 보았어요. 거의 고행 수준이죠. 그래봐야 좋을 게 하나도 없는데 나 자신을 몰아붙여요. 리딩은 아주 쾌활해 보였어요. 나는 뭔가 심각한 걸 기대했고요. 마치 신에게서 용서받은 느낌이에요. 에테르적 존재들the ethers

로부터—혹은 나 자신으로부터—행복해져도 된다는 허락을 받은 것 같아요."

트리시아의 생과 생 사이로의 영혼 퇴행

트리시아의 전생 영혼 퇴행으로 우리는 그녀의 현재 인생 계획에 대해 어느 정도 통찰할 수 있었다. 우리는 더 큰 통찰을 얻기 위해 생과 생 사이로의 영혼 퇴행BLSR도 해보기로 했다. 생과 생 사이로의 영혼 퇴행은 축약된 전생 퇴행도 포함하는데 여기서는 외도라는 주제와 동떨어진 부분이라 판단되어 그 부분은 생략한다.

나의 안내로 퇴행의 첫 부분을 통과한 트리시아는 그녀의 의식이 비물질적 차원의 집nonphysical Home으로 돌아가는 길 위에서 경험한 것을 묘사하기 시작했다.

"내 앞으로 통로가 보여요. 그것은 옅은 푸른빛을 띠고 있어요. 나는 그 통로를 지나 이제 열린 공간 안에 있어요. 탁자가 하나 보이고 그곳에 세 존재가 앉아 있네요. 반투명한 가운 같은 걸 입고 있는데, 그들 몸에서 빛이 나요. 머리에는 후드를 쓰고 있고요.

그들 중 한 명이 일어나요. 남자예요. 나한테 걸어옵니다. 아주 아름다운 남자예요. 매끈하고 부드러운 피부에 눈이 크고 눈동자가 파래요. 인간처럼 보이는데 정말 인간 같지는 않고요. 내 쪽으로 걸어와요. 내 손을 잡고 나를 봐요."

"그한테서 어떤 느낌이 드나요?"

"사랑이요, 순수한 사랑이요." 그녀가 더없이 행복한 듯 말했다.

"이름을 물어보세요."

"밀턴Milton이라고 합니다."

"트리시아, 당신에게 주고 싶은 메시지가 있는지 밀턴에게 물어보세요."

"사랑만이 느껴져요. 말은 아무것도 들리지 않아요. 그냥 느낌만 와요."

"밀턴에게 그에게나 거기 있는 다른 존재들에게 질문해도 괜찮은지 물어봐요."

"괜찮다고 하네요. 다른 존재들이 앉아 있는 테이블로 나를 데려가요. 그들이 자리에서 일어나요. 의자들이 다 하얘요. 테이블도 하얗고요. 이제 다른 두 존재도 볼 수 있어요. 그들도 밀턴처럼 생겼어요. 한 명은 여자예요. 각자 이름을 말하네요. 여자는 엔테라Entera라고 하고, 남자는 요나Jonah래요. 요나가 어디 다른 곳으로 가요. 어디로 왜 가는지는 모르겠어요. 밀턴이 의자를 권해요. 엔테라가 내 맞은편에 앉아요. 우리는 이제 다 앉아 있어요."

나는 트리시아에게 밀턴과 엔테라가 트리시아의 원로 위원회Council of Elders인지 물어보라고 했다.

"밀턴이 말하길 내 원로 위원회의 일부라고 해요. 그들 외에도 아홉 존재가 더 있답니다. 그들도 여기 있는데 나에게는 보이지 않아요. 이제 밀턴이 자기의 두 손을 테이블 위로 올려놓아요. 엔테라도 그 위에 두 손을 올리고, 나도 그 위에 두 손을 올려요. 밀턴이, 그렇게 하면 우리가 서로 연결되어 대화가 잘되고, 그들이 하는 말을 내가 더 잘 이해할 수 있다고 하네요.”

“트리시아, 밀턴과 엔테라와 위원회의 다른 존재들에게 당신이 왜 지구로 와서 현재의 삶을 살고 있는지 물어봐요. 이 삶에서 당신이 무엇을 성취하고 싶어 한 건지.”

“밀턴이 말하길 나는 버림받는 문제를 꼭 해결하고 싶어 했대요. 다른 존재들도 다 동의하고요. 오! 밥이, 밥이 여기에 있어요! 밥이!” 트리시아가 흥분하며 소리쳤다. “밥이 요나와 함께 이쪽으로 오고 있어요.” 트리시아가 흐느끼기 시작했다. “밥도 다른 존재들과 똑같은 복장을 하고 있네요. 그가 자기 두 손을 내 손 위에 올려놓으며 웃어요. 내 맞은편에 있는 의자에 앉아 있어요. 그에게서 굉장한 사랑이 느껴져요. 위원회의 다른 존재들도 요나와 함께 테이블로 걸어와요. 굉장해요.”

나는 트리시아에게 밥과 위원회에 질문을 하게 했다. 다음은 트리시아가 들려준 그들 간의 대화이다.

밥: (트리시아에게) 우리는 이 삶을 함께 계획했어요. 당신에게는 굉장히 힘들 거라고 내가 말했었지요. 하지만 당신을 위해 나는 그 일과 역할을 하고 싶었어요.

트리시아: 당신이 왜 여기에 이 존재들과 함께 있지요?

밥: 당신이 여기 있으니까요. 내가 설명할 수 있게 이들이 도와줘요. 당신이 나를 이해할 수 있게 도와주기도 하고요.

트리시아: 내가 당신과 함께 짠 탄생 전 계획이 뭔가요?

밥: 나도 그 생에서 해결하고 싶은 게 있었어요. 나는 나약함을 극

복하고 싶었어요. 당신은 그걸 도와주려 했고요. 나는 늘 사람들을 기쁘게 하는 기쁨조가 되어야 한다고 생각했어요. 그게 나의 약점이었죠. 나는 두려움 없이 진정한 내가 되는 법을 알고 싶었어요. 나는 남을 언짢게 하는 게 두려워서 늘 남이 시키는 대로 했거든요. 우리는 나의 선택(외도)이 버림받음이라는 당신의 문제를 극복하는 데 도움이 되겠다고 생각했어요. 당신의 문제도 기본적으로 두려움으로 인한 문제니까요.

트리시아: 당신을 기쁨조로 만든 그 두려움을 극복하는 데 내가 도움이 되었나요?

밥: 예전의 나는 다른 사람들의 지배를 받는 삶을 선택했어요. 다른 사람들이란 대부분 여자들이었죠. 내가 여자로 태어난 적도 있었는데, 그때는 세상의 지배를 받았고요. 이런 생들로 내 영혼은 상처를 입었어요. 우리 계획에 따르면 당신은 나를 지배하지 않아요. 당신은 나를 사랑하고 내 삶을 허락해요. 내가 진정한 나 자신을 볼 수 있게요.

트리시아: 원하는 결과를 얻었나요?

밥: 그럼요. 원하는 결과를 얻었어요. 당신에게 정말 감사해요.

트리시아: 버림받는 것에서 배우고 상처를 극복할 기회를 나에게 주기 위해 당신, 클레어, 내가 함께 당신의 외도를 계획한 건가요?

밥: 네. 클레어는 깊은 사랑의 마음으로 우리 계획에 참여한 거예요. 그렇게 계획을 세우면서 당신은 용서할 수 있을 거라고 주장했어요. 당신, 위원회, 그리고 나는 우리 세 사람이 나의 외도로 인해 즉각적으로 만나서 치유하기를 바랐지요. 실제로는 바랐던 것

보다 늦었지만요. 나는 내가 외도 사실을 그 즉시 털어놓고 모두 바로 치유되기를 바랐어요. 하지만 실제론 그렇게 하지 못했죠. 나는 너무 나약했고, 그래서 문제가 오래갔죠.

엔테라: 그때 영혼의 개입이 있었죠. 밥이 집으로 돌아올 때가 된 것 같았으니까요. 밥이 다른 방법으로는 깨달을 수 없던 것을 깨닫게 하는 데 암이 이용된 거예요.

밥: 그게 내가 죽은 이유였소. 암 덕분에 나는 나의 나약함과 두려움을 마침내 극복할 수 있었어요.

트리시아: 위원회는 어떻게 느끼세요? 내가 버림받고 배신당한 것에서 배우고 또 그것을 용서했나요? 내가 더 해야 할 게 있나요?

"밀턴이 내가 의심을 거두고 안심하도록 해주네요. 그들 모두로부터 사랑이 파도처럼 밀려와요." 트리시아가 나에게 말했다.

밀턴: 우리는 당신을 진정으로 사랑합니다. 판단 따위는 없어요. 당신이 지금까지 해왔고 앞으로 할 일 모두 다 신성하게 짜여지고 받아들여졌으며, 결코 잘못될 수 없는 계획들이에요.

트리시아: 과거에 내가 보인 반응에서 아직도 죄책감을 느껴요. 그런 나 자신에게 아직도 화가 나고요. 클레어에게도 여전히 질투를 느낍니다. 이 감정들에서 어떻게 벗어나죠?

엔테라: 그런 감정을 느끼는 것은 당신이 인격체이기 때문이에요. 그런 인격체의 측면은 (영혼의) 성장에 꼭 필요한 촉매제 같은 것이에요. 이것을 알면 두려움에서 나오는 죄책감과 질투심에서 벗

어나는 데 도움이 될 거예요.

“이제 엔테라가 위원회의 나머지 존재들도 보여줘요. 이곳에서의 이 선물 같은 경험을 나에게 깊이 각인시키려고 그러는 것 같아요.”

엔테라: 당신은 한 생을 살 뿐인 그 인격체보다 더 큰 존재입니다. 하지만 그 인격체적 측면을 존중하고 감탄하고 격려해야 해요. 그게 바로 당신이 그 인격체로 삶 속에 들어온 이유니까요. 당신은 감정을 느끼는 인간으로 살기 위해서 태어났습니다. 그래야 성장할 수 있고, 그게 바로 당신 영혼에게 주는 선물이에요. 이것이 인생의 목적입니다. 감정을 느끼는 것을 두려워하거나 비난할 것이 아니라 축하해야 해요.

“모두가 나를 진정으로 사랑하고 받아들인다는 게 느껴져요. 내가 정말 잘하고 있다고, 도저히 잘못할 수 없다고 말해주고 있어요. 틀린 선택 같은 건 없고, 내가 밥에게 잘못한 것도 없다고요. 나는 그를 도왔어요. 이건 나한테 굉장히 중요한 일이에요.”

트리시아: (밥에게) 벌어진 그 모든 일을 당신은 어떻게 생각해요? 나에 대한 당신 느낌은 지금 어떻고요?

“밥은 그냥 내 손을 꼭 잡아요. ‘아직도 내가 당신을 얼마나 사랑하는지 모른다면 난 정말……’ 하고 마치 농담이라도 하는 듯이요.”

밥: 우리의 계획에 관해서라면 계획 완수라고 봐야 할 거예요.

"그가 웃어요. 다른 존재들도 다 미소를 지어요. 아름답네요. 정말 아름다워요."

트리시아: 우리 함께 다시 태어날까요? 그렇게 할 수 있도록 나를 기다려줄래요?

밥: 네, 우린 다시 태어날 거고, 그러기 위해 당신을 기다릴게요.

트리시아: (위원회에게) 내가 더 이해해야 할 것이 있나요?

밀턴: 대단한 고통과 또 그만한 기쁨이 있는 삶을 당신과 밥은 함께 계획하고 창조했어요. 그만큼 둘이 용감했음을 알기 바랍니다. 인생의 고통은 개인적이고 주관적이면서 또 생산적이랍니다.

트리시아: 나와 클레어 사이의 관계는 어떤가요? 그녀도 내 영혼 그룹soul group 안에 있나요? 내가 전생에도 그녀와 함께한 적이 있나요?

영혼 그룹이란 에너지 진동과 진화 단계가 거의 같은 영혼들의 집단이다. 영혼 그룹의 멤버들은 여러 생에 걸쳐 서로를 위해 가능한 온갖 역할을 교대로 맡는다.

밀턴: 네, 클레어도 당신 영혼 그룹의 멤버예요. 어떤 생에서는 밥과 쌍둥이 자매인 적도 있었습니다. 그 생에서는 당신이 없었어요. 하지만 당신은 클레어와 여러 생을 함께했습니다. 한번은 클레어

가 당신 아버지이기도 했고요.

트리시아: 왜 나는 밥하고 평생을 함께하지 못했죠? 우리는 왜 더 일찍 만나지 못했나요? 나는 왜 유독 밥에게 거의 숭배에 가까울 정도로 강렬한 사랑을 느꼈던 거죠?

엔테라: 밥은 이번 생에 당신을 만나기 전 자신의 나약함에 직면하는 의미 있는 순간들을 많이 겪도록 되어 있었습니다. 그래서 당신과 더 일찍 만나지 못한 겁니다. 더 일찍 만났더라면 탄생 전 계획을 완수하지 못했을 거예요. 수많은 생에서 두 영혼이 연결될 때 둘 사이에 사랑이 싹틉니다. 당신들은 앞으로도 '동시에 일어나는' 여러 삶을 함께하게 될 겁니다. 그리고 그곳엔 언제나 사랑이 있을 거고요. 그 무엇도 이것을 막을 수는 없어요.

나는 엔테라가 말한 '동시에 일어나는 삶들'이란 말을 트리시아와 밥이 평행 차원들에서 평행 자아parallel self로서 함께하게 될 거라는 말로 이해했다. 엔테라가 이런 동시성을 언급한 덕분에 나는 트리시아가 정말로 자신의 원로 위원회와 이야기하고 있다는 확신이 들었다. 왜냐하면 우주cosmos의 진짜 성질을 설명해 주는 것이 동시성과 비선형성non-linearity이기 때문이다. 이와 반대로 직선으로 흘러가는 선형적인 시간은 3차원 세상의 착각, 즉 인간의 제한적인 뇌와 오감이 만들어낸 착각이다.

트리시아: 당신이 그리워요, 밥.

밥: 나는 당신 곁에 있어요. 항상이요. 당신은 내 말을 들을 수 있

어요. 나는 당신을 떠나지 않았어요. 앞으로도 언제나 당신과 함께할 겁니다. (내가 곁에 있음을) 상기시켜 줄게요.

트리시아: 고마워요, 밥. 당신은 내가 상상도 못한 삶을 나에게 선물해 줬어요. 당신이 보여준 모든 사랑과 헌신, 다정함에 감사해요. 모두 정말 고마워요. 당신을 언제나 사랑했다는 걸 꼭 알아줘요. 단 한 순간도 당신을 사랑하지 않은 적이 없어요. 상처 주는 말을 할 때조차도 당신을 사랑했어요. 그래서 그러지 않으려고 했지만요.

밥: 알아요.

"밥은 정말 사랑으로 가득해요!" 트리시아가 다시 한 번 감복했다. "나를 보며 더할 수 없이 환하게 웃고 있고, 그래서 정말 안심이 되네요. 그는 이미 모든 것을 알고 있어요. 내가 더 이상 할 말이 없을 정도로요. 그를 너무도 안아보고 싶어요. 한 번만이라도 더요."

밥: 다 기억해요. 서로를 꼭 안고 있을 때면 우리는 천국에 있는 것 같았죠. 나는 당신 가슴속에 살아있어요.

"사랑으로 가슴이 터질 것 같아요. 밥이 나를 있는 그대로 받아주는 것이 느껴져요. 이제 밥이 일어나요."

밥: 지금은 가지만, 나는 결코 당신을 떠난 게 아니에요.

"밥이 내 손을 한 번 더 꼭 쥐더니 걸어갑니다."

밀턴: 당신의 탄생 전 계획은 다 이루어졌어요.

엔테라: 하지만 당신 인생은 당신에게 줄 것이 더 있어요. 당신도 세상에 줄 것이 더 있고요. 당신은 자신에 대한 의심을 거두고 자신을 믿고 싶었어요. 이것도 당신 계획의 일부였죠. 이것이 당신이 앞으로 계속 트리시아로 살아가는 데 있어 목표가 될 겁니다. 그러니 이제 자신을 믿어요.

트리시아: 내가 '더' 줄 것이라니요? 그게 뭔가요?

엔테라: 다른 사람의 말을 연민의 마음으로 듣고 배운 대로 표현하는 것, 당신이 아는 것을 두려움 없이 표현하는 것이요.

트리시아: 어떻게 하면 나를 의심하던 데서 나를 믿는 데로 나아갈 수 있죠?

밀턴: 글을 쓸 때 당신은 자기 모습을 편집을 하죠.

"밀턴이 내가 글을 쓸 때 어떤 모습인지 보여줘요. 나는 쓴 글을 고치고 또 고쳐요."

밀턴: 이제 살면서 편집은 그만 해요. 자신이 하는 말을 믿어요.

트리시아: 어떤 식으로든 행동을 해야 하나요? 아니면 흘러가는 대로 두어도 되나요?

엔테라: 인생은 흐르게 둘 때 가장 잘 흐릅니다. 인생이 당신에게 오도록 두세요. 행동하지 않고not-doing 사는 것도 한 방법입니다.

트리시아: 몸이 늙어가고 있어요. 오래 살기 위해 혹은 건강하게 살기 위해 해야 할 일이 있나요?

엔테라: 몸은 의식을 따라가요. 기쁘거나 두렵다면 몸도 기쁘거나 두렵습니다. 그러니 기쁨을 따라가세요. 그럼 몸도 그럴 겁니다.

트리시아: 식이 장애가 있는데 왜 그런 걸까요? 어떻게 하면 좋을까요?

밀턴: 관심과 의미에 목말라 있기 때문이에요. 그리고 인정받지 못할까봐 두렵기 때문입니다.

엔테라: 먹는 행위는 기쁨이지만, 그것만으로는 영혼을 충족시킬 수 없어요.

"엔테라가 음악과 명상, 그리고 두려움 없이 자신을 받아들이는 것이 어떤 건지 보여주고 있어요."

트리시아: 다른 존재가 아홉 더 있는데 왜 내게는 당신 세 명만 보이는 거죠?

밀턴/엔테라: 이번 생에서 당신의 안내자는 우리 세 명입니다. 당신이 다른 존재들을 시각화할 필요는 없어요. 그들이 여기 있고 당신도 그들의 존재와 그들의 사랑을 느끼고 있어요. 그거면 충분합니다.

나는 트리시아에게 원로 위원회와의 대화가 그 정도면 충분한지 물었다.

“네, 충분해요. 나를 이렇게나 사랑해 주고 받아들여 주고 도와준 데 감사의 마음을 전합니다. 이 마음을 말로는 도저히 다 표현할 수 없을 것 같은데, 그래도 내가 얼마나 깊이 감사하고 있는지 모두 알고 있어요. 무엇보다 밥을 데려와 준 것에 더없이 고마울 따름입니다. 환히 빛나는 그의 모습을 다시 볼 수 있었고, 그가 바로 옆에 있는 것 같았어요. 얼마나 감사한 일인지요. 고맙습니다.”

진심이 느껴지는 트리시아의 말에 나는 감격했다.

나는 이제 그녀가 천천히 그리고 부드럽게 육체로 의식을 되돌리게 했다.

“어머나, 세상에나!” 트리시아가 눈을 뜨며 갑자기 말했다. “내가 운 것도 몰랐네요. 아직도 눈물이 흐르고 있어요.”

“트리시아, 오늘 이 경험의 어떤 부분이 가장 와 닿았나요?”

“밥이요.” 트리시아가 주저 없이 말했다. “정말 놀랐어요. 그를 거기서 볼 거라고는 생각도 못했어요. 그리고 그가 그런 식으로 보고 느낄 거라고도 미처 생각 못했고요. 늘 느끼고 알고는 있었지만, 함께 살 때는 다른 부분에 가려 잘 몰랐던 최고의 밥의 모습을 오늘 만났어요. 정말 믿을 수가 없네요! 그리고 그의 손에서 전해지는 느낌이란…… 그가 내 손을 잡고 있는 내내 마치 전기 자극이라도 받는 듯 계속 찌릿찌릿했어요. 그리고 그 멋진 존재들의 얼굴은 인간의 얼굴이라고 하기에는 너무 아름다웠어요. 천상의 무엇 같달까, 에테르적이랄까?

클레어가 내 영혼 그룹 전체로부터 사랑받는 존재임을 알게 된 것도 너무 좋았어요. 이 점은 정말 절대 잊지 않을 거예요. 그리고 그녀가 좋았던 내 인생을 망친 침입자가 아니라 친구이자 진화의 촉매자라는 것도요. 이제 정말 홀가분해요. 너무 감사해서 꼼짝도 할 수 없을 정도예요. 정말, 진심으로요."

코비와 함께한 트리시아의 세션

전생 퇴행에서 배운 것을 확장하기 위해 트리시아와 나는 영매medium인 코비 미틀라이트Corbie Mitleid와 세션을 해보기로 했다. 코비는 사람들의 영혼soul(더 높은 자아)과 채널링하는 특별한 재능을 갖고 있다. 영혼은 그것이 지금까지 창조해 온 여러 인격체들의 측면으로 이루어지기 때문에, 코비를 통해 말할 때 영혼은 자신을 '우리'라고 하기도 한다. 트리시아와 나는 영Spirit(비물질적인 존재)이 무슨 말을 해줄지 매우 궁금했다.

코비가 세션을 시작했다.

"하느님 어머니/아버지, 오늘 이렇게 봉사할 기회를 주셔서 감사합니다. 당신의 조건 없는 사랑의 빛, 보호, 지혜, 연민compassion, 봉사, 그리고 진실로 우리를 채우소서. 오직 진실만을 말하게 하소서. 오직 진실만을 듣게 하소서. 저를 투명한 거울로 삼아 오늘 트리시아, 밥, 클레어, 롭Rob(저자 로버트 슈워츠의 약칭—옮긴이)이 알고자 하는 것을 비출 수 있게 하소서. 늘 온전히 당신에게 봉사하는 머리, 손, 심장이 되게 해주십시오. 예수 그리스도의 이름으로 아멘."

"빛을 발하는 영혼이 셋 보입니다. 둥근 탁자에서 의자를 빼내 앉고 있어요." 코비가 이어서 말했다. "이들은 우리와 이야기하기 위해 오늘 특별히 이곳에 왔습니다."

"먼저 우리를 만나러 와준 세 존재에게 감사하다는 말을 전하고 싶습니다. 그들은 트리시아, 밥 그리고 클레어의 영혼들인가요?" 내가 물었다.

"우리는 당신들에게 도움이 되고자 믿음과 연민으로 손을 맞잡기로 동의했습니다"라는 대답이 돌아왔고, 나는 이 대답을 '그렇다'는 말로 들었다. 채널링을 할 때 자주 그렇듯 코비의 목소리가 갑자기 깊어졌고, 그녀는 중간중간 멈추기도 하면서 찬찬히 말하기 시작했다. "우리는 여기에 있고 질문을 받게 되어 기뻐요."

"트리시아의 더 높은 자아higher self에게 묻고 싶습니다. 당신은 트리시아가 태어나기 전에 그녀를 위해 밥과의 관계를 미리 계획했나요? 그리고 밥을 위해서 클레어와의 외도까지 계획했고요? 그렇다면 왜 그랬나요?" 내가 물었다.

"나는 트리시아의 더 높은 자아입니다. 밥과 나는 이번 생에서 그 정도의 침범은 충분히 감당할 수 있을 만큼 둘이 강하게 연결되어 있다는 생각을 똑같이 했습니다. 우리 셋은 서로를 잘 알고 있어요. 밥의 외도는 우리의 생에 불청객처럼 밀치고 들어온 일이 아니었어요. 그것은 우리가 서로에게 해준 봉사였고 사랑이었습니다. 우리 셋은 서로를 사랑해요. 그래서 우리가 함께하는 삶은 늘 치유를 부릅니다. 시간 밖에서 그 삶들을 볼 때 그것은 마치 우리가 사랑해 마지않는 책에서 또 하나의 챕터를 끝내는 것과 같아요. 인생은 하나의 챕터입니다. 그뿐이에요.

당신(인간)들은 언제나 사랑을 충분히 받지 못한다고 생각합니다. 상대가 바람을 피우면 '사랑을 뺏겼다. 내가 어딘가 부족하다'고 생각하죠. 육체를 갖고 온갖 규칙과 소음에 둘러싸인 채 살아가는 인간으로선 이해하기 어렵겠지만, 천상의 어떤 영혼도 다른 영혼을 보고 '저 영혼과는 만나지 말아야지'라고 말하지는 않습니다. 우리는 우리가 무한한 존재임을 잘 알고 있어요. 무한한데 어떻게 경계를 세우겠어요? 우리는 사람들이 이것을 꼭 이해했으면 좋겠어요."

"당신은 지금 누구라도 바람을 피우고 싶다면 '오케이'라고 말하는 건가요?" 내가 궁금해서 물었다. 반감이 들어서나 이의를 제기하려는 게 아니라 그저 분명히 해두고 싶어서였다.

"'오케이'라고 하니 무슨 허락 같네요. 우리가 환생하기로 선택한 세상이라고 해서 그 세상의 구조 안에서만 배워야 할까요? 그건 아닐 겁니다. 존재하는 모든 것All That Is과 충분히 연결되어 있다면, 그 규칙(일부일처제)이 약간 헐거워질 수도 있을 겁니다. 이원성이라는 제약 아래서 또 다른 배움들이 촉진되기 쉽다고 할 때, 당신이 말하는 '바람'은 그저 (충분히 극복 가능한) 약간의 어려움일 뿐이에요. 이 경우에 트리시아는 세 영혼 모두에 가 닿는 사랑과 용서를 배웠어요. 트리시아는 단지 밥이나 클레어만 용서하고 끝내지는 않을 겁니다. 트리시아라는 인격체는 질투하고 화내고 상처 주었던 자신을 용서하는 법도 배우려고 해요.

질투, 분노, 상처주기 모두 우리가 서로 분리되어 있다는 이원성의 소산들이고, 이 때문에 영혼은 조건 없는 사랑에서 멀어집니다. 여기서 조건 없는 사랑이란 말 그대로 어떤 것도 우리 세 영혼 사이에서 사랑과 수용의 느낌을 빼앗아 갈 수 없다는 뜻이에요. 바로 이것이 우리 모두 몸을 갖고 사는 동안 언젠가 이루고 싶은 것입니다. 하지만 이것도 우리가 가는 길에서는 겨우 한 걸음을 뗀 것일 뿐이죠."

"트리시아가 용서와 사랑을 배우는 중이라고 하셨죠? 트리시아가 그 일을 잘하고 있습니까?" 내가 말했다.

"그렇게 묻는다면 이런 비유가 적당할 것 같네요. 트리시아는 폭풍우 치는 바다에서 배를 타고 있습니다. 얼굴에 바닷물이 쏟아져요. 하지만 트리시아는 강합니다. 평화를 향해 가는 그 항해를 무사히 마칠 겁니다. 우리는 그녀에게 깊이와 끈기, 비전을 주었어요. 트리시아는 어떤 배신감도 이겨낼 거예요."

이때 트리시아가 대화에 끼어들었다.

"나는 왜 여전히 살아있죠? 그리고 나머지 인생을 살아가면서 세상에 무엇을 줘야 하나요?" 트리시아가 자신의 더 높은 자아에게 물었다. 항의가 아니라, 진정으로 관심이 묻어나는 목소리였다.

"사랑하는 이여, 우리와 다시 합류하기 전에 당신이 얻은 모든 배움이 야생화의 씨앗처럼 다른 사람들에게 퍼져나갈 거예요. 예전의 당신과 비슷한 상황에서 그때 당신처럼 노여워하는 사람을 만날 수도 있을 겁니다. 그들은 여전히 신에게 소리치겠죠. 자신을 배신한, 아니 자신을 배신했다고 믿는 그 사람을 여전히 증오하겠지요. 우리는 많은 생에 걸쳐서 이 문제를 공부해 왔고, 당신은 기억하지 못하겠지만 이미 많은 것을 배웠습니다. 그리고 어쩌면 죽기 전에 사랑이 한 번 더 찾아오고 당신이 그 사랑을 선택할지도 모르죠. 가장 중요하게 배워야 할 것은 이미 배웠지만 여전히 배울 것이 많이 있지요."

트리시아가 대답했다. "내가 밥에게 분노로 대했을 때, 밥은 잘못을 뉘우치며 전보다 더 나를 사랑하는 것으로 보상하려 했죠. 나는 그것이 사랑이 아니라 죄책감이라고 생각했어요. 밥은 맹세코 죄책감이 아니라고 했고, 나와 다시 사랑에 빠진 것 같다고 했죠. 나는 밥이 정말 그랬는지 늘 궁금했어요."

그렇게 말하는 트리시아의 목소리에는 밥을 향한 진한 그리움이 배어 있었다.

"그것은 사랑이었습니다." 그녀의 영혼이 확인해 주었다. "그가 당신을 무척 사랑했다는 데에는 의심의 여지가 없어요. 당신이 클레어를 받아들였다면, 당신이 사는 시공간에서는 어려웠겠지만, 그렇게 당신 셋이 함께할 수 있었다면 당신도 그런 깊은 사랑을 할 수 있었을 겁니다. 하지만 인류는 결핍감을 익혀왔어요. 사랑을 셋이 나누어 가질 수는 없다고 믿죠. 둘이어야 해요. 셋이라면 그중에 하나는 버림받을 거라 생각합니다."

"롭." 불현듯 코비가 나를 불렀다. 그녀 본래의 목소리이다. "지금 밥의 영혼이 오는 게 보여요. 그의 두 발이 젖은 모래 위를 걷는 것처럼 보여요. 처음 집Home으로 돌아왔을 때 밥은 자신이 창조한 한적한 바닷가에서 조용히 파도 소리를 들으며 걷는 것을 좋아했어요. 밥의 영혼이 이제 말하려고 합니다."

"이 발자국들이 물에 쓸려 사라지는 것처럼 트리시아의 상처도 모두 사라지기를." 밥의 영혼이 기도했다. 코비의 말이 다시 느려졌다. "다시 지구에서 삶의 길을 걷게 되었을 때 우리 서로 사랑하는 세 성인 남녀는 조건 없는 사랑을 배울 기회를 얻고자 했습니다. 남녀 간의 사랑이 꼭 섹스를 의미할 필요는 없어요. '내가 곧 네가 되는 것'도 사랑입니다. '당신의 인생이 기쁨으로 가득하길 간절히 바랍니다. 내가 그 기쁨 가득한 인생의 일부가 되게 해주세요'도 사랑입니다."

나는 밥의 영혼에게 외도했음을 지금 후회하거나 그랬던 자신을 스스로 심판하고 있는 사람들에게 해주고 싶은 말이 있는지 물었다. 밥의 영혼이 대답했다.

"용서는 용서받는 사람만이 아니라 용서하는 사람에게도 강력한 치료제입니다. 용서는 해변의 발자국을 쓸어가는 파도와 같아요. 당신 책을 읽는 모든 분께 말씀드립니다. 가슴을 치거나 옷을 갈기갈기 찢어발기거나 몸에 칼을 그으며 고통스러워하지 말라고요. 그 일은 용서받기 위한 것이고 진짜 사랑하기 위한 것이었습니다. 후회와 회한은 접고 그 대신 자신에게 약속하세요. 남은 인생 어떤 경우에도 조건 없는 사랑만 하겠다고요. 그 사랑의 대상에는 당신 자신도 포함됩니다. 다시 자신을 사랑한다고 해서 그 잘못(이라고 인식된 것)이 당신이라는 인격체에 더 이상 문제가 되지 않는다는 뜻은 아닙니다. 단지 당신의 인간성, 당신의 '잘못된' 행동들을 받아들인다는 뜻이고, 그런 행동들을 통해 지구라는 학교에서 당신이 배우게 되어 있던 것을 배운다는 뜻입니다. '잘못flaw'을 느끼면, 이제 다 배운 교과서처럼 덮으면 됩니다."

"트리시아, 또 묻고 싶은 것이 있나요?" 내가 물었다.

"클레어의 더 높은 자아에게 내가 이 경험으로부터 배운 것에 감사하고 있고, 내가 가슴으로 용서했음을 클레어가 알고 있는지 묻고 싶어요. 우리 사이에 자매애가 느껴지지만, 그녀를 보지 못해서 이 말을 해줄 수 없었어요. 최소한 클레어의 더 높은 자아는 그것을 알기 바라고, 또 클레어에게도 전해주길 바라요."

"걱정하지 말아요." 클레어의 영혼이 트리시아를 안심시켰다. "당신이 클레어의 인격체에게 주고 싶은 사랑과 연민, 다정함 모두 우리를 통해 전달될 거예요. 당신한테서 직접 받지 못하고 우리를 통해 간접적으로 전해져도 똑같이 좋아요. 클레어의 인격체가 자기만의 고뇌에서 벗어나는 데 도움이 될 겁니다. 클레어에게는 아직 죽은 밥과 해결하지 못한 문제가 남아 있습니다. 우리는 클레어의 인격체가 이것을 깨닫고, 죽기 전에 자신만의 그 관계 문제를 잘 마무리 짓기를 바라고 있습니다. 당신의 사랑과 용서가 그 가능성을 더 높여줄 거예요. 당신의 사랑과 용서가 그녀의 마음을 열고 치유할 테니까요."

그 다음 나는 트리시아의 영혼에게 파트너가 외도를 했거나 지금도 외도 중이어서 상처받고 배신감을 느끼며 분노하고 있는 사람들에게 치유에 도움되는 말을 해달라고 부탁했다. 트리시아의 영혼이 대답했다.

"파트너의 외도를 (자신의) 실패로 받아들이면 괴로울 수밖에 없습니다. 외도를 한 당사자도 자신을 그렇게 볼 수 있는데, 그 역시 실패한 것이 아니에요. 그것은 그 당사자가 전체 그림을 보지 못하는 것일 뿐입니다. 파트너가 외도를 저질렀을 때 어떤 경우라도 자신이 부족해서 그렇게 되었다고 생각해서는 안 됩니다. 단지 그 일로 배워야 할 것들이 있을 뿐이에요. 파트너가 배워야 하는 교훈일 수도 있고요. 자신의 시각이 평면적일 수 있음을 꼭 기억하세요. 여기 이 다른 차원에 있는 우리(영혼)는 관계에서 고통받는 쪽에 있는 인격체인 경우 종종 그 스스로 산산이 깨진 거울이 되기를 자원했다는 걸 알고 있습니다. 그 상대는 깨진 거울을 응시하며 거울을 깬 것이 바로 자신의 두 손임을 받아들인다는 것도요. 하지만 상대가 그 일로 무언가를 배우느냐 마느냐는 깨진 거울이 되기로 동의한 쪽하고는 상관이 없습니다. 상대의 외도가 자신 때문이라고 믿는다면 그 일에서 당신은 아무것도 배우지 못할 것이고 아무런 진실도 보지 못할 것입니다."

"트리시아, 밥, 그리고 클레어의 영혼이여, 독자들에게 해줄 다른 말이 더 있나요?"

"우리 셋을 대표해서 트리시아의 더 높은 자아인 제가 말해보겠습니다. 사랑은 한정지을 수도 없고 어떤 모양으로 규정지을 수도 없습니다. 아주아주 오래전에 여러분은 모두가 하나임을 배웠습니다. 여러분은 이렇게 말하겠죠. '어떻게 모두가 하나일 수 있어? 나는 모르는 사람을 사랑하지는 않아. 모두가 다 자기라면 어떻게 자기가 자기를 괴롭힐 수 있어?' 그것은 연결, 영혼의 연결soul connection을 말해요. 그렇게 우리는 모두 서로 연결되어 있습니다. 우리 셋은 많은 생들에서 사랑과 용서, 그리고 그 경계들을 탐구해 왔고 앞으로도 계속 탐구할 겁니다. 우리는 해마다 피어나고 또 피어나는 아름다운 꽃과 같습니다. 우리는 겨우내 땅속에서 잠을 자다 봄에 다시 꽃을 피워내는 땅 속의 덩이뿌리와 같아요. 그 덩이뿌리는 올해 꽃 한 송이를 피워내고 내년에 또 꽃 한 송이를 피워내겠죠. 그 꽃은 옆에 있는 꽃을 보고 '나는 노란 튤립인데 너는 분홍 크로커스네. 뭔가 잘못된 게 틀림없어'라고 말하지 않습니다. 우리는 모두 그냥 꽃입니다. 모두 같은 흙에서 자라고, 모두 영양소와 햇빛과 빗물이 필요하죠. 영혼도 모두 사랑의 밝은 빛과 용서의 눈물이 필요해요.

우리 셋은 배움을 찾아 태어난 우리의 용감한 화신化身들에게 더할 수 없이 감사하고 있습니다. 이곳은 무한한 단일성의 세상이므로 유한한 이원성의 세상에 기꺼이 발을 들여놓는 그들 덕분에 우리는 더 커질 수 있습니다. 우리에게 그런 관대함을 보여준 그들 모두에게 축복이 있기를."

전생에서 죽어 영혼이 된 트리시아는 자신을 버리고 떠난 남편 밥을 용서하지 못했음을 알게 되었다. 과거에 치유하지 않고 남긴 게 있다면 우리는 그 치유를 계획한다. 그래서 트리시아는 용서하지 않는 쪽으로 강한 에너지를 갖고 태어나기로 선택한다. 용서하기 않기 위해서가 아니라 그 반대를 위해서.

어떻게? 트리시아의 길잡이 영인 리딩은 "진정한 당신을 받아들이라"고 충고했다. 우리 모두 그렇듯 트리시아도 사랑에 의해, 사랑으로부터, 그리고 사랑을 위해 창조되었다. 육체를 갖게 되고 망각의 장막을 건너게 되면 우리는 이 영원한 진실을 잊어버린다. 무의식 혹은 잠재의식 차원에 있는 대부분의 것들이 조건화에 잠식되어 버린다. 우리는 삶이란 원래 힘든 것이고 열심히 일해야 하는 것이라는 믿음에 조건화된다. 어떤 사람들은 행복을 느끼는 것은 옳지 않다고, 심지어 그것은 진정한 자신의 모습이 아니라고 배운다.

그렇게 베일 뒤편에서, 우리가 분리되어 있다고 인지하는 상태에서 에고가 전면에 나선다. 에고는 우리를 배신한 사람들로부터 스스로를 방어해야 한다고 말한다. 하지만 방어는 우리로 하여금 공격하게 만들고, 이 공격은 다시 우리 자신에 대한 공격으로 돌아온다. 《기적 수업*A Course in Miracles*》(컬럼비아 대학교의 임상심리학자 헬렌 슈크만 박사가 내면에서 예수의 음성을 듣고 받아 적은 책. 우주는 존재하지 않는다는 파격적인 세계관과 용서의 기적을 통해 에고를 극복하고 다시 분리 이전의 상태로 돌아가는 법을 알려준다—옮긴이)에서도 "나의 안전은 방어하지 않음에 놓여 있다"고 말한다. 완전한 무방어 상태에 있을 때 상대는 공격받았다 느끼지 않고, 따라서 나를 공격할 이유도 없다.

이 조건화와 에고를 어떻게 극복할 것인가? 리딩은 트리시아에게 "노는 법을 다시 기억하라"고 말한다. "아이였을 때 어땠는지 기억하세요. 밥은 그것을 가르치기 위해 당신에게 왔어요. 밥은 재미있게 사는 법을 가르치는 선생이에요. 노는 것이 얼마나 즐거운 일인지 기억하세요." 그런데 전생에서 용서할 수 없었던 사람이자 이번 생에서 젊은 날 분노의 '원인'이었던 바로 그 밥이 그들 치유의 원천이라니 이 얼마나 완벽한가? 트리시아를 향한 밥의 사랑은 너무나도 컸고, 따라서 밥은 그녀에게 용서를 배울 기회(외도)뿐만 아니라 그 목적지로 가는 길(놀이)까지 제공해 주었다. 태어나기 전 인생의 힘든 도전들을 계획할 때 우리는 우리 자신에게—그리고 다른 사람들도 우리에게—우리가 극복해야 할 것을 선물로 준다.

밥과 트리시아는 둘에게 다 이득을 주는 일이기 때문에 의도적으로 결혼 생활에서 외도를 경험하기로 계획을 세웠다. 둘 모두에게 그 경험이 두려움에서 사랑으로 나아가게 하는 기회와 동기를 줄 거라고 본 것이다. 트리시아는 버림받을지 모른다는 두려움에서 용서와 감사의 마음으로 나아갔다. 밥도 다른 사람을 기쁘게 해주지 못할 것 같다는 두려움을 넘어서 당당하고 주체적인 존재로 나아갔다. 두려움은 '꼼짝없이 대면할 수밖에 없을 때' 제일 잘 벗어날 수 있고, 따라서 밥은 태어나기 전 외도를 하기로 계획해 정확히 그런 상태를 만들었다. 밥은 자신의 외도로 트리시아가 격분할 것을 알았다. '기쁨조'로 살던 사람이 그런 계획에 동의하는 데는 대단한 용기가 필요했다. 밥이 그런 큰 용기를 낼 수 있었던 것은 오직 트리시아를 지극히, 또 영원히 사랑하기 때문이다.

밥이 트리시아에 대한 사랑과 봉사의 행위로서 외도에 동의했던 것처럼 클레어도 그랬다. 클레어는 비슷한 에너지 진동 또는 비슷한 진화의 단계에 있는 영혼들이 함께하는 그들 영혼 그룹의 멤버이다. 사랑의 마음에서, 이 멤버들은 돌아가며 서로를 위해 가능한 모든 역할(부모와 자식, 형제자매, 절친, 심지어 철천지원수까지)을 해준다. 영혼의 차원에서는 이런 역할에 대해 아무런 판단도 하지 않는다. 영혼은 이 모든 역할을 오히려 확장과 치유와 봉사의 기회, 또 지혜와 덕을 계발하는 기회로 본다. 지구 차원에서 보이는 것과는 전혀 다르다. 이 물질 세상에서 우리를 가장 괴롭히는 자가 대개 우리 영혼 그룹에서는 가장 강력한 사랑과 가장 오랜 역사, 그리고 가장 큰 신뢰를 나누는 존재이다. 태어나기 전 트리시아는 자신이 가장 신뢰하는 사람이 자신을 위한 배신자 역할을 가장 잘할 것임을 알고 있었다.

트리시아는 치유를 끝냈다. 이제 트리시아에게는 클레어에게 봉사하는 일이 남은 것 같다. 클레어의 영혼이 우리에게 말해주었듯이, 트리시아가 클레어에게 주고자 하는 사랑과 연민과 다정함이 모두 클레어의 영혼을 통해 클레어에게 전해질 것이다. 물질 세상에 사는 우리는 오감의 한계로 인해 서로가 각각 다른 몸 속에 사는 분리된 존재처럼 보인다. 하지만 실제로는 모든 마음들이 서로 연결되어 있고, 우리는 각기 하나의 신성한 존재Divine Being 속에 있는 하나하나의 세포들이다. 트리시아가 배운 용서는 클레어도 이미 의식적인 알아차림의 여러 수준에서 느끼고 또 알고 있다. 트리시아가 클레어에게 보내는 사랑 덕분에 클레어는 밥의 죽음으로 인한 상처를 치유하고, 나아가 새로운 애정 관계를 시작할 가능성이 크다.

우리는 밥의 '외도'가 태어나기 전에 계획된 것임을 알았다. 그럼 이제 어떻게 해야 하는가? 탄생 전 계획에 대해 알았다고 해서 영적으로 성장이 빨라지는 것은 아니다. 감정을 허락하고 느낄 때, 무엇보다 저항이나 판단 없이 감정을 느낄 때 상처는 치유된다. 당신이 지금 파트너에게 배신감을 느끼고 있다면, 당신은 자신이 느끼는 그 어떤 화나 분노도 정당하다는 것을 잘 알아야 한다. 사라질 때까지 얼마나 오래 걸리든 깊이 그리고 온전히 느끼기를 바란다. 태어나기 전의 계획일랑은 마음과 가슴속에 조용히 묻어두라. 그것은 당신이 준비되면 다시 당신을 찾아올 것이다.

지구 차원에서 우리 인간의 삶은 정화하고 정련하는 과정이다. 즉 빛과 어둠, 사랑과 두려움의 혼합물인 우리는 늘 어둠과 두려움을 걷어내고 빛과 사랑 쪽으로 나아가고자 한다. 이 길은 무수히 다양한 형태의 연금술의 길이고, 외도는 그중의 한 가지일 뿐이다. 하지만 어떤 형태이든 그 내용은 모두 똑같다. 사랑을 더 잘 주고받는 법을 배우는 것이 그것이다. 이것이 우리 인생 계획이 잘 이뤄지고 있는지 알 수 있는 시금석이다.

02

성 기능 장애

고통을 통해 자신의 진정한 힘과 장엄함을 배우기로 선택한 앤드루

"자신의 무언가를 없애려 한다는 것은 저항 상태에 있다는 뜻이다. 저항은 주의를 기울일 것을 요구하고, 주의를 기울이는 것은 거기에 에너지를 주는 것이며, 그 에너지는 자기가 주의를 기울이는 대상을 더 크게 만든다. 사실 앤드루가 없애야 할 것은 아무것도 없다. 자신이 사랑을 쏟을 자아의 측면들이 있을 뿐이다."

★★★

발기부전impotence을 비롯한 여러 성 기능 장애는 남녀 모두에게서 흔하게 나타난다. 연구에 따르면 완전한 발기부전은 40대 남성 5퍼센트가 경험하고, 70대에 이르면 그 수치가 15퍼센트로 올라간다. 약간의 가벼운 발기부전은 대략 10년 단위로 10퍼센트씩 올라간다.(즉 50대 남성의 50퍼센트, 60대 남성의 60퍼센트가 가벼운 발기부전을 경험한다.) 폐경기 전 여성 중에도 어떤 방식으로든 성 기능 장애를 겪는 여성이 41퍼센트라고 한다.

이런 문제는 단순히 곤란을 겪는 정도에 그치면 다행이지만, 심한 경우에는 파경을 부를 수도 있다. 발기부전을 경험하는 사람들은 대개 자신에게 결함이 있다고 느낀다. '상대의 기대를 충족시켜 주지 못하는 것'에 죄책감과 수치심도 느끼는 경우도 흔하다. 이것이 중압감으로 다가오면 관계가 깨질 수 있다. 이 정도라면 왜 성 기능 장애에 빠지고 이게 무슨 의미가 있으며 어떻게 치료해서 다시 예전처럼 살 수 있을까 고민할 것이다.

나는 성 기능 장애도 태어나기 전에 계획되는 것인지 알고 싶던 차에 앤드루Andrew를 만났다. 앤드루는 용기 있게 자신의 경험을 들려주었다.

앤드루 이야기

대화 당시 앤드루는 36세였고, 북아일랜드의 벨파스트에서 살고 있었다. 자선 단체에서 노숙자들을 돕는 일을 했고, 난민과 망명 신청자들을 위한 임시 거주지도 운영했다. 앤드루가 이야기를 시작했다.

"스물여섯 살 즈음 머리카락이 갑자기 빠지기 시작했어요. 여자를 사귀고 싶지만 심하게 위축되고 자신감도, 자존감도 떨어졌죠. 이래서는 안 되겠다 싶어서 탈모 전문가를 찾아갔어요. 머리카락 이식이라도 받아보려고요. 그 사람이 조제약을 줄 테니 몇 달 먹어보라고 하더군요. 그럼 머리카락이 덜 빠질 테니, 그때 이식 시술을 하면 괜찮을 거라면서요. 내가 그때 분명히 물었거든요. 그런 약이 성욕에 영향을 준다는 말을 들었는데 괜찮냐고요. 그 사람 말이 '그건 아주 드문 일이고, 당신은 아주 젊으니까 그런 일은 거의 일어나지 않을 거다. 설사 그런 일이 일어나도 복용을 멈추면 성욕은 한 달 안에 다시 정상으로 돌아온다'고 하더군요. 약간 걱정은 됐지만 어쨌든 약을 먹기 시작했어요. 그리고 복용한 지 닷새 만에 이상 증세가 찾아온 거죠."

"앤드루, 정확하게 어떤 증세였죠?"

"성욕이 완전히 사라지고, 도무지 발기가 안 되었어요." 그가 대답했다. "그건 사망 선고나 다름없었죠. 내 모든 꿈과 미래가 눈앞에서 무너지는 것 같았어요. 결혼도 못하고, 아이도 가질 수 없는 거잖아요. 주저앉아서 울다가 죽어버릴까 생각했던 기억이 나요. 인터넷 카페에 들어가 똑같은 일을 겪은 사람들 이야기를 읽어보았는데, 5~10

년이 지난 뒤에도 완전 발기불능이라는 글까지 있었어요. 정말 참담하더군요."

앤드루의 상황은 거기서 그치지 않았다. 회사가 재정 악화로 힘들어져 더 이상 그를 고용할 수 없게 된데다, 사생활에서도 그가 매우 좋아했고 실제로도 잘 이뤄질 것 같던 한 여성과의 관계가 성적인 문제로 인해 제대로 펴보지도 못하고 끝나고 만 것이다.

"그야말로 인생이 끝난 것 같았죠. 아주 깊고 어두운 우울증의 나락으로 떨어지고 말았어요." 앤드루가 슬픈 목소리로 말했다.

앤드루는 부모님 집으로 돌아갔다. 그리고 1년 넘게 집 안에만 처박혀 지냈다. 친구들과도 연락을 끊고 오로지 죽을 생각만 하는 괴로운 나날이었다. 정신과 의사, 항우울제, 수면제 다 소용없었다. 그러던 어느 날 그날따라 평소 같지 않은 생각이 들었다.

"내가 자살은 하지 않겠구나 싶었어요. 그리고 자살하지 않을 거면 여기서 뭐든 해보자 싶었죠." 앤드루는 영성에 관한 책들을 닥치는 대로 읽기 시작했다. 이런저런 치유 과정들도 밟아나갔다. 난민 센터에서 자원봉사도 했는데, 그 덕분에 여섯 달 뒤에는 그곳에 고용도 되었다. 그리고 그곳에서 일하면서 생각이 더 크게 바뀌었다. 앤드루가 설명했다.

"난민 센터는 정말 가난한 이민자들이 오는 곳이잖아요. 거기서 자신도 인생도 완전히 포기한 사람들을 봤어요. 내가 그랬던 것처럼요. 그들은 자진해서 남의 나라로 온 사람들이에요. 하지만 언어가 안 되니까 일을 할 수 없고, 결국 술을 마시다가 길거리에 나앉게 된 거죠. 그들에 비하면 나는 얼마나 행운아인가 싶더라고요. 아늑한 집이 있고, 사랑해 주는 가족도 있으니까요. 난민들을 도와주면서 결국 나는 나 자신을 도와준 거예요. 그 일을 하면서 내 인생도 점점 더 바뀌어나갔죠."

그렇게 몇 년이 흐른 뒤 앤드루는 벨파스트에서 유학 중이던 캐나다 인 사라Sarah를 만났다. 사라는 앤드루가 늘 꿈에 그리던 그런 여인이었다.

"내가 그때까지 여성에게 바라던 모든 것을, 아니 그보다 더 많은 것을 가진 사람이었어요." 앤드루가 회상했다. "긍정적인 자극을 많이 줬고 창조적이고 매력적이었죠. 우리는 모든 면에서 통했어요. 하지만 '나는 문제가 있는데?'라는 생각을 멈출 수 없었죠. 나는 그 문제를 그녀에게 말할 만큼 당당하지 못했어요. 결국 그래서 그녀와 사귀지 못했죠. 사라는 지금 다른 사람과 결혼해 살아요." 그가 낮은 목소리로 말했다.

그 후 앤드루는 비아그라를 복용하면 성 관계가 가능함을 알게 되었고, 그러자 인생의 동반자를 찾는 데 좀 더 희망을 갖게 되었다. 앤드루는 그런 괴로운 날들이 있었기에 지금의 자신이 많이 성숙해졌다고 느낀다. 앤드루가 말했다. "그렇게 고통을 겪어본 덕분에 나는 지금 난민들, 망명 신청자들, 노숙자들 곁에 앉아 그들의 이야기를 진심으로 들어주고, 그들의 고통과 경험에 공감해 주고, 그들을 있는 그대로 인정해 줄 수 있답니다."

이 책을 위한 대화에 처음 동의했을 때부터 앤드루는 자신이 이미 태어나기 전에 탈모 치료제를 먹고 그 결과로 성욕의 상실과 성적 불능을 경험하기로 계획했었다고 믿고 있다는 말을 했다. 내가 물었다. "앤드루, 당신이 이런 일을 계획한 것이 부분적으로는 난민들을 위해 제대로 봉사하기 위해서였다고 생각하나요?"

"그랬을 거라고 보고 있어요. 그게 맞다는, 그것이 진실이라는 느낌이 와요." 그가 대답했다. 목소리에 확신이 배어 있었다. 앤드루가 '느낌'이라는 표현을 쓴 것이 어쩐지 의미 있게 다가왔다. 그것은 그가 직관이 하는 말을 듣고 있다는 표지 같았고, 직관은 영혼이 우리와 소통하는 방법의 하나이기 때문이다. 느낌은 영혼의 언어이다.

그리고 그 경험의 목적에 대한 앤드루의 통찰이 적중했다는 생각도 들었다. 태어나기 전, 다가오는 삶에서 큰 도전을 겪기로 계획하는 것은, 우리 영혼이 중요하게 생각하는 특성들을 계발하고 표현하기 위해서이기도 하다. 앤드루는 분명 그전에도 연민, 공감, 감사를 깊이 익혔겠지만 이런 특성들을 단지 일구기만 하는 것은 영혼의 관점에서는 충분하지 않을 수 있다. 그의 영혼은 그가 발전시킨 그런 덕성들을 밖으로 표현해 보는 경험을 해보고 싶었을 것이다. 영혼에게 그런 표현은 확장과 기쁨의 느낌을 일으킨다. 앤드루가 말을 이었다.

"이 경험으로 내 인생이 바뀌었죠. 인생과 나 자신에 관해, 영혼, 인간, 연결에 관해서 정말 많이 배웠고, 고통이 어떻게 좋은 것이 될 수 있는지 알게 되었어요. 어두운 시간 속에 있을 때 기도를 했어요. 그러자 한번은 어떤 노랫말이 떠오르더라고요. '사랑이 무엇인지 알고 싶어. 당신이 나에게 그것을 보여주길 바라'라는 노랫말이었어요. 나를 힘들게 한 그 경험의 전 과정이 나에게 사랑이 무엇인지 보여주고 있었죠. 차를 몰고 출근할 때면 옆 차의 운전자에게 사랑을 보내요. 나를 스쳐 지나가는 사람들한테도요. 직장에서도 동료들에게 계속 사랑을 보내죠. 우리의 진정한 본성은 사랑이고, 이 사랑은 끝이 없으니까 우리는 주고 또 주고 또 줄 수 있어요. 이것은 누가 나에게 그렇게 말해줘서가 아니라 내가 실제로 경험을 통해 온몸으로 깨달은 거예요."

"이번 생이 끝나고 저쪽 세상으로 돌아가서 당신에게 약을 준 그 남자를 다시 만난다면 뭐라고 하겠어요?"

앤드루가 웃음을 터뜨리며 말했다. "'고마워요!' 네, '고마워요!'라고 하겠어요. 롭, 정말 그 사람에게 악감정 따위는 없어요. 조금도요. 내가 다른 길 위에 설 수 있게 해줘서, 그렇게 내 인생을 바꿔줘서, 나를 위해 자신이 맡은 역할을 다해줘서 그저 고마울 뿐이에요."

"앤드루, 발기부전이나 성욕의 감퇴로 괴로워하는 사람들도 이 책을 읽을 거예요. 이 사람들에게는 지금 자신이 인생의, 아니 우주의 희생자라고 느껴질지도 모릅니다. 영적으로 그 깊은 의미 혹은 목적을 보지 못한다면요. 이들에게 뭐라고 하겠어요?"

"나도 그 상태에 너무 오래 갇혀 있었어요." 앤드루가 인정하면서 말했다. "우주의 행성들을 생각해 보세요. 그것들이 완벽한 동시성 안에서 서로 공전하고 자전하는 모습을요. 바다와 파도, 달, 태양 그리고 별들이 모두 완벽한 흐름 속에 있죠. 계절은 어떤가요? 계절이 때에 맞게 오고 가는 건 얼마나 완벽한가요? 태양은 어떻게 매일 떴다 지나요? 그리고 우리 인간은 식물의 생명줄인 이산화탄소를 내보내고 식물은 또 우리의 생명줄인 산소를 내뿜지요. 모든 것이 완벽한 흐름 속에 있어요. 그런데도 우리는 자신의 인생만큼은 이 완벽한 흐름에서 벗어났다고 생각하죠.

진정으로 영감을 주는 사람들을 보면 대부분 큰 시련을 극복한 사람들이에요. 그러니 마음을 한번 열어보세요. 당신은 어떤 더 큰 이유로 지금 이 시련을 겪기로 동의했을 수도 있어요. 그리고 실제로 그 더 큰 이유는 당신의 진정한 본성, 즉 사랑의 확장과 사랑에 대한 더 큰 이해로 귀결될 것입니다. 웨인 다이어Wayne Dyer도 이렇게 말하곤 했죠. '그것을 보는 당신의 시각이 바뀌면 당신이 보는 그것이 바뀔 것이다.'"

나는 현재 앤드루의 성적 욕구는 어떤 상태인지 물었다.

"좋아지고 있어요. 하지만 여전히 아주 괴롭고 고통스러울 때가 있죠. 그래도 지금은 그 고통을 잘 이용해요. 마치 용광로의 불을 지피는 연료처럼 쓰죠. 사랑하며 살라고 등 떠밀고 용기를 불어넣는 용광로의 연료로요." 그가 대답했다.

앤드루의 생과 생 사이로의 영혼 퇴행

나는 앤드루와의 대화에 감동했고 깊이 고무되었다. 앤드루는 극심한 고통을 겪었으나, 그 덕분에 깊은 연민과 공감 능력을 키워낼 수 있었다. 앤드루는 안으로 키운 그런 능력을 밖으로 타인에 대한 봉사로 표출했다. 앤드루가 극빈한 이민자들을 도울 힘과 동기를 갖기 위해 태어나기 전에 발기부전과 성욕의 상실을 계획했을 가능성이 매우 큰 것 같았다. 그럼에도 나는 앤드루의 계획에는 또 다른 숨은 의도가 있을지도 모른다는 생각이 들었다. 앤드루에게는 배우거나 해야 할 또 다른 일이 있을지도 모른다. 나는 영혼 퇴행이 이 점들을 밝혀주기를 바랐다.

나는 늘 하듯이 앤드루의 정신과 육체의 긴장을 풀어준 다음 전생으로 이어지는 터널을 지나게 했다.

"우리 집 앞 계단에 서 있어요. 집을 막 나가려고 해요. 낮이고 날이 뜨겁네요." 앤드루가 말했다.

"어떤 옷을 입고 있는지 보이나요? 그리고 신발은요? 맨발이 아니라면요." 내가 물었다.

"샌들을 신고 있어요."

"발 위쪽으로 시선을 옮겨보세요. 다리에 뭘 걸쳤는지 보이나요?"

"종아리는 맨살을 그대로 드러내고 있어요. 위로는 붉은색 긴 웃옷 같기도 하고 망토 같기도 한 걸 걸치고 있고요. 건초 같은 걸로 만든 옷이에요. 그 웃옷 위로는 황금색 갑옷을 둘렀어요. 검도 하나 차고 있고, 어깨 보호대도 하고 있네요."

"아주 좋아요. 이제 거울 앞에 서 있다고 생각해 보세요. 어떤 모습인지 보이나요? 얼굴과 머리카락을 자세히 보고 여자인지 남자인지 말해주세요." 내가 말했다.

"남자예요. 서른다섯 살쯤 되어 보여요. 머리카락은 검고, 얼굴은 거무스름해요. 약간 긴 얼굴인데, 각진 턱이 강한 인상을 주네요." 앤드루가 대답했다.

"표정은 어떤가요?"

"화가 나 있어요. 아주 많이요."

"이제 당신 피부를 한번 보세요. 피부색이 어떤가요?"

"흰색과 갈색 중간쯤으로 보여요."

"체구가 작은 편? 중간? 아니면 큰 편?"

"큰 편이에요. 근육질의 강한 남자입니다."

나는 앤드루에게 거울을 치우고, 그 장면이 자연스럽게 펼쳐지게 놔둬보라고 했다.

"검을 갖고 있어요." 앤드루가 설명했다. "주변에 사람들이 있어요. 거의 발작하듯 소리치고 있는데 나더러 그 일을 하지 말라고 하네요. 나는 누군가한테 복수를 하려고 해요. 이제 형의 집입니다. 내가 막 소리를 질러요. 형도 소리를 지르고요. 그러다 내가 형을 죽입니다."

"형의 얼굴을 잘 보세요. 이번 생에서 당신이 아는 사람인가요?" 내가 물었다.

"존John이요. 나의 형 존이네요. 내 형이 나를 배신하는 어떤 짓을 했어요. 내 아내(혹은 파트너)와 관련해서 나에게 거짓말을 한 것 같아요. 나를 배신해서 내가 형을 죽인 거예요. 그러고 나자 이 일로 나도 죽게 될 거라는 생각이 들어요. 군인들이 들이닥쳐요. 나를 데리고 가요."

"앤드루, 당신 영혼과 길잡이 영들이 이 장면을 보여준 데는 분명 특별한 이유(들)가 있을 거예요. 지금 이 장면에서 당신이 알아야 하거나 이해해야 할 중요한 게 무엇일까요? 당신은 그 답을 잘 알고 있습니다. 자신을 믿으세요."

"무력감impotency과 상관이 있는 것 같아요." 앤드루가 말했다. "내 밖의 어떤 힘을 가진 존재 때문에 나의 힘이 제거되는 거요. 힘을 가진 존재란 내가 사랑했는데 나를 배신한 사람이에요. 살인 행위를 하기 전에, 나는 그가 배신을 통해 내 힘을 앗아갔다고 생각했어요. 그런데 복수를 하면서 스스로 내 힘을 내주고 자신을 무력하게 만들어 버렸어요."

나는 앤드루에게 그 전생에서 의미 있는 다음 사건으로 가보라고 했다.

"죽으러 가는 중이에요." 이미지가 떠오르자 앤드루가 말했다. "군중 사이를 걸어요. 사람들이 나에게 소리를 질러요. 광장 같은 곳으로 끌려가고 있어요."

"그런 일을 겪고 있는 당신 심정은 어떤가요?"

"이상하게도 내면이 고요하네요. 이것이 진짜 마지막이 아니란 걸 알아요. 그리고…… 언젠가는 끝냈어야 할 우리 사이의 일종의 춤 같은 거라고 생각해요. 믿을 수 없이 끔찍한 상황이지만 만족감이 느껴져요."

"그 장면을 계속 이어가 봅시다. 이제 무슨 일이 일어나나요?"

"어딘가 위로 올라가요. 내 목에 올가미를 걸어요. 사람들이 비명인지 고함인지를 지르고 조롱도 해요. 내 두 손이 묶여요. 나는 가만히 서 있어요. 이제 누군가 내 발밑에 있는 의자를 발로 찰 거예요. 이제 평화예요. 끝났어요."

나는 앤드루의 의식이 그 전생의 몸 밖으로 나와 저쪽 세상에 있는 '집Home'으로 돌아갈 수 있도록 몇 분간 기다렸다.

"이제 어떤가요?" 그가 돌아갔다는 생각이 들자 내가 물었다.

"위로 올라와 있는 것 같아요…… 뭐랄까, 확장 같은 게 느껴지고…… 빛 속으로 빨려들어 가고 있어요…… 평화로워요……" 앤드루의 말이 매우 느려졌다. 목소리에서 고요가 분명하게 느껴졌다. 내가 지시했다.

"계속 올라가 봐요. 더 높이, 더 높이…… 지구 밖으로 더 멀리…… 아주 멀리요.…… 빛 속으로 더 깊이 들어가 봐요. 이제 어떤지 말해주세요."

"주변이 온통 빛으로 가득해요. 믿을 수 없이 밝아요.…… 세상에나 정말 밝네요!" 앤드루가 감탄하더니 갑자기 흥분해서 말했다. "편해요. 꼭 맞는 옷을 입은 것처럼요."

"앤드루, 혹시 그 빛 자체가 살아있는 의식consciousness 같나요? 아니면 그 빛 속에 어떤 존재들이 있나요?"

"그러고 보니 내 앞에 존재들이 있어요. 가운데에서 한 존재가 탁자의 가장자리를 돌아서 내 쪽으로 와요. 완전히 빛으로 된 존재예요. 형태가 따로 없어요. 뭐라고 말하기가 어렵네요. 마치 빛의 망토를 두른 것 같아요."

"그 존재의 에너지가 어떻게 느껴지나요?"

"영원하고, 모든 것을 알고, 사랑으로 가득하고, 판단하지 않는 느낌, 익숙한 느낌입니다."

"당신과 대화하기 위해 와줘서 고맙다고 하세요. 그리고 그 존재의 이름과 당신과 무슨 관계인지 물어보고 나에게 말해줘요."

엘라: 나는 엘라Elar이고 당신의 길잡이 영이랍니다. 당신이 와서 기뻐요. 우리는 당신을 기다렸습니다. 당신도 이 순간을 기다려왔지요.

나는 앤드루에게 몇 가지 물어볼 것을 지시하고, 앤드루는 엘라가 대답한 것을 모두 나에게 전해주었다.

앤드루: 내가 하필이면 왜 그 전생을 본 거죠?

엘라: 그 전생에서 일어났던 일은 당신과 당신 형 사이에 있었던 더 이전의 일과 관련해서 균형과 조화를 되찾기 위한 것이었어요. 하지만 두 사람 다 심판하고픈 마음을 모두 버리지 못하고 영의 세계로 건너왔고, 그것을 이번 생에서 해결하려고 했어요. 이번 생에 해결하려고 한 것은 다름 아닌 자신에 대한 심판이에요. 살인을 포함한 모든 행위가 사전에 서로 동의한 것이었음에도 두 사람 다 자신을 용납하거나 용서하지 못하고 있죠. 현재 당신의 발기부전 문제는 그 전생의 살인 행위와 결부되어 있습니다. 당신은 자신의 힘을 남용했다고, 그래서 (탄생 전 계획에 따라) 이번 생에서는 어떤 방식으로든 힘을 남용해서는 안 된다고 굳게 믿고 있어요.

앤드루: 그 힘을 어떻게 되찾죠?

엘라: 그것이 일어났어야 하는 일임을 보세요. 그렇게 놓아주세요. 스스로 자신을 용서하도록 허락하세요.

앤드루: 어떻게 그렇게 하죠?

엘라: 자신에게 편지를 쓰세요. 자신이 얼마나 가치 있는 존재인지 알아주고, 자신을 공감해 주고, 사랑해 주고, 용서해 주는 내용으로요. 당신은 자신의 본모습을 받아들이지 못하게 스스로를 막고 있어요. 편지를 쓰다 보면 그 전생에서 동의했던 것들을 무의식적 차원에서 기억하게 될 테고, 그러면 이제 그 동의했던 것들을 완전

히 떠나보낼 수 있게 되고, '양쪽' 모두 기꺼이 춤을 추면서 자신의 역할을 맡기로 했던 그 위대한 계획에 감사하게 될 겁니다.

앤드루: 편지에 또 어떤 내용을 담아야 할까요?

엘라: 당신 형의 더 높은 자아에게 용서를 구하는 편지를 쓰세요. 그 다음 형의 더 높은 자아가 당신에게 답장을 쓰도록 허락합니다. 또 형의 행동을 용서하는 편지를 당신 자신의 더 높은 자아에게 쓰세요. 그리고 당신의 더 높은 자아가 당신에게 답장을 쓰도록 허락하세요.

엘라가 거듭 '허락allow'이라는 단어를 쓰는 것이 인상적이었다. 에고 마음에서 나오는 생각들은 차원과 차원 사이의 소통을 막는 시끄러운 잡음과도 같다. 명상으로(혹은 혼자서 시골길을 장시간 운전하거나 자연 속을 걷거나 하는, 명상과 유사한 효과를 내는 활동들로) 그런 생각들이 조용해지면 비물리적 의식과의 소통이 '허락'된다.

앤드루: 그 전생에 대해 내가 알거나 이해해야 할 다른 중요한 것이 또 있나요?

엘라: 힘power이요. 사람들 위에 군림하는 힘이 아니라 사람들 안에 있는 힘을 끌어내는 힘 말이에요. 당신은 그런 힘을 발휘하지 않았어요. 그런 힘을 발휘했다면 결말이 달랐을 수도 있었는데, 두려움 때문에 그 노래를 부르지 못했죠. 이번 생에서 당신이 갖고 있는 두려움과 아주 유사한 두려움이에요. 그 두려움을 버리세요. 이제 당신이 가진 것을 드러내 사람들을 도울 때가 되었습니다.

앤드루: 어떻게 그렇게 하죠?

엘라: 힘은 고통 속에 있어요. 고통 속의 그 힘에 연결되세요. 그 힘으로 편지를 써보세요. 사람들과 마음을 나누는 일 같은 작은 일부터 시작해 봐요. 상처받을지도 모르지만 그래도 한번 그 두려움을 나눠보세요. 그때 진정으로 사람들과 연결될 수 있습니다. 당신의 힘은 그 연약함 속에, 그 두려움 속에 있답니다. 연약함 속에서 사람들을 만나세요. 두려움 속에서 사람들을 만나보세요. 다른 사람들도 똑같으니까요.

엘라와의 대화가 어느 정도 끝나고 이제 앤드루가 자신의 원로 위원회를 만날 때가 된 것 같았다. 내가 말했다.

"앤드루, 방금 당신에게 나눠준 엘라의 그 모든 사랑과 지혜에 고맙다고 하세요. 이번 생에 당신의 길잡이 역할을 해주는 것에도 감사하고요. 그리고 이제 당신 원로 위원회에 질문하고 싶은 것이 있다고 말하세요. 그 다음에 어떤 일이 일어나는지 이야기해 주시고요."

"탁자가 저절로 움직인 것 같아요. 내 앞으로 반원 모양의 테이블이 생겼어요. 너무 가깝지는 않게요." 앤드루가 말했다.

"위원회의 위원들이 몇 명이나 되나요? 그들 모습이 어떤지 말해 주세요."

"열두 명이에요. 빛의 존재들 같아요."

"남성적? 여성적? 아니면 양성적인가요?"

"양성적이에요."

"그들에게서 또 어떤 에너지가 느껴지나요?"

"모든 걸 아우르고 모든 걸 아는 것 같은 에너지요." 앤드루가 대답했다. 그의 목소리에서 경외감이 느껴졌다. "조건 없는 사랑이 느껴져요. 나를 온전히 받아들이는 느낌이 들고요. 내가 관여한 모든 일을 다 보고 있었어요. 나에 관해 모르는 게 없지만 판단하지 않아요. 이들과 나 양쪽으로부터 똑같이 커다란 사랑과 감사와 감탄이 흘러나와요."

나는 이런 사랑과 감사를 서로 주고받는다는 이야기를 자주 듣곤 한다. 우리의 진화를 지켜보고 있는 매우 지혜롭고 고도로 진화된 존재들에게 우리가 자연스럽게 사랑과 감사의 마음을 갖는 것처럼, 이들도 똑같이 우리의 진정한 본성인 신성Divinity을 보면서 우리에게 감사와 사랑의 마음을 보낸다. 나는 앤드루에게 주변 모습을 설명해 달라고 부탁했다.

"새하얀 빛이 가득해요. 어떤 방 같기도 한데 온통 하얀 빛이라 뭐라고 부르기가 쉽지 않네요. 내 오른쪽으로 나를 관찰하는 존재들이 있어요. 그냥 그들이 거기 있다는 게 느껴질 뿐이라 그들에 대해 묘사하지는 못하겠어요." 앤드루처럼 원로 위원회와의 만남을 관찰하고만 있는 어떤 존재들이 있다고 말하는 사람들이 많다.

나는 앤드루에게 자신과 이야기하기 위해 그곳에 와준 위원회 위원들에게 고맙다고 말하고, 위원회 대변인 역할을 하는 존재가 있는지 물어보라고 했다.

"네, 왼쪽에 있는 존재가 대변인입니다." 앤드루가 대답했다. 그러더니 앤드루가 웃음을 터트렸다. "이 존재는 엘라보다 키가 큰데 쾌활하고 명랑해서 기분을 들뜨게 하네요. 우리 사이에, 그리고 다른 모든 존재들 사이에서 재미와 장난기가 느껴져요."

"앤드루, 위원회 대변인에게 이름을 물어보세요."

"이미 이름을 말해줬어요. 그래서 웃었던 거예요. 이름이 아이노우 Iknow("나는 안다"라는 뜻—옮긴이)라잖아요. 이들도 다 웃어요. '아이 노우 아이노우'(I know Iknow)("나는 아이노우를 안다"라는 뜻—옮긴이)라면서요."

"철자가 어떻게 되는데요?"

"소리 나는 그대로요. I, k, n, o, w. 두 단어를 한 단어처럼 발음해요. 장난 같아요."

위원회를 진지하게 경험하는 사람도 있지만, 앤드루처럼 가볍고 재미있게 경험하는 사람도 많다. 사실 위원회로부터 받는 가장 공통적인 메시지 중의 하나가 바로 자기 자신과 인생을 너무 심각하게 받아들이지 말고 더 즐겁게 살라는 것이다.

나는 곧 앤드루에게 아이노우에게 긴 질문 세례를 퍼붓게 했다. 그 첫 질문은 "오늘 나에게 줄 위원회의 메시지는 무엇인가요?"였다.

아이노우: 당신이 와서 우리가 매우 흥분하고 있어요. 당신은 수많은 단계에서 이 순간을 기다려왔지요. 우리는 당신이 문제들을 얼마나 잘 다뤄왔는지 칭찬하면서, 당신이 그 문제들을 기꺼이 짊어지려 했다는 사실을 상기시키고자 합니다. 우리는 물론이고 다른 수많은 존재들도 그런 당신에게 감동했답니다.

앤드루가 그런 힘든 여정에 기꺼이 자원했음을 상기시키는 것은 매우 중요했다. 차원과 차원 사이의 장막 때문에 거의 모든 사람이 자신의 탄생 전 계획을 잊어버리며, 많은 사람들이 자기가 희생자라는 의식에 빠져서 살아간다. 희생자 의식은 인간이 경험할 수 있는 가장 낮은 에너지 진동이다. 스스로 힘든 경험을 선택했음을 기억할 때 우리는 그 낮은 에너지 진동에서 벗어나서, 훨씬 더 의식적으로 그리고 훨씬 덜 고통스럽게 배워나갈 수 있는 힘을 얻게 된다.

앤드루: 아까 그 전생에 대해 내가 더 알았으면 하는 것이 있나요?

아이노우: 그 생에서 당신은 초월할 수 있었어요. 모든 일을 초월해서 사랑으로 나아갈 수 있었어요. 그랬다면 당신 형의 행동에 대해서도 초연할 수 있었겠죠. 그랬다면 기록의 석판도 깨끗해졌을 테고요. 하지만 그런 일은 모든 생에서 가능해요. 언제나 사랑을 선택하는 것이 바로 그 방법이에요. 어떤 경우에도 늘 사랑을 선택하는 겁니다. 어떤 경우에도 오직 사랑만 선택하는 거예요.

사랑과 초월로 향하는 문은 대개 두려움을 통과해야 다다를 수 있습니다. 상처받을 것, 소외될 것, 거부당할 것에 대한 두려움 말이에요. 두려움의 문 반대편에는 사랑, 즉 조건 없고 영원하며 판단하지 않고 변하지 않는 위대한 사랑이 있습니다. 그 문에서 사람들을 만나세요. 그럼 그들도 자신의 두려움을 갖고 당신을 만날 수 있습니다. 그 두려움에 대해 말하세요. 그 연약함에 대해, 그 사랑의 결핍에 대해, 그 알지 못함에 대해, 그 충분하지 못하다는 느낌에 대해, 또한 '내가 뭐라고 당신 앞에서 이런 말을 하나?' 하는 그 기분에 대해 말하세요.

거기에서 그들과 당신이 만날 겁니다. 거기에서 사랑을 발견할 거예요. 한 사람 앞에서 그렇게 하든 천 명 앞에서 그렇게 하든 똑같아요.

앤드루: 나의 진정한 자아에 대해 말해주세요.

아이노우: 당신의 진정한 자아는 사랑입니다. 그것을 잊어버린다고 해서 염려하지는 마세요. 이것 외에 기억할 다른 아름다운 것이 있다는 뜻이니까요.

앤드루: 나는 왜 아직 '영혼의 짝soul mate'을 만나지 못한 걸까요?

아이노우: 이런 노래 알지요? '나에게 와요. 나에게 와요, 거침없이 자유롭게.'(Come to me. Come to me, wild and free.) 당신이 준비되면 거침없이 자유롭게 그녀가 나타날 겁니다. 당신의 두려움을 거침없이 받아들이세요. 당신의 불안, 당신의 부족한 자기애를 거침없이 받아들여요. 그것을 바꾸려 하거나 없애려 하기보다, 그것이 당신을 인간으로 만드는 것임을 알고 말이에요. 지구에 발을 들여놓은 인간이라면 거의 모두 어떤 형태로든 그런 것들을 느꼈으니까요. 자유롭게 거침없이 마음을 여세요. 그렇게 자유로운 자아로 살아요. 영혼의 짝을 만나게 될 겁니다. 언제 어떻게는 굳이 알 필요 없어요. 만나게 될 거예요.

앤드루: 사라에 대해 묻고 싶어요. 그 어떤 여자와도 사라만큼 통했던 적이 없어요. 사라에 대해선 뭐라고 하시겠어요?

아이노우: 당신 둘은 (장기적으로) 함께할 수 없는 사이였어요. 당신도 마음 깊은 곳에서는 그렇다는 걸 잘 알고 있어요. 그렇지 않다면 그때 더 노력했겠죠. 물러나서, 우주가 결정하게 두지는 않았을 겁니다. 그 일은 바로 그래야 했던 것임을 알기 바라요. 아멘.

앤드루: 영혼의 짝이란 게 뭔가요?

아이노우: 영혼의 짝은 같은 동전의 다른 면 같은 존재예요. 반대편을 보지만 언제나 당신과 하나로 결합되어 있죠. 어떤 면에서 영혼의 짝을 만난다는 것은 당신이 결코 (정말로) 떠난 적 없는 근원Source(신)과 다시 하나가 되는 것입니다. 조화롭고 완벽한 동조同調(alignment)지요. 상대 안에서 당신의 아름다움을 보고 당신 안에서 상대의 아름다움을 보는 거예요. 하나가 되는 것입니다.

앤드루: 미래의 그녀가 나타났을 때 내 영혼의 짝이란 걸 어떻게 알죠?

아이노우: 지금 당신 몸의 느낌처럼 의심 없이 알게 될 거예요. 지금 당신은 우리의 말과 메시지, 받아들임, 사랑을 몸의 울림으로 느끼고 있어요. 그때가 오면 아무 의심도 없을 겁니다. 그 존재가 느껴질 테고, 만났음을 알게 될 것이고, 그 눈을 알아차릴 것이고, 연결될 것이고, 하나가 될 것입니다. 아이노우에게 어떻게 아냐고 물어보는 거예요? 아이노우니까 당연히 알죠.

앤드루: 나는 왜 그 탈모 치료제를 먹었을까요? 그것을 먹고 발기부전에 성욕 상실을 겪는 것도 탄생 전 계획의 일부였나요? 이 문제를 어떻게 해결할 수 있죠?

아이노우: 그렇습니다. 당신은 태어나기 전에 그렇게 하기로 결정했어요. 과거 생에서 형을 죽이고 자신도 죽임을 당하기 직전에 느꼈던 무력감이 그 부분적인 이유였습니다. 다른 사람의 힘을 빼앗았으니 어떤 방식으로든 자신도 무력해져야 한다고 생각했죠. 하지만 이번 생의 더 높은 부름을 따르기 위한 것이 사실은 더 중요

한 이유였습니다. 바로 당신의 힘을 되찾고 진정한 본성을 깨우치는 것 말이에요. 모든 힘은 궁극적으로 당신 것이니까요. 당신이 힘입니다. 그리고 이번 생이 그 힘을 되찾을 때입니다.

당신은 지금 이번 생에서 이루고 싶은 것에 목전까지 와 있어요. 모든 것이 협력해 당신을 지금 이 지점까지 데리고 왔지요. 그 모든 과거, 그 모든 어두웠던 날들, 그 약, 그 외 다른 모든 것들이 당신을 이곳으로 데려오기 위한 것들이었어요. 태어나 첫 숨을 쉬기 전의 당신이 희망했던 곳, 바로 그곳에 지금 당신이 서 있습니다. 정말 아름다워요. 당신이 알 수 있다면 좋을 텐데요. 당신이 알 수 있다면요. 우리는 당신이 자랑스럽답니다.

앤드루: 전생에서 힘을 내준 일을 치유하고 현생에서 내 힘을 되찾는 것이 내 의도였다면 왜 굳이 발기부전과 성욕 감퇴를 계획했을까요? 그냥 아주 힘 있는 사람이 되겠다고 계획해도 되지 않나요?

아이노우: 그냥 아주 힘 있는 사람이 된다면 그 힘을 남용할지 모른다는 걱정이 있었어요. 남용하지 않을 수도 있지만 당신이 본 그 전생과 그 이전 삶들에서의 경험이 당신으로 하여금 그렇게 생각하게 만들었죠. 그리고 힘을 가진 사람으로 태어나거나 평생 힘을 잃지 않고 산다면 두려움, 막막함, 절망의 심연 같은 인간적인 상황을 이해하고 공감하기도 어렵고 그런 사람들과 연결되기도 쉽지 않겠죠. 그런 길을 가본 적이 없는데 그 길 위의 사람들과 어떻게 만날 수 있겠어요? 문 옆에 서서 사람들이 그 문을 통과하도록 문을 열고 있을 수도 없을 겁니다.

이번 생에서 당신은 진정한 자아와 반대 모습으로 사는 것이 어떤 것인지 제대로 이해하고자 했습니다. 그렇게 하면 다른 사람들을 데리고 돌아올 수 있지요. 지옥으로 내려간 다음 그곳 사람들 손을 잡고 같이 올라올 수 있어요.

여기에서 아이노우는 '빛의 일꾼lightworker'의 인생 계획을 참으로 아름답게 설명했다. 빛의 일꾼은 태어나기 전에 자신이 바꾸고 싶어 한 그것을 바꾸기 전에 먼저 그것을 직접 경험하고자 한다. '진정으로 강력한 변화'(변형을 부르는 변화)는 일단 자신이 바꾸고 싶은 그 에너지 진동 속에 있어 보아야만 일어나게 되어 있다. 바로 여기서 앤드루의 탄생 전 계획은 먼저 자신을 무력한 존재로 만들어야 진정으로 강력해질 수 있다는 위대한 역설을 드러낸다. 이런 앤드루의 이야기는 '반대를 통해 배우기learning-through-opposites' 전략의 전형으로, 앤드루는 성적 불능과 진정한 영적인 힘 사이의 대조를 본 후에야 신성한 존재Divine Being로서 자신의 무한한 힘을 진정으로 이해하고 감사할 터였다.

앤드루: 발기부전과 성욕 감퇴를 경험한 것이 또 어떤 점에서 나에게 좋았나요?
아이노우: 주의를 빼앗기지 않게 도왔습니다. 그 문제가 없었더라면 여자들을 많이 만났을 테고, 어쩌면 자식들(물질 세상에서 우리의 주의를 빼앗는 요소)도 생겨서 원래 가고자 했던 길에서 많이 벗어났을 거예요. 당신은 이미 그렇게 (자식들을 낳으며) 많은 생을 살았습니다.

그리고 이번 생에서 시련과 고통을 당하고 괴로웠지만 당신은 포기하지 않았어요. 그러니 이제는 당신이 가야 할 길에서 벗어날 일이 없습니다. 그 불타는 용광로를 느껴보세요. 당신을 밀어주고 꿈을 실현해 나아가도록 에너지를 대주는 용광로 말입니다. 진실을 찾고 다른 사람들도 함께 데리고 가겠다는 그 꿈 말이에요. 그 길이 쉬운 길은 아닐지 몰라도 당신에게 가장 좋은 길이라는 데 당신을 포함해 모두가 동의했습니다.

그건 마치 물 속으로 공을 내리누르는 것과 비슷해요. 깊이 누를수록 공은 더 높이 튕겨 올라오겠지요. 모든 것이 진정한 본질인 사랑과 반대되는 것을 통해서 더 큰 이해를 불러왔고 앞으로도 그럴 겁니다.

앤드루: 가난한 이민자들과 함께하는 지금의 내 일에는 어떤 의미가 있나요?

아이노우: 당신이 원하는 것이 있다면 그게 무엇이든 다른 사람에게 먼저 주세요. 노숙자, 의지할 데 없는 사람, 인생을 포기한 사람, 자신을 포함해 누구도 사랑하지 못하는 사람을 만나면 그렇게 하세요. 그럼 그 사랑이 당신을 위해 꽃을 피우기 시작할 겁니다. 그리고 그 꽃이 계속해서 피어나고 또 피어날 거예요. 그냥 거기에 있어주기, 그게 다입니다. 그들을 위한 해답을 알 필요도 없고 해답을 말할 필요도 없어요. 그저 그들 옆에 있어주기만 하면 됩니다. 그렇게 그들의 인간성과 동시에 신성을 인정해 주는 것입니다.

여기서 우리는 중요한 지점에 다다랐다. 앤드루는 먼저 자신의 신성을 알아차림으로써 이제 타인의 신성도 볼 수 있게 된 것이다. 사람들이 앤드루의 눈에 반영된 자신들의 신성을 볼 때 그들도 자신의 진정한 본성을 기억해 내기 시작한다. 그렇게 진정한 치유는 이루어진다.

앤드루: 발기부전은 나에게 크나큰 고통을 안겨줬어요. 내가 그런 고통을 겪은 이유가 또 있나요? 어떻게 하면 치유할 수 있는지 말해줄 수는 있나요?

아이노우: 이유는 모두 밝혀졌습니다. 달리 더 얘기할 게 있을까요? 단지 우리가 당신 곁에 있음을 알아달라고 말하고 싶네요. 당신은 언제든 우리를 부를 수 있습니다. 우리에게 도와달라고 하세요.

우리는 '사랑'의 이름으로 이 길을 걸을 정도로 용감한 당신이 자랑스럽고 그런 당신을 깊이 포옹합니다. "나는 이것을 사랑의 이름으로 한다." 앞으로 이 문장을 가슴에 새기고 이것을 당신의 모토로, 새로운 만트라로 삼아보세요. 당신이 그 몸으로, 앤드루 도허티로 이번 생에 태어난 이유가 바로 그것이니까요. 어느 정도 위험할 수도 있는 결정이란 걸 당신도 잘 알았지만, 당신에게는 그 마지막 목적지에 가 닿고 싶은 열망이 있었어요. 왜냐하면 사실상 당신이 바로 그 마지막 목적지니까요. 이 사실을 가슴에 잘 새기세요. 아멘.

앤드루: 이 모든 일을 어떻게 하면 좀 더 가볍고 품위 있게 해낼 수 있을까요?

그 순간 아이노우가 열정을 폭발적으로 드러내는 바람에 나는 깜짝 놀랐다. 앤드루는 아이노우가 하는 말뿐 아니라 그가 그런 말을 할 때 얼마나 엄청난 강도와 힘을 실어 표현하는지까지 그대로 나에게 전해주었다.

아이노우: 미래에 대한 생각은 모두 버리세요. 오! 미래 없이 살아요! 오오! 나 지금 울 것 같아요! 오! 미래 없이 오늘만 살 수 있다면 당신은 천국에 있을 거예요! 미래가 없는데 뭐가 필요하겠어요? 미래는 없어요! 바로 지금이 당신이 존재하는 마지막 순간이에요! 지금 나누세요. 안 그러면 다음 들숨에 이미 기회는 사라지니까요! 미래는 없어요. 지금 여기에서 살아요. 미래를 위해서 아무것도 하지 마세요. 지금 이 순간을 위해 살아요. 장미는 미래를 모릅니다. 장미는 이 순간만 알고 지금 피어 있는 이 꽃만 압니다. 그런 장미가 만들어내는 아름다움을 보세요. 미래가 없는 사람처럼 살고 나누세요. 그렇게 살아봐요. 그럼 자유로워질 겁니다.

아이노우는 인간으로 태어난 이들이 행복해지는 비결을 알고 있는 게 분명했다. 그 비결을 활용할 수만 있다면 우리는 행복해질 수 있을 것이다.

우리가 알고 싶은 것을 다 물어본 것 같고 아이노우가 격앙되어 하는 말을 듣고 있자니 그도 할 말을 다 한 듯해서, 나는 앤드루에게 아이노우와 다른 위원회 위원들에게 육체적 · 감정적 · 정신적 · 영적인 모든 영역을 위해 에너지 치유를 마지막으로 부탁해 보라고 했다.

그리고 그 모든 영역에서 완전히 치유되겠다는 의도를 내라고 했다.

앤드루가 치유가 끝났음을 알리자 나는 천천히 앤드루를 트랜스 상태에서 빠져나오게 했다.

"와우!" 앤드루가 소리쳤다.

"어땠나요?" 내가 묻자, 앤드루가 웃음을 터트리며 말했다.

"할 말이 너무 많아요. 정말 놀라운 경험이었어요! 모든 영역에서요. 하나같이 어찌나 맞는 말만 해주는지…… 정확히 그동안 내가 알고 싶던 것들만 말해주더라고요. 진짜로요. 퍼즐의 마지막 조각을 딱! 하고 맞추는 기분이었어요. 당신한테 뭐라고 감사해야 할지 모르겠네요. 정말 어떤 말로도 고마움을 다 표현하지 못하겠어요."

그러더니 앤드루가 안도하는 듯한 목소리로 말을 이었다.

"내가 겪은 모든 일에 다 이유가 있다는 걸 알아서 정말 좋았어요. 그리고 우리를 만나게 하는 것이 바로 두려움이라는 것도 알아서 좋고요. 이보다 더 완벽할 수가 있나요? 그리고 '나는 이것을 사랑의 이름으로 한다'는 말도 그렇고, '미래에 대한 생각은 모두 버리라'는 말도 정말 강력하지 않나요? 신성한 경험이었어요. 나에게는 정말이지 인생을 바꾸는 경험이었어요!

결국은 시각의 문제였어요. 발기부전과 성욕 감퇴가 잘못된 것이 아니라는 것과 내가 그것에 동의했다는 걸 알았어야 했어요. 그리고 결국은 그것이 '사랑'을 선택해서 생긴 일이라는 것도요. 사랑을 선택하는 것, 중요한 건 결국 그거였어요."

앤드루의 생과 생 사이로의 영혼 퇴행은 앤드루의 발기부전과 성욕 감퇴의 배후에 있는 영적인 의미와 목표를 분명히 드러내주었다.

그리고 앤드루가 현재 겪고 있는 일과 앤드루의 전생 사이의 관계도 알게 해주었다. 우리는 앤드루가 태어나기 전에 품었던 다른 의도들에 대해서도 어느 정도 감을 잡았다. 그런데 앤드루가 이런 생을 선택한 데에 엘라와 아이노우가 알려주지 않은 다른 목적은 더 없을까? 앤드루와 똑같은 문제를 안고 있는 독자들에게 내가 더 제공할 것은 없을까 하는 생각이 들었다.

이 질문들에 답을 얻기 위해 앤드루와 나는 영매 스테이시 웰즈 Staci Wells의 세션을 받아보기로 했다. 세션 전에 나는 스테이시에게 앤드루의 전체 이름과 생년월일을 알려주었다. 이 정보를 이용해 스테이시의 길잡이 영이 지구 차원에 속하는 모든 것을 비물질적으로 완벽히 기록해 놓은 아카식 레코드Akashic Record(우주 도서관 또는 삶의 책이라고도 한다—옮긴이)에 접근할 것이다. 앤드루와 나는 그의 전 여자 친구인 사라와 관련한 앤드루의 탄생 전 계획도 알고 싶다고 스테이시에게 말해두었다.

스테이시와의 세션

세션이 시작되자 스테이시는 자신의 길잡이 영(그녀의 길잡이 영은 특정 이름을 사용하지는 않는다)이 말을 하고 있으며, 우리에게 그 말을 전달하겠다고 했다.

"당신의 외로움은 스스로 만든 것입니다." 스테이시의 길잡이 영이 스테이시를 통해 앤드루에게 말하기 시작했다. "당신 스스로 그렇게 만들었고, 당신 스스로 계속 그렇게 살았습니다."

이전의 두 책을 쓰면서 나는 스테이시의 길잡이 영과 많은 세션에서 여러 주제로 대화를 나누어본 까닭에 이것이 비판이 아니고 사랑에서 나온 통찰임을 잘 알고 있었다. 스테이시의 길잡이 영 입장에서 이 말은 단순한 사실일 뿐이다. 그것이 의미하는 바도 분명하고 정확했다. 그것은 바로 발기부전과 성욕 감퇴에도 불구하고 외롭지 않을 수 있다는 것이었다. 스테이시의 길잡이 영은 앤드루 안의 힘이 앤드루 자신의 경험을 창조한다는 점을 상기시켜 주었다. 그와 똑같은 힘이 우리 각자에게도 있다. 스테이시의 길잡이 영이 이어서 말했다.

"이번 생에서 당신은 자신을 사랑하는 법을 배우고 있습니다. 그리고 자신이나 다른 사람을 비난하지 않는 법과 인내심으로 분노를 조절하는 법도 배우고 있고요."

이제 스테이시의 길잡이 영이 한 발 물러서고 스테이시가 직접 앤드루에게 말했다.

"이번 생에서 당신은 적응하는 힘을 키운다는 무엇보다 중요한 카르마적 과제를 갖고 태어났어요. 적응하는 힘이란 다름 아닌 감정적 유연성이요 삶의 시련을 딛고 회복하는 능력입니다. 앤드루의 영혼은 여러 생을 살아오면서 자신이 뭔가 기대에 미치지 못하는 상황에서 유연하게 대처하지 못하는 모습을 자주 보았어요.

그리고 당신의 창조 능력을 이용해 자신과 타인의 삶을 이끌어가는 지도자가 되는 것도 영혼으로서 당신이 중요하게 생각하고 노력하는 점입니다. 이 일을 위해 당신은 인생을 바쳐서라도 이해하고 당신 안에 통합해 낼 필요가 있는 어떤 상황에 놓이게 됩니다. 그런 식으로 그 힘든 상황을 다룰 수 있는 능력을 계발하지요. 그러고 나면 당신은 이제 다른 사람들과 그 능력을 나눌 수 있게 됩니다. 당신처럼 자신만의 위기를 겪고 있는 사람들이 스스로를 용서하고 진정한 자신이 누군지 알고 이해하도록 도울 수 있게 돼요."

이제 우리는 앤드루의 인생 계획 중 타인에 대한 봉사 부분으로 넘어오게 되었다. 사실 내가 살펴본 거의 모든 인생 계획들에는 어떤 형태로든 타인에 대한 봉사가 포함되어 있었다. 영혼의 관점에서는 단지 어떤 덕성을 계발하거나 특정 배움을 완수하는 것만으로는 부족하다. 우리 영혼은 늘 우리 경험 속에 들어 있는 황금을 캔 다음 그 풍요를 다른 사람들과 나누길 바란다. 스테이시가 이어서 말했다.

"앤드루, 영이 말하길, 당신과 당신의 길잡이 영은 이번 생을 계획할 때 살아있는 순간들 속의 아름다움과 가능성에 집중하는 것이 중요하다고 생각했어요.—지금 살아있는 순간에서 다음 살아있는 순간, 또 다음 살아있는 순간으로 넘어갈 때마다 말이에요. 다시 말해 무엇에 집중할지를 신중하게 선택해야 해요. 삶의 고통과 괴로움에 집중할 건가요? 아니면 괴로움을 줄여주고 만족감과 충족감을 줄 그 아름다움에 집중할 건가요?"

스테이시가 앤드루에게 이 중요한 질문을 하는 동안 나는 영이 "우리가 주의를 기울이는 것은 그것이 무엇이든 커진다"(Whatever we pay attention to increases)는 우주의 근본 법칙을 말하고 있다는 생각이 들었다. 발기부전과 성욕 감퇴 같은 인생의 시련들에 저항하는 것도 그것들에 주의를 기울이는 것이다. 그러면 "저항할수록 끈질기게 지속되는"(What we resist persists) 상황이 일어난다. 하지만 주의를 기울이지 않고 어떻게 시련에 대처할 수 있을까? 혹은 극복할 수 있을까? 답은 그 경험에서 얻을 수 있는 좋은 점에 가능한 최대로 집중하는 것이다.

"당신은 지나친 충동성이라는 카르마적 과제 또한 계속 다루고 있어요." 스테이시가 덧붙여 말했다. "이 과제를 통해서 당신은 자신과 자신의 삶을 보살피는 것이 얼마나 중요한지 배울 수 있습니다. 건강하고 만족스럽고 사랑받았다는 느낌으로 생을 마감할 수 있도록 당신이 해야 할 일을 모두 하는 것이 중요해요. 이 카르마적 과제를 가진 사람들은 대개 인생 초년에, 때로는 죽기 전까지 계속해서 잘못된 짝을 선택합니다. '이런 기분 정말 처음이야! 이 사람이 틀림없어!'라는 느낌에 압도되기 때문이죠. 하지만 누군가에게 그런 기분이 드는 것은 지나친 충동성 문제를 갖고 있는 사람에게는 오히려 경고 신호예요.

지나친 충동성이라는 카르마적 과제를 가진 사람들에게는 긍정적인 면도 많아요. 마음이 순수하다는 것도 그중 하나죠. 이 사람들은 타인의 고통에 잘 공감하고 언제든 도와줄 준비가 되어 있습니다. 그리고 온 마음을 다해 깊이 사랑하죠. 하지만 우리가 대부분 그렇듯이 자신을 그토록 사랑하는 법은 아직 배우지 못했어요. 이 과제의 목적은 조건 없이 사랑할 수 있을 정도로 성장하는 것입니다. 이번 생에서 당신은 다른 사람들을 조건 없이 사랑하는 법을 배워야 해요. 하지만 무엇보다 '당신 자신'을 조건 없이 사랑하는 법을 배워야 합니다.

앤드루, 당신의 다음 카르마적 과제는 균형감이에요. 이 과제의 핵

심은 내면의 고요한 곳과 연결되는 법을 배우는 것입니다. 그곳에는 슬픔도 분노도 없어요. '~해야 했는데, ~될 수도 있었는데, ~할 수도 있었는데' 같은 생각도 없습니다. 그곳에서는 그저 '존재할' 뿐이죠. 내면의 이 고요하고 평화로운 곳과의 연결을 강화하는 법을 배워야 해요. 그러지 않으면 살면서 불같이 반응하기 쉬워요.

앤드루, 그 다음 카르마적 과제는 자긍심과 자존감, 자신감을 기르고 자신을 정확히 잘 표현하는 법을 배우는 거예요. 당신은 지금 다른 사람의 기대에 자신을 맞추는 것이 아니라 자신에 대한 자신의 기대에 스스로를 맞추는 법을 배우고 있습니다."

이 말과 함께 스테이시와 그녀의 길잡이 영은 앤드루의 삶에서 주된 과제들에 대한 개관을 끝냈음을 알렸다.

"스테이시, 앤드루가 이번 생을 계획하던 때로 돌아가 그때 오간 대화를 들어볼 수 있을까요?" 내가 물었다.

"네. 어떤 말들을 하는지 한번 봅시다." 그녀가 대답했다. 스테이시가 집중하는 데는 약간 시간이 걸렸다.

"앤드루." 스테이시의 마음속에 앤드루가 이번 생을 계획하던 장면이 분명히 떠오른 듯 그녀가 앤드루를 불렀다. "지금 상황은 당신이 바로 전의 전생만이 아니라 그 전의 모든 전생들에 대한 검토를 이미 다 마친 상태예요. 지금 당신 길잡이 영이 당신이 자신보다 다른 사람들을 더 앞세워 온 역사를 말하고 있네요. 당신은 자신의 욕구는 늘 제일 마지막에 고려했고, 그래서 그 욕구대로 되지 않을 때나 아무도 당신의 그런 희생과 괴로움을 알아주지 않을 때면 폭발하곤 했어요."

앤드루의 길잡이 영: 이제 자기 사랑에 집중해야 할 때가 온 것 같지 않나요?

앤드루: 네, 정말 그렇네요. 나는 사랑하면서 배우고 또 살면서 배워요. 그러다 다시 사랑하기를 잊어버리고요. 수많은 생을 그렇게 살아왔어요. 이번에 살 생에서는 이런 나의 면을 한번 잘 넘어보고 싶네요.

"앤드루, 이제 당신과 사라가 대화하는 장면이 보여요. 사라는 당신 맞은편에 앉아 있어요. 당신들이 캐나다에서 남매 사이로 살던 전생 이야기를 하고 있어요. 사라는 그 생에서 자신이 당신을 버렸다고 느끼고 그런 자신을 용서할 필요가 있다고 말하네요. 사라는 어떤 신사와 편지를 주고받다가 그와 결혼하기 위해 그 나라의 정반대쪽으로 가서 그곳에서 가족을 일궜군요. 그렇게 떠난 뒤로 둘은 다시는 만나지 못했고요. 당신은 외로움을 못 이기고 약물 중독에 빠졌고, 나중에는 자살했어요." 스테이시가 말했다.

사라: 나는 당신을 용서해요. 나는 당신을 용서해요.

"사라는 그 생에서 당신이 자살한 것을 용서한다고 하는 거예요." 스테이시가 설명했다.

사라: 내가 용서할 수 없는 건 나 자신이에요. 그 생에서 당신을 떠난 그 순간부터 나는 늘 불안했어요. 당신한테서 등을 돌렸을 때

나는 앞으로 내 인생이 새롭고 좋아질 거라는 걸 알았어요. 그리고 그것은 곧 당신과의 이별을 의미한다는 것도요. 그리고 내가 없으면 당신이 잘살지 못할 거라는 것도 알았어요. 좋은 친구를 사귀지도 못하고 괴로워하고 힘들어할 거란 것도. 하지만 나는 내 행복이 더 중요했어요. 나는 비난받아 마땅해요.

앤드루: 당신을 사랑해요. 당신이 내 인생이나 내 행동에 책임을 져야 한다고는 절대 생각하지 않아요. 당신을 사랑했고, 항상 사랑할 겁니다. 이것은 절대 변하지 않을 거예요. 당신은 수많은 생에서 내게 안전한 피난처가 되어줬어요. 나의 사촌이 되기도 하고, 사랑하는 사람이 되기도 하고, 이웃이 되기도 하고, 어머니가 되기도 하면서요. 아주 힘들 때마다 내 손을 잡아주었죠. 하지만 이제는 나를 보내주어야 할 때예요. 내가 앞으로 나아갈 수 있게요. 이번에는 준비가 되었어요.

"당신 둘은 서로에게 고개 숙여 절한 뒤 인생 계획표를 내려다봐요. 그리고 서로 만날 시간을 찾고 있습니다. 사라가 어떤 때를 제안했고 당신이 동의해요."

사라: 나는 내 길을 갈게요. 하지만 바라건대 내 형제여, 나를 알아봄으로써 당신 자신도 알아보게 되기를 바랍니다. 왜냐하면 그것이 나의 목적이요 의도니까요. 당신이 자신을 아는 것, 아무리 괴로울 때에도 당신 인생에 신의 빛과 신의 손이 있음을 보고, 내가 그렇듯이 모든 것이 확실하고 맞고 옳다는 걸 알아차리기 바랍니다.

(육체 안에 있는 동안에는) 우리가 비록 미래를 알 수 없겠지만, 우리는 모든 것이 잘될 것이고 또 실제로 그러하다는 믿음을 놓지 않을 겁니다. 나의 형제여, 나는 당신이 여전히 이 믿음을 놓지 않고 사는 법을 배우는 중이고, 기대 없이 세상에 존재하는 법을 배우는 중임을 이해해요. 이것이 당신에게는 힘든 일이란 걸 잘 알아요. 여전히 이 배움에 저항하고 싶고 피하고 싶어 한다는 것도 알고요. 하지만 잠시나마 내가 당신 인생에서 보여줄 사랑을 통해서, 사랑받는다는 것이 어떤 느낌인지 마음속에 영원히 간직하리란 것도 잘 알아요. 그렇게 해서 당신 자신에 대해서도 이런 사랑을 느낄 수 있기를, 당신이 자신과 거듭거듭 사랑에 빠질 수 있기를, 자신을 사랑하기를, 그리고 시련 속에서도 자신을 사랑하는 법을 배우기를 바랍니다. 당신이 몸으로 도전하고 극복해 나갈 시련, 하지만 감정적으로는 여전히 당신을 만신창이로 만드는 그런 시련 말입니다.

나의 형제여, 당신을 위해서 해볼게요. 이번 생에서 당신을 더 이상 찾지 않을 거예요. 그리고 이 우주에 죽지 않고 영원히 존재하면서, 한 존재가 가질 수 있는 가장 큰 사랑을 당신을 위해 간직하겠습니다.

당신은 나를 알아볼 거예요. 내 눈에서 빛을 볼 테고, 그 빛의 에너지가 곧장 당신 심장에 가닿을 테니까요. 그렇게 당신은 나를 알아볼 겁니다.

앤드루: 네, 네, 그럴 거예요. (자신의 한 손을 심장 차크라에 올리며 말한다.) 이 느낌이 익숙해요. 당신이 내 인생에서 이루고자 하는

목적이 있다는 걸 알아요. 당신이 바라는 그 목적을 이루기 위해 살다 보면 종종 힘들 때들도 있겠죠. 나아가야 할 방향도 모르고, 왜 그런 시련을 겪는지도 모르고, 아니 문제 자체를 이해하지 못할 수도 있고요. 하지만 내가 당신을 사랑하고 신뢰한다는 것, 그리고 당신이 항상 나를 최선의 나로 인도하리란 건 가슴으로 알고 있어요. 그러니 그래 주세요. 그래 주기를 기도합니다, 언제나요.

"당신 둘은 동의하는 뜻으로 서로 고개를 숙입니다." 스테이시가 덧붙였다. "존경과 사랑의 에너지도 함께 보내면서요. 사라가 일어나서 당신의 영혼 그룹 멤버들이 앉아 있는 회랑으로 돌아갑니다. 영혼 그룹 멤버들은 그곳에서 지켜보면서 계획에 포함될 때를 기다리고 있군요."

"스테이시, 앤드루의 어머니가 될 분과 대화할 수 있나요?" 내가 물었다. "탈모 치료제 사건이 일어났을 때 앤드루는 본가로 돌아갔어요. 그때 어머니는 당신이 하시던 일도 그만두며 앤드루를 돌봤고요. 그 일이 부모님 두 분에게, 특히 어머니에게는 엄청난 시련이었을 텐데요, 그들의 계획이 무엇이고 어떤 대화가 오갔는지 듣고 싶어요."

스테이시의 길잡이 영이 앤드루의 아카식 레코드 내 특정 장소로 스테이시를 데려가는 동안 다시 몇 분의 침묵이 흘렀다.

"지금 앤드루와 어머니가 대화하면서 계획을 짜고 있어요. 서로 마주보며 바닥에 앉아 있고, 둘 사이에는 앤드루의 계획표가 놓여 있어요. 어머니가 화가 난 게 분명하네요." 스테이시가 말했다.

어머니: 왜 그렇게 계속 이 문제를 붙들고 있는 거니? 왜 그렇게 너를 힘들게 해? 왜 그렇게 계속 저항하는 거냐?

"어머니는 앤드루의 자기 사랑, 자신감, 자존감에 대해 말하고 있어요." 스테이시가 설명했다.

어머니: 내가 너를 사랑하듯 너 자신을 사랑할 수 없는 거니?

"앤드루, 어머니는 자신이 당신의 어머니였거나 사촌이었던 다른 전생들을 보여주고 있어요. 그 전생들에게 어머니는 길잡이 존재로서 당신에게 봉사했어요. 그 전생들에서도 최소한 한 번은 당신이 어떤 경험에서 받은 상처를 회복하려고 나이 들어 집으로 다시 돌아간 적이 있네요. 어머니는 지금 매우 화가 나 있어요. 그래서 당신 길잡이 영이 몇 걸음 앞으로 나와 어머니의 어깨에 손을 올려요."

앤드루의 길잡이 영: 진정하세요. 당신은 이 문제를 직접 겪는 게 아니란 걸 잊지 마세요. 직접 겪는 사람의 입장은 또 다르니까요.

"어머니는 감정이 격해졌음을 미처 깨닫지 못했던 거 같아요. 하지만 이제 다시 침착하게 마음을 가라앉히고 있어요."

어머니: 너를 향한 나의 연민과 사랑 때문에 나는 많은 생에서 너를 위해 봉사하기로 했단다. 내가 완벽한 존재라서가 아니라 너를

사랑하기 때문이지. 그리고 너와 함께하며 네가 헤쳐 나가는 모습을 보면 나도 나에 대해 배우고 나 자신을 더 잘 통제하는 법을 배울 수 있어. 때로는 그 배움의 과정이 너무 극단적이라서 그 순간에는 그렇다는 것을 깨닫지 못하기도 해. 하지만 시간이 지나면 늘 그 경험에서 배운단다. 내가 너를 사랑한다는 걸 잊지 말기 바란다.

앤드루: 네, 잘 알고 있어요.

어머니: 나는 언제나 네 옆에 있어. 육체적으로 함께 있지 않을 때에도.

앤드루: 네, 그것도 잘 알고 있어요.

어머니: 우리가 함께 한 첫 생에서 내가 너를 낳았을 때……

"어머니는 지금 내가 잘 모르는 시기를 말하고 있어요." 스테이시가 우리에게 미리 알려주었다. "아주 오래전, 지구에서 사라진 역사 이전의 문명 시절을 말하고 있어요."

어머니: 나는 그때부터 남은 시간이 얼마가 되든 사랑하는 엄마로서, 삶의 길잡이로서 너를 위해 살기로 했어. 내 안에 너를 품은 그 순간부터 마음속으로 너와 강한 연결을 느꼈고, 그래서 멀리 가든 가까이에 있든, 이 영역에 있든 다른 영역으로 가든 그 마음을 늘 간직해 왔단다. 내가 너의 행복을 너무도 간절히 바라게 된 것, 나도 잘 알고 있단다. 하지만 내 의도는 원래부터 순수했음을, 그리고 내가 너에게 원하는 것은 항상 너에게 가장 좋다고 여기는

것임을 알아주기 바란다.

네가 원하는 대로 내가 늘 너를 봐주지 않는다는 것도 잘 안단다. 그건 진정한 너의 모습이 무엇인지, 네가 얼마나 많은 일을 할 수 있는지 내가 잘 알기 때문이야. 네가 어때야 한다는 생각에 내가 너무 집착한 것에 대해서는 너에게 용서를 구해야겠구나. 나를 용서해 주렴, 내 아들아.

앤드루: 네, 용서해요. 지금 그리고 늘, 영원히요. 나는 너무 자주 어머니에게 의지하죠. 그래서 독립해서 내 길을 가려고 때론 거칠게 나 자신을 몰아붙이기도 해요. 많은 생에서 그랬고, 어쩌면 앞으로도 그럴지 몰라요. 우리 관계가 서로 쉽게 상처 줄 수 있다는 것, 그리고 어머니가 줄 수 있다고 느끼는 것보다 종종 더 많은 것을 내가 요구한다는 것도 잘 알고 있어요.

어머니: 나는 네가 해내리라고 믿어. 나는 너를 굳게 믿는단다. 너의 치유 능력도 믿고. 나는 네가 회복하고 일어설 수 있도록 옆에서 늘 격려해 줄 거야. 그래서 네가 더 큰 용기를 낼 수 있도록 말이야. 너는 지금까지도 그 용기를 네 안에 쌓아왔고, 다음 생 또 다음 생에서도 그 용기와 함께 살아갈 거야. 너는 지금 지구력 기르는 법을 배우고 있어. 힘을 기르는 법을 배우고 있는 거지. 때로 나는 너를 힘들게 할 거야. 네가 헛되이 나에게 의존하는 대신 내면의 힘을 끌어낼 수 있게 말이야. 다만 내가 나만의 판단에 휘둘리지 않기를, 언제가 적당한 때인지 잘 알고 그럴 수 있기를 바랄 뿐이다.

앤드루: 어머니, 당신을 용서할 거예요.

어머니: 네가 흐느끼면 나도 흐느껴. 네가 슬퍼하면 나도 슬프고. 하지만 결국 너는 나 없이 가야 하고 또 그렇게 될 거야. 너는 당당히 고개를 들고 지난 생들보다 훨씬 더 강한 모습으로 살아갈 거야. 너는 변형을 거듭할 것이고, 그 결과 어떻게 하면 이 세상에서 가장 잘 살아갈 수 있고 이 세상을 도와줄 수 있는지 그 비전vision을 보게 될 거야. 기도하며 너에게 힘을 보내마. 가슴으로, 머리로, 내가 아는 모든 것을 다해 너를 응원한다. 나는 너의 가장 강력한 응원자란다.

이 말과 함께 스테이시는 앤드루의 탄생 전 계획 세션을 마치겠다고 했다. 나는 앤드루에게 궁금한 점이 더 있는지 물어보았다. 앤드루가 대답했다.

"네, 자기 사랑이 중요한 것 같은데요, 내가 어떻게 하면 나를 더 사랑할 수 있는지 조언을 들을 수 있을까요?"

"좋은 질문이에요." 스테이시가 앤드루에게 말했다. "잠시 그 점에 집중해 볼게요." 몇 분간의 침묵이 흐른 뒤 스테이시가 자신의 길잡이 영이 말하고 싶어 한다고 했다.

"당신은 이번 생에서 연민 의식compassionate awareness이라는 카르마적 과제를 선택해서 변형하고 성장하기를 바랐어요. 당신은 타인에게는 늘 연민의 마음을 가졌지만, 자신에게는 인색했죠. 제멋대로 함부로 살거나 자신을 부인하는 삶을 여러 번 살았어요. 이번 생에서는 자신에 대한 무조건적인 사랑과 흔들리지 않는 연민의 마음으로 이 둘 사이의 균형을 찾는 중이고, 그럴 수 있을 때 치유될 겁니다. 이 말은 모든 것이 어때야 한다는 이상에 갇혀 계속 실망하고 분노하는 대신, 당신에 관한 것이든 다른 사람에 관한 것이든 삶에서 일어나는 일들에 반응하지 않고 마음을 고요히 하며 내면에 집중하는, 곧 허락하고 받아들이는 연습을 하라는 뜻입니다.

항상, 당신 자식을 대하듯 자신을 대하세요. 사는 동안 언제나 자신을 연민의 마음으로 보고 사랑하세요. 당신이 판단하기에 실수하거나 잘못을 저지른 것 같을 때도 '괜찮아. 이번에 실수를 했네. 이 일로 배우면 돼. 나는 그래도 너를 사랑해. 다음에는 더 잘할 수 있을 거야'라고 말할 수 있게요. 꼭 그렇게 말하지 않더라도 온 마음을 다해 사랑하고 절대 상처 주고 싶지 않은 자식을 대하듯이 당신 자신을 대하세요. 자신을 철저하게 사랑하세요. 그럼 인생 자체에 대해 가슴으로나 에너지적으로나 더 유연하고 사랑스런 마음으로 반응할 수 있을 겁니다.

그리고 한 가지 더 있어요. 우리(영)는 당신이 명상을 끝낼 때마다 '세상과 나 자신과 그 안의 모든 존재와 더불어 나는 평화롭다'라고 말하길 바랍니다. 스스로 변하고자 할 때 그렇게 조용히 혹은 큰소리로 세 번 이상 말하는 것이 도움이 됩니다. 자기를 미워하고 비판하는 곳에서 연민의 마음과 자신을 조건 없이 사랑하는 위대한 능력이 있는 곳으로 '순간 이동하고 싶다면' 우리 마음은 무엇이든 적어도 세 번은 반복해야 합니다.

지나친 충동성을 극복하는 것이 카르마적 과제인 사람인 당신은 원하는 결과를 얻기 위해서는 오랜 기간 매일, 적어도 거의 매일 계속해서 무언가에 전념할 필요가 있습니다. 당신이 그렇게 계획했으므로 이번 생에서 쉽게, 빨리 이루어지는 일은 없을 겁니다. 뭔가를 바꾸거나 이루고 싶다면 단기간에 크게 성과를 내려 하기보다는 장기간 꾸준히 노력해서 내면으로부터 중요하고 근본적인 변화를 이루어내야 합니다."

나는 스테이시와 그녀의 길잡이 영에게 앤드루가 발기부전과 성욕 감퇴를 계획한 것에 또 다른 이유가 있는지 물었다.

"영혼 여행 초기에 무슨 일이 있었는데 그 일로 앤드루의 영혼이 상처를 입었습니다." 영이 스테이시의 입을 통해 말했다. "11세기나 12세기 무렵으로 지중해 느낌이 나는 나라예요. 앤드루가 딱딱한 가죽옷과 금속 헬멧을 쓴 군인 복장을 하고 날이 넓은 검을 차고 있어요. 앤드루는 전쟁터에서 싸우느라 오랫동안 집을 떠나 있었어요. 전쟁이 끝나 집으로 돌아왔는데, 고향 마을이 침략을 받아 사람들이 많이 죽었습니다. 그의 가족은 마을에서 조금 떨어진 산 속 동굴에 숨어 있었는데 발각이 되었고, 결국 처자식들이 모두 살육당했음을 앤드루가 알게 돼요."

자신의 길잡이 영을 다시 채널링하기 시작하자 스테이시의 어조가 느려졌다.

"앤드루가 자책을 해요. 가족의 죽음이 자기 때문이라고 생각하고, 자신을 용서할 때까지는 다른 가정을 꾸릴 수 없다고 느껴요. 우리 모두 알듯이 용서에는 연민과 사랑이 필요합니다. 그리고 이것이 앤드루가 내면에서 지금도 작업하고 있는 부분이에요. 어쩌면 이번 생의 후반 아니면 다음 생이나 되어야 앤드루는 다시 아이들을 둔 사랑스런 가정을 자신에게 허락할지 모르겠군요.

앤드루는 자신이 책임질 수 있는 선이 어디까지인지 이해하고, 알지도 보지도 못한 침략자가 자기가 사랑하는 사람들을 죽이는 것 같은 일은 자신의 책임 밖임을 이해할 수 있을 정도로 자신에 대한 연민과 사랑을 키워야만 합니다.

앤드루의 감정적인 부분이 그 전생에서 받은 상처를 놓아주지 못하고 있지만, 이것은 한편으로 앤드루가 얼마나 용감한 존재인지 보여주는 것이기도 합니다. 앤드루는 수많은 생을 통해 오랫동안 해결해 가야 하는 과제에 기꺼이 자신을 던졌습니다. 이 과정을 통해 자신과 자신이 사랑하는 모든 사람들을 향한 연민의 마음을 키우면서 자신을 치유하며 자신을 조건 없이 포용하고 사랑하는 법을 배우게 될 것입니다. 이런 영혼의 관대함과 용기가 앤드루의 가장 큰 강점입니다. 롭, 우리는 당신이 이 정도의 고난과 시련을 계획하고 경험할 정도로 우리 영혼이 용감할 수 있음을 사람들에게 계속 알려주기 바랍니다."

나는 스테이시의 길잡이 영에게 영혼이 발기부전이나 성욕 감퇴를 계획하는 이유가 더 있는지 물었다.

"그것은 언제나 자신을 사랑하는 법을 배우고, 세상이 말하는 성공이나 미美의 잣대를 초월하며, 어떤 사람이든 그 사람 자체를 완전하고 온전한 존재로 받아들이는 법을 배우는 것과 관련됩니다. 그리고 가끔 다른 삶에서 누군가를 성적으로 학대했기 때문에 성욕 감퇴를 선택하기도 하지만, 이것도 결국에는 조건 없는 사랑을 배우고 연민의 마음을 키우는 근본적인 과제로 귀결됩니다."

"앤드루는 왜 여자가 아니라 남자로 태어나 성욕 감퇴와 발기부전을 경험하기로 한 거지요?" 내가 궁금해서 물었다.

"앤드루는 자기 몸이 주는 강한 힘을 느끼기 좋아하는데, 여자의 몸으로는 그런 느낌을 얻을 수 없다는 걸 잘 알아요." 스테이시의 길잡이 영이 대답했다. "여성의 몸이 갖는 복잡한 수준의 감정들을 감당할 준비가 되어 있지 않기도 했고요. 이는 앤드루가 자신의 신경계를 이번 생에서 균형을 이룰 육체적 요소로 선택한 또 다른 이유이기도 합니다. 여성의 몸은 남성의 몸보다 신경 조직이 더 많으니까요. 앤드루는 남성의 신경계에 균형을 이루는 법부터 배우고 싶었어요."

"그렇다면 여성으로서 성욕 감퇴나 성적 불능을 선택하는 사람들은 왜 그런가요?"

"여성의 경우도 마찬가지로 조건 없는 사랑을 배우고 싶어서이지만 이는 자기 보호와도 관련이 있습니다. 자기 보호란 누군가 자신을 해친다고 느끼거나 해칠까봐 두려워서 하는 것인데, 이것도 사실은 자신을 고립시키고 벽을 쌓아서 자신과 더 많은 시간을 갖고 자신과의 관계를 강화하기 위해서예요. 그리고 어떤 여성들은(남성도 마찬가지로) 자신을 용서하기 위해 성욕 감퇴나 성적 불능을 선택해요. 자신이 고수하는 어떤 이상에 부합하지 못하는 자신을 용서하는 법을 배울 필요가 있다고 생각하기 때문이죠."

"성욕 감퇴나 성적 불능에 대처하는 데 도움이 될 말이 또 있을까요?" 내가 물었다.

"지금 이 순간을 사세요. 지금 이 순간에 당신의 힘이 있어요." 스테이시의 길잡이 영이 말했다. "상상 속 현실이 아니라 지금 여기를 사는 법을 연습하세요. 자신에 대한 사랑이 그렇게 대단하게 느껴지지 않을 때도 자신에 대한 사랑을 선언하는 문장들을 몇 개 써보세요. 당신이 얼마나 잘살고 있는지도 써봐요. 좋은 것이라고는 창문 밖에서 잔디가 자라고 벌이 꽃 주위를 윙윙대는 것뿐이더라도요. 그리고 '나는 나를 사랑한다'라고 매일 선언하는 습관을 들이세요."

스테이시의 말이 돌연 평상시 그녀의 빠른 톤으로 돌아왔다. "영이 당신에게 이 말을 해주라고 하네요. 스물다섯 살 때 나(스테이시)는 (영에 의해) 결심을 하나 했어요. 거울을 지날 때마다 조용히 혹은 큰소리로 '나는 나를 사랑한다'라고 말하기로요. 그리고 25년이 지난 어느 날 그날도 거울을 지나다가 습관대로 '나는 나를 사랑한다'라고 말했는데 그때 깨달았어요. 마침내 내가 정말로 나를 사랑하고 있다는 걸요."

"스테이시, 당신의 길잡이 영은 성욕 감퇴나 성적 불능을 가진 사람과 함께 사는 사람에게는 어떤 조언을 해줄까요?" 내가 물었다.

"다정하게 대해주세요."

몸 속에 있지 않을 때, 다시 말해 물질과 오감의 한계에 매여 있지 않을 때(그렇게 매여 있는 것처럼 보일 뿐이지만), 앤드루의 영혼은 우리 모두의 영혼처럼 무한한 힘을 갖고 있다. 다차원에 동시에 존재하므로 그는 시간의 신기루에서 자유롭고 공간이라는 환상에 구속받지 않는다. 의식은 원래 비국소적nonlocal이므로, 앤드루는 수없이 많은 물리 영역과 비물리 영역에서 동시에 활동한다. 생각만으로 그는 즉시 창조한다. 앤드루는 지적으로만이 아니라 경험적으로도 자신이 '존재하는 모든 것All That Is'과 하나임을 알고 있다.

그런 강력한 힘을 자신이 보지 못하게 숨길 정도라면 우리의 영혼은 대체 얼마나 강력한가? 현재 생에서 앤드루는 자신의 강력한 힘을 잠시지만 보지 못할 것을 선택했다. 전생에서 그 힘을 무책임하게 쓴 것이 그 이유 가운데 하나였다. 그 힘은 여전히 거기에 있지만 성적 불능이라는 문제가 가리고 있어서 그는 보지 못한다. 그의 길잡이 영 엘라가 말했듯이, 그는 자신의 본모습을 받아들이지 못하게 스스로를 막고 있다. 전생에서 자신이 한 행동을 스스로 용서할 때 그 막힘은 사라진다. 다시 말해 자신에 대한 연민과 존중, 사랑의 마음을 담아 자신에게 편지를 쓸 때 자기 용서가 일어난다. 주는 것과 받는 것이 사실상 하나이고 같으므로 그런 편지를 쓰는 행위는 곧 그 안의 내용을 선물로 받는 것이다.

그런데 우리의 힘은 자신의 진정한 본성을 자신이 보지 못하도록 숨기는 능력 정도에서 머물지 않는다. 엘라가 앤드루에게 설명했듯이 진정한 힘은 사람들 위에 군림하는 힘이 아니라 사람들 안에 있는 힘을 끌어내는 힘이다. 그리고 이 힘은 자신의 느낌을 정직하게 나눌 때 발휘될 수 있다. 대부분의 사람들은 고통과 두려움은 피하고 싶어 하고 연약함은 드러내고 싶어 하지 않는다. 자신의 괴로움을 숨김없이 자유롭게 모두 공유할 때 강한 힘이 앤드루에게 주어질 것이다. 그리고 그 힘이 다른 사람들에게도 그들이 가진 힘을 상기시키고 그 힘을 그들로부터 끌어낸다. 바로 그래서 아이노우는 앤드루에게 "사랑과 초월로 향하는 문은 대개 두려움을 통과해야 다다를 수 있습니다…… 거기에서 그들과 당신이 만날 겁니다. 거기에서 사랑을 발견할 거예요"라고 했다. 지구 차원에서는 보이는 것이 다가 아니며 그 반대인 경우가 많다. 지구에서 성적 불능은 자신의 무한한 힘을 더 깊이 알기 위한 도약판일 수 있다. 물질 영역에서 두려움은 초월적 사랑을 위한 초석이 되기도 한다.

아이노우는 앤드루에게 더 나아가 "두려움을 받아들여라…… 바꾸려 하거나 없애려 하지 말라"고 조언했다. 자신의 무언가를 없애려 한다는 것은 저항 상태에 있다는 뜻이다. 저항은 주의를 기울일 것을 요구하고, 주의를 기울이는 것은 거기에 에너지를 주는 것이며, 그 에너지는 자기가 주의를 기울이는 대상을 더 크게 만든다. 사실 앤드루가 없애야 할 것은 아무것도 없다. 자신이 사랑을 쏟을 자아의 측면들이 있을 뿐이다. 우리 내면의 연금술은 선택적으로 거부하는 과정이 아니라 분별하지 않고 온 마음을 다해 받아들이는 과정이다.

조건 없이 스스로를 사랑하는 법을 배울 경우 앤드루는 자신을 위한 지상의 천국을 건설하게 될 것이다. 혹은 아이노우가 말한 대로 "결코 떠난 적 없는" 근원으로 돌아가 그것과 하나가 될 것이다. 어떤 영혼도 근원 또는 신과 분리된 적이 없지만, 우리는 지구에 태어날 때 그러한 분리를 '인식하기perceive'로 선택한다. 자신의 위대한 힘을 기억할 때 앤드루는 그의 의식 속에서 '집Home'으로 돌아간다. 이때가 앤드루가 태어나기 전의 청사진 그대로 '타인에 대한 봉사'에 매진할 때이다. 진정한 자신과 반대되는 모습을 경험한 뒤 이제 그 같은 자기 기만을 떨쳐냄으로써 앤드루는 '하나임 의식oneness consciousness'으로 돌아갈 강력한 길을 닦았다. 아이노우는 앤드루에게 "돌아갈 때 다른 사람들을 데리고 돌아갈 수 있다"고 말했다. 앤드루의 의식이 확장됨으로써 그는, 육체를 가지고 하는 그 어떤 행동보다 훨씬 더 강력하게, 무수히 많은 타인들(처럼 보이는 사람들)로 하여금 그의 발걸음을 따르게 만들 것이다.

지구 차원에 태어난 많은 사람들처럼 앤드루도 '반대를 통해 배우는' 인생 계획을 디자인했다. 영혼은 영혼 수준의 진정한 자신과 반대되는 경험을 통해 진정한 자신이 누구인지를 가장 잘 이해하고 배운다. 그 대조가 냉혹할수록 더 깊이 깨우치게 될 것이다. 아이노우가 말했듯이 이것은 물 속으로 공을 내리누르는 것과 비슷하다. 깊이 누를수록 공은 더 높이 튕겨 올라올 것이다. 성적 불능이라는 고통을 통해서 앤드루는 자신의 힘과 장엄함에 대한 깊고 풍요롭고 견고하고 아름다운 깨달음을 스스로에게 선물하기 위해 벼리는 과정에 있다.

사라는 태어나기 전 이번 생에서 앤드루의 선생 중 한 명이 되기로 앤드루와 합의했다. 둘은 인격체 수준에서는 짧은 관계에 그치기로 계획했지만, 탄생 전 계획시 논의를 보면 영혼 수준에서 앤드루에 대한 사라의 사랑은 강력하고 영원함이 분명하다. 성적 불능은 앤드루에게 더 큰 자기 사랑을 키울 수 있는 기회와 동기를 제공해 주었다. 지구 차원에서 사라와의 아픈 이별도 마찬가지였다. 탄생 전 계획을 세우면서 사라가 앤드루에게 "당신이 자신과 거듭거듭 사랑에 빠질 수 있기를 바란다"고 했을 때, 사라는 자신과의 이별도 앤드루가 자기 사랑을 키워나갈 기회임을 내다보고 있었던 것이다. 현재 지구에는 앤드루처럼 태어나기 전에 '우리 자신'이 곧 자기 인생의 가장 위대한 사랑임을 발견하겠다고 계획하고 희망한 사람이 매우 많다.

그렇다면 그런 자기 사랑은 어떻게 얻는가? 스테이시의 길잡이 영이 지적했듯이 앤드루의 성적 불능은 자기를 보호하고 또 고립시키는 쪽으로 그를 이끌었고, 이는 다시 자신과의 관계를 강화하는 기회로 이어졌다. 자신과의 관계를 강화한다는 것은 무슨 말인가? 스테이시의 길잡이 영은 앤드루에게 "항상, 당신 자식을 대하듯 자신을 대하라"고 조언했다. 영적인 길이란 우리 각자가 자신에게 가장 친한 친구이고 안내자이고 치유자이고 부모일 수 있으며 또 그래야 함을 깨닫는 길이다. 그 결과 앤드루는 자신의 성적 불능, 성욕 감퇴, 그리고 사라와의 '실패한' 관계가 모두 다시 자기 자신으로 돌아가기 위한 것임을 깨달을 수 있다. 아이노우가 앤드루에게 지혜롭게 말했던 것처럼 자신이 "바로 그 마지막 목적지"이니까 말이다.

앤드루는 성적 불능이라는 경험 덕분에 진정한 자신, 즉 사랑Love을 깊이 알게 되었고 또 사랑하는 능력을 크게 확장해 나아가게 되었다. 이번 생이 끝나면 앤드루에게 성적 불능은 희미하고 먼 기억이 될 테지만 사랑이라는 자신의 본성과 사랑하는 능력만큼은 영원히 간직하게 될 것이다.

영적 전사spiritual warrior의 길이란 바로 이런 것이다.

03

차원 간 양육

영적 연대와 자립적 삶을 통해 성장하고 싶었던 알렉사

"호르헤의 이른 죽음은 알렉사의 영혼도 동의한 계획이었어요. 상실에 대처하는 법과 혼자 자립적으로 사는 법을 배우기 위해서요. 동시에 알렉사는 매우 모험적인 영혼으로서 차원 간 양육을 앞장서 실행해 보고 싶었어요. 둘 사이에 연대가 강하니까 가능한 계획이었지요."

★★★

몇 년 전 내 책들의 스페인어 판을 낸 출판사가 나더러 멕시코에 가서 라디오와 텔레비전에 출연해 일련의 홍보 인터뷰를 해달라고 부탁한 일이 있었다. 나는 멕시코시티를 달리는 택시 안에서 통역자와 다양한 주제로 이야기를 나눴는데, 통역자가 문득 자기 친구가 '차원 간 양육interdimensional parenting'을 한다는 말을 했다. 그 한 마디를 참으로 무심하게 던지고는 곧장 다른 주제로 넘어가는 것이었다.

"잠깐만요, 방금 차원 간 양육이라고 했나요?" 내가 그녀의 말을 끊고 물었다.

"네." 그 말이 나의 관심을 끈 게 놀랍다는 듯 그녀가 대답했다.

"차원 간 양육이라니, 세상에 그게 뭐죠?"

"그게, 그러니까 그 친구의 남편이 죽었어요. 그리고 죽은 채로 지금 저쪽 세상에서 아이를 함께 기르고 있어요."

나는 할 말을 잃고 말았다. 우리는 몇 분간 말없이 창밖만 내다봤다. 사람들이 스치듯 지나갔고, 나는 방금 들은 말을 이해해 보려 애썼다.

"그 친구분을 좀 만나볼 수 있을까요?" 내가 물었다.

"한번 물어볼게요."

그러고 얼마 후 나는 알렉사 파울스Alexa Pauls를 만났다. 그녀의 남편 호르헤Jorge는 정말로 비물질 영역에서 아들을 함께 키우고 있었다.

미국만 봐도 15세 전에 한쪽 또는 양쪽 부모를 잃은 아이가 150

만 명에 이른다고 추정하고 있다. 전 세계적으로는 그 수가 분명 몇 배는 더 늘어날 것이다. 살아있는 쪽 부모는 당연히 왜 이런 일이 일어나는지, 이것이 무슨 의미인지, 혼자 어떻게 아이를 키울 건지 같은 의문이 들 것이다. 남은 쪽 부모와 아이는 버려졌다는 느낌을 지우기 어렵다. 죽은 가족에게 분노를 느끼기도 하고, 그런 자신에 대해 죄책감을 느끼기도 한다. 가족의 상실로 인한 상처는 깊고 오래간다.

그렇다면 어떻게 치유할 수 있을까? 어쩌면, 그러니까 정말 어쩌면 '죽은' 사람이 실은 진짜로 떠난 것이 아님을 이해한다면 치유할 수 있지 않을까?

알렉사 이야기

나와 만났을 당시 알렉사는 39세였고, 남편 호르헤가 죽은 지는 4년째에 접어들고 있었다. 알렉사는 외교관 아버지와 가족 치료사 family therapist 어머니 사이에서 독일에서 태어났다. 인생 절반을 가족과 함께 이 나라 저 나라로 옮겨 다니며 살았다. 고등학교 졸업 여행을 멕시코로 갔는데 그녀는 그곳의 고대 유적지들에서 뭐라고 설명하기 힘든 강렬한 느낌을 받았고, 툴룸Tulum(멕시코 유카탄 반도 동쪽 해안가에 있는 마야 유적지—옮긴이)에서는 심지어 갑자기 눈물을 쏟기도 했다. 그 후 베를린에서 대학을 다니며 콜럼버스 이전 아메리카 대륙의 역사를 공부했으며, 이와 관련해서 석사 학위를 받고 멕시코로 이주했다. 그 직후 호르헤를 만났다. 호르헤는 어드벤처 스포츠(행글라이딩, 스카이다이빙, 스쿠버 다이빙 등 모험심이 필요한 스포츠—옮긴이) 가이드이자 리포터였다.

"호르헤를 처음 보자마자 뭔가 느낌이 왔어요." 알렉사가 생각에 잠겨 말했다. "너무 매력적인 남자였어요. 황갈색 눈동자에서 특별한 불꽃 같은 것이 일었는데 그게 나한테 와서 꽂혔죠. 어느 파티에서였는데 둘이 밤새도록 이야기를 나누면서 서로의 살아온 이야기에 푹 빠져들었어요."

당시 알렉사와 호르헤는 둘 다 사귀는 사람이 있었지만, 그 다음 해에도 다른 친구들과 함께 자주 만났고, 그러는 동안 서로에 대한 마음이 깊어졌다. 알렉사는 꿈에 자신과 호르헤가 결혼해서 구름으로 된 아치문을 통과하는 아주 아름다운 장면도 보았다고 했다. 그 후 얼마 안 가 두 사람 다 이전에 사귀던 사람과 관계를 정리했다. 알렉사가 말했다.

"우리는 꼭 함께 있고 함께 살아야 할 것 같았어요. 함께 삶의 길을 걸으면서요. 그래서 커플이 되어 11년 동안 아주 행복하게 살았지요. 아주 좋았어요. 둘 다 돈을 벌었고, 아이가 없으니 여행을 많이 했죠." 알렉사와 호르헤는 둘 다 자연과 모험을 좋아해서 주로 래프팅, 등반, 하이킹, 오지 탐험 등을 하며 여가 시간을 보냈다.

그러던 어느 날 둘은 아이를 갖고 싶다는 생각이 들었다.

"호르헤는 아이를 정말 좋아했어요." 알렉사가 추억을 더듬으며 말했다. "그이가 진심으로 아이를 갖고 싶어 한다는 걸 알았죠. 그리고 우리는 점점 나이 들고 있었고요. 당시 나는 서른네 살이 다 되었고, 그이는 마흔네 살이었어요. 그래서 내가 말했죠. "좋아요, 너무 늙기 전에 한번 가져봐요. 어떤 운명이 우리를 기다리고 있을지 한번 보자고요." 그렇게 결심했던 그날 바로 우리 아들 루카Luca가 우리에게 왔어요. 우리는 그랬다고 확신해요. 임신을 시도하자마자 말이에요. 사실 우리는 이 작은 영혼이 내 뱃속에서 잉태되는 순간을 그대로 느꼈답니다. 아주 특별한 순간이었죠."

"어떻게 알았어요? 어떤 느낌이었나요?" 내가 물었다.

"사랑을 나눌 때는 아니었고 그 직후에 느낌이 왔어요. 우리는 서로를 바라보며 침대에 누워서 말했죠. '이번엔 뭔가 달랐어'라고요. 그리고 나는 눈을 감았는데 내 마음의 눈이 하늘 너머 아주 먼 곳까지 날아가더니 드넓은 어둠 속 한 곳에 가서 꽂혔어요. 그때 빛이 한 방울 떨어지는 게 보였어요. 그 빛이 대기권의 여러 층들을 통과한 다음 내 뱃속으로 들어왔어요. 그때 우리 고양이가 침대 위로 와서 내 배 위까지 올라오는 거예요. 고양이가 그런 적은 처음이었어요. 그러곤 내 배 위에서 가르랑거렸죠. 내가 '아! 누가 도착한 것 같아' 그랬네요."

난산이어서 제왕절개를 했지만 루카는 건강하게 태어났다고 했다. 알렉사가 회상하며 말했다. "눈이 파랗고 아주 컸어요. 하늘이 다 비칠 만큼 큰 호수 같았죠. 아이인데도 눈이 지혜롭고 깊었어요." 알렉사와 호르헤는 더없이 행복했다.

그 후 얼마 안 돼 호르헤는 일주일에 나흘 동안 어드벤처 스포츠를 소개하는 텔레비전 프로그램에 생방송 출연 섭외를 받았다. 둘은 꿈꾸던 것이 모두 실현되는 것 같았다.

"루카가 태어나고 1년이 다 되어갈 무렵 호르헤가 출장을 가게 됐어요." 알렉사가 갑자기 슬픈 목소리로 말했다. "2013년 1월 15일 화요일이었죠. 호르헤가 새벽에 나에게 키스를 하고 집을 나섰어요. 나는 잠이 덜 깬 상태에서 '내일 저녁에 봐요'라고 했죠. 그날 오후 나는 루카와 공원을 산책했어요. 그리고 저녁 다섯시쯤 돌아왔죠. 그리고 30분 뒤 호르헤의 상사로부터 전화가 왔어요.

그가 '아주 안 좋은 소식을 전해드려야 할 것 같습니다. 호르헤가 비행기 사고로 사망했어요'라고 하더군요. 나는 다른 쪽 팔로는 루카를 안고 있었어요. 나는 '아뇨, 그럴 리가 없어요!'라고 소리쳤죠. 그리고 바닥에 주저앉았어요. '아니에요! 아니에요! 지금 무슨 말을 하시는 거죠? 그럴 리가 없잖아요'라고 하면서요."

호르헤가 탔던 비행기의 조종사는 40년 동안 2만 4천 시간 비행

경력이 있는 베테랑이었다. 처음 50분 동안 오르락내리락 스카이 쇼를 선보일 때만 해도 아무 문제가 없었다. 문제는 착륙이었다. 자신의 비행기를 다른 도시에 두고 와 공항 소유자의 비행기를 운전했던 조종사가 뭔가 계산을 잘못한 게 치명적이었다. 비행기는 활주로 옆 정글로 미끄러져 들어갔다. 조종사와 호르헤 둘 다 즉사했다. 알렉사가 이어서 말했다.

"그 전화를 받은 순간으로 돌아가 보면, 그때 나는 내 몸을 떠나서 호르헤가 있던 사고 현장으로 날아갔어요. 그이에게 날아가서 절박하게 말했죠. '호르헤, 이거 사실이 아니지요?! 우리 같이 행복하게 살아야 하잖아요!'라고요. 그 즉시 분명한 대답이 들려왔어요. 호르헤가 '아니야, 알렉사, 이래야만 했어요'라고요."

알렉사는 몇 군데 전화를 돌려 호르헤의 사망 소식을 알렸다. 그리고 30분 사이에 그녀의 집은 호르헤의 가족과 친구들로 북적거렸다. "그때부터 일주일 내내 우리 집은 사람들로 가득했어요. 공동체가 얼마나 소중한지 그때 알았네요. 모두 호르헤와 함께했던 시간들을 회상하며 울고 웃었죠. 진한 동지애를 느꼈어요. 내 여자 친구 중 한 명은 내 옆에 꼭 붙어서 나와 루카를 돌봐주었어요. 은행에도 가주고 음식도 해주고요. 나는 결코 혼자가 아니었죠."

나는 알렉사에게 '차원 간 양육'이라는 개념은 언제 알게 되었는지 물었다. 알렉사가 대답했다.

"그 첫 몇 밤 동안 나는 호르헤의 존재를 아주 강하게 느꼈어요. 한 번은 루카를 팔에 안고 재우고 있었는데 호르헤가 우리를 함께 안고 있는 게 느껴졌어요. 우리 셋이 함께 일종의 빛 기둥이 된 것 같았어요!

호르헤가 죽고 이틀째 되던 날 밤에 루카를 재우려고 아이를 안고 테라스로 나갔어요. 그리고 '잘 자요, 나무들. 잘 자요, 별들. 잘 자요, 하늘'이라고 했죠. 우리는 잠자기 전에 밤 의식으로 늘 그렇게 했거든요. 그날 밤에는 '잘 자요, 아빠'라고도 했어요. 아빠가 늘 저기서 루카 너를 내려다볼 거라고 하면서요. 그리고 아기를 방으로 데려갔어요. 현관문을 닫으려는데 루카가 문밖을 보면서 '아빠, 안녕!'이라고 하는 거예요. 루카는 그때까지 한 번도 '아빠'라고 말한 적이 없었거든요. 루카가 아빠를 본 거예요. 나한테는 그렇게 보였어요."

알렉사는 큰 결정을 내릴 때마다 호르헤에게 조언을 구하기 시작했다. 그녀는 호르헤가 차로 두 시간 거리의 멕시코시티 외곽의 작은 마을로 이사하는 게 좋겠다고 말한다는 느낌을 받았다. 그래서 그곳에 가보았더니 그들이 함께 산 멕시코시티의 집을 작게 축소해 놓은 것 같은 아름다운 집이 있었고, 그 작은 집에서라면 루카와 안전하게 잘살 수 있을 것 같았다. "호르헤는 이 물질 차원을 떠났지만 나는 그이와의 대화를 멈춘 적이 없어요. 특히 밤에는요. 그이가 살아 있을 때처럼 촛불을 켜서 고요한 분위기를 만든 다음 함께 대화를 나누죠."

그렇게 촛불을 켜놓고 대화를 나누던 어느 날 밤 알렉사는 호르헤에게 왜 아들만 남겨놓고 떠났는지, 자기가 이 상황에 대처하는 방식을 어떻게 생각하는지, 루카에 대해 어떤 생각을 하고 있는지 물었다. 그리고 알렉사는 마음속에서 영어로 '차원 간 양육interdimensional parenting'이라는 표현을 들었다. 순간 그녀는 숨을 멈추고 그 말의 뜻을 이해하려 했다. 그런 말은 한 번도 들어본 적이 없었다. 하지만 직관적으로 그 말에 대단한 의미가 있다는 걸 알았다. 그녀는 흥분과 동시에 깊은 고요를 느꼈다.

잠시 후 알렉사는 루카도 자신과 똑같이 호르헤와 접촉하고 있다고 말했다.

"몇 주 전 루카가 '엄마 이 집에 사는 사람들을 다 그려볼게요'라고 하더라고요. 나는 이 꼬마가 어떤 그림을 그릴지 아주 재미있겠다 싶었죠. 우리는 반려견도 많고 루카를 돌봐주는 보모도 한 명 있었거든요. 그래서 나는 엄마, 루카, 보모, 그리고 개들을 그리려니 했죠.

나중에 루카가 그림을 들고 왔어요. 루카, 엄마, 그리고 달걀처럼 둥근 구체球体가 집 안에 서 있는 그림이었어요. 그 둥근 모양은 나와 루카 같은 사람 모습과는 아주 달랐죠. 나와 루카는 두 다리를 가진 막대기 같았는데, 그것은 커다란 달걀 모양에 두 눈이 있고 웃고 있었어요."

알렉사는 루카에게 그 달걀 모양이 무어냐고 물었다.

"아빠지." 루카가 당연하다는 듯 대답했다.

"아빠는 왜 이렇게 다르게 생겼어?" 알렉사가 놀라서 물었다.

"나도 몰라. 아빠는 그냥 이렇게 생겼어." 루카가 대답했다.

루카는 집에서 거의 타원 형태의 빛 몸light body을 하고 있는 아빠를 보고 있음에 틀림없었다.

나는 알렉사에게 호르헤와 소통한 다른 이야기도 있으면 해달라고 했다.

"한 1년쯤 됐을 거예요. 내가 멕시코 전통 사우나인 테마스칼

temazcal을 하고 있었는데 호르헤와 연결이 된 것 같았어요. 그이가 우리 집 테라스에서 소파에 앉아 쿠션을 이리저리 바꿔보면서 놀고 있는 게 보였어요. 그래서 말했죠. '와우, 당신 집에 있었어? 재밌게 지내. 당신이 이 집을 구해줬잖아.' 그 다음 내가 본 것은 그이가 루카의 방에 서서 침대에서 자는 루카를 보고 있는 모습이었어요. 아들을 몹시 만지고 싶지만 그럴 수 없는 마음이 느껴져서 참 안쓰러웠죠. 나는 '당신은 루카를 몸으로 느낄 수는 없지. 그래서 내 마음도 아파. 하지만 당신 아들이야. 당신이 거기서 우리 아들을 보고 있다는 거 잘 알아'라고 했죠. 그러자 그이가 침대 맡에 앉아 루카를 내려다봤어요."

알렉사는 호르헤가 찾아온 특별한 꿈 이야기도 들려주었다.

"나는 어둡고 광활한 하늘을 날며 여행 중이었어요. 갑자기 내 오른쪽으로 시스티나 성당의 천장화 이미지가 나타났어요. 신과 아담이 서로의 집게손가락에 닿으려고 팔을 뻗고 있는 그림이요. 그런데 그들 손가락이 점점 가까워지고 있는 게 보이고 느껴졌어요. 그리고 마침내 손가락이 서로 닿는 순간 쾅! 하는 소리와 함께 엄청난 빛이 폭발했어요! 그 순간 길거리에 흔히 있는 커튼 달린 오래된 즉석 사진 부스가 하나 보였죠. 나는 커튼을 열고 그 안으로 들어갔는데…… 그곳에 호르헤가 있었어요! 호르헤가 부스 안에 앉아 있다가 일어섰어요. 그이에게서 빛이 나고 아름다웠어요. 어느 때보다요. 정말 그이였어요. 그이의 몸, 그이의 눈, 그이의 머리카락…… 모든 것이 그이의 가장 빛나는 모습을 보여주고 있었죠. 진짜 호르헤였어요. 호르헤의 본질이었죠. 그는 여전히 존재하고 있어요. 내가 지구에서 알았던 호르헤보다 더 빛나는 버전의 호르헤가 존재해요." 알렉사가 웃으며 말했다.

"시스티나 성당 천장화의 두 손가락 이미지가 차원 간의 접촉을 상징했나 봅니다." 나한테는 그렇게 보였다.

"네, 바로 그거예요." 알렉사가 동의했다.

알렉사는 호르헤와 직접 소통하는 것 외에도 친구를 통해 편지를 전달받기도 했다. 그 친구는 지구 차원과 관련된 생각과 말과 행동이 모두 기록되어 있는 비물질 차원의 아카식 레코드를 읽을 줄 아는 친구였다. 알렉사는 나에게 호르헤의 편지를 읽어주었다.

안녕, 내 사랑,

호르헤예요. 나는 여기 늘 당신과 함께 있고, 그걸 당신이 알아줘서 정말 안심이고 다행이다 싶어요. 나는 항상 당신 옆에 있어요. 그러니 부디 나와 소통하기를 멈추지 말아요. 그리고 이 차원 간 양육이 가능하고 실제로도 일어나고 있다는 걸 믿기 바라요. 당신도 그걸 알고 당신 영혼도 알아요. 이 일이 지금 일어나고 있다는 걸 당신은 잘 알지요.

나는 '떠나야pass away' 했어요. 그래야 당신이 다른 영역들이 존재한다는 걸 믿기 시작할 테니까. 당신의 직관을 믿어요.

루카는 아주 오래되고 지혜로운 영혼이에요. 그런 의미에서라도 우리가 이 아이를 잘 돌봐야 해요. 나는 늘 당신 곁에 있고 낮에는 텔레파시를 통해, 밤에는 꿈을 통해 소통해요. 나는 절대 떠난 적이 없어요. 이것은 당신도 잘 알고, 당신의 영혼도 잘 알고 있어요. 당신이 사랑의 행위로 표현하는 이타심과 봉사, 그리고 진실들에 나는 깊은 감명을 받고 또 고맙게 생각하고 있어요. 당신은 자신을 의심 없이 믿는 법을 배워야 해요. 당신은 전생들에서 당신의 그런 능력들 때문에 많이 힘들었지요. 하지만 그런 시간은 이제 다 지나갔고, 의식이 열리고 있어요. 당신은 깨어나야 하고, 계속 깨어 있어야 해요. 당신은 루카와 함께 아주 잘하고 있어요. 정말로요. 그리고 루카는 우리의 큰 스승이에요. 오래된 혈통에 지혜가 남다른 아이지요. 그렇다는 걸 커가면서 더 보여줄 거예요.

당신은 봉사 중인 영혼이고, 우리(영)는 그런 당신에게 감사하고 있어요. 우리는 이 일이 쉽지 않다는 것도 알지만 당신이 할 수 있다는 것도 잘 알아요. 당신 영혼이 이 모든 일을 겪겠다고 결심했음을, 그리고 당신에게는 힘이 있고 아들에 대한 사랑이 있으므로 이 힘든 일을 잘 헤쳐 나갈 수 있음을 기억하기 바라요. 내 사랑, 당신은 잘 해나갈 거예요. 사랑할 뿐 뒤돌아보지 말아요. 당신은 잘하고 있으니까요. 당신은 책을 쓰게 될 거예요. 당신이 책을 쓰기를 기다리고 있는 영혼이 많아요.

당신은 많은 사랑을 받고 있어요, 내 아름다운 공주님.

아름답고 힘이 넘치는 호르헤의 편지에 감동해서 우리는 몇 분 동안 말없이 앉아 있었다.

"알렉사, 호르헤한테 당신이 느낄 수도 있는 화가 이 차원 간 양육 덕분에 치유되고 또 그를 용서하는 데에도 도움이 될 것 같은데요?"

내가 물었다.

"네, 맞아요. 호르헤가 그렇게 죽게 되어 있었다는 걸 명확히 안 것이 큰 도움이 됐어요. 당연히 '아! 정말 우울해. 이대로 그냥 누워만 있고 싶어' 할 때도 있었죠. 하지만 어린 아들을 돌봐야 하니까 그럴 수 없었어요. 그러던 차에 우리가 직접 이 가볍고 예쁘고 기쁨을 주는 아이를 함께 돌보기로 계획했다는 사실을 알게 되었으니, 그 덕분에 그이가 떠나고 힘들었던 첫 몇 해를 그래도 수월하게 보낼 수 있었어요."

"배우자를 잃고 혼자서 아이(들)를 기르고 있는 듯이 보이는 사람들도 당신 이야기를 읽을 텐데요, 이 사람들이 '차원 간 양육'이라는 말을 처음 들어볼 수도 있고, 어쩌면 개중에는 자기 곁을 떠난 것처럼 보이는 배우자에게 분노하고 있는 사람들도 있을 거예요. 그런 사람들에게 뭔가 말을 해준다면요?"

"부당하다, 외롭다, 우울하다, 무력하다는 느낌에 머물지만 말고 차라리 그 느낌들 속에 빠져서 그것들을 격렬하게 겪어보는 게 더 나은 것 같아요." 알렉사가 조언했다. "처절하게 슬퍼하고 처절하게 울어요. 마음이 이끄는 대로 처절하게 따라가 봐요. 완전히 무너지지만 말고요. 슬픔의 커튼 뒤에 있는 가능성을 봐요. 여기에 육체와 함께 존재한다는 것이 혹은 육체 없이 존재한다는 것이 무슨 의미인지 이해할 기회를 얻은 것에 감사해 보세요."

"알렉사, 어릴 때 부모 한쪽을 잃고 지금은 차원 간 양육 개념을 이해할 정도로 충분히 자란 아이들도 이 이야기를 읽을 수 있을 텐데요, 그 아이들에게는 어떤 말을 해주고 싶어요?"

"돌아가신 엄마나 아빠가 마치 곁에 계신 것처럼 느껴지면 그 느낌이 진짜라고 믿고 붙잡으면서 잠시 거기에서 위안과 사랑을 찾아봐요. 나는 밤이나 자연 속에 있을 때 연결이 더 잘 되는 것 같아요. 밤에 한 번 그 돌아가신 부모님을 생각하며 불러보라고 말하고 싶어요. 나는 루카에게 항상 '아빠는 너를 사랑하셔. 아빠가 너를 내려다보고 계신단다'라고 매일 밤, 정말 매일 밤 말해준답니다. 영적인 말투로나 뭘 가르치듯이 말하지 않고 그냥 재미있게 설명해요. 예를 들면 '꿈을 꿀 때는 하늘을 날 수 있어. 저 멀리 별까지도 갈 수 있지. 어쩌면 아빠가 와서 너를 태우고 날아다닐 수도 있어'라고요.

자연을 통한 연결도 충분히 가능해요. 나는 매주 기회가 될 때마다 자연으로 들어가 '저 새 좀 봐. 나무 사이의 저 빛 좀 봐. 바람 소리를 들어봐. 아빠가 저기 계시네'라고 말해주기도 해요. 숲으로 들어가서 돌아가신 엄마나 아빠와 대화해 보세요. 그리고 그런 대화를 멈추지 말고 계속 해봐요.

(모습을 바꾼 상태(죽어서 육체가 없는 상태를 말함—옮긴이)에 있는) 엄마나 아빠에게 학교에서 있었던 일을 말하세요. 걱정거리도 있으면 말하고, 누가 못되게 굴면 그것도 말해요. 다 말해봐요. 그럼 부모님이 거기 있다는 게 느껴질 거예요. 곁에 함께 있으면서 늘 돌봐주고 있다는 것이요."

나는 알렉사에게 차원 간 양육이 그녀와 루카, 호르헤에게 구체적으로 어떻게 도움이 되는지 말해달라고 했다. 그녀가 대답했다.

"나한테는 혼자가 아니란 걸 아니까 도움이 돼요. 처음에는 슬펐죠. 육체를 가진 그가 그리웠어요. 하지만 외롭지는 않았어요. 지금은 동반자가 있다는 걸 분명히 아니까 아주 든든하고 문제가 있어도 잘 해결해 갈 수 있어요.

루카로 말하자면 사실 하루도 빠짐없이 아빠가 곁에 와 있죠. 그래서 루카는 아빠 없이 엄마 손에서만 자란다는 결핍감 같은 게 없어요. 나는 이 모든 게 우리가 단지 이 물질 차원에서만 사는 존재가 아니라는 걸 루카가 잘 받아들이도록 어릴 때부터 준비시켜서, 루카를 다차원 세상과 다차원 존재를 의식하는 어른으로 기르겠다는 큰 의도에서 나왔다고 믿고 있어요. 나중에 루카의 인생과 이 땅에서의 사명에 이런 준비가 아주 중요한 역할을 할 거예요.

차원 간 양육 개념을 사람들이 많이 알게 된다면 루카의 인생에서 호르헤가 자기 역할을 하기가 훨씬 수월해질 거예요. 루카는 아주 특별한 길잡이 영을 갖게 되겠죠. 나는 이 일의 수많은 의미가 미래에 더 확실히 밝혀질 거라고 믿고 있어요."

"알렉사, 한쪽 부모를 잃은 아이들에게 해주고 싶은 말이 더 있나요? 어릴 때 한쪽 부모를 잃고 이미 어른이 된 사람들도 좋고요."

"돌아가신 엄마나 아빠의 영혼이 새나 강물 등으로 환생할 수도 있다고 말해주고 싶어요. 혹은 어떤 작은 마법의 표지 같은 걸로 그들을 만나볼 수도 있고요. 마음을 열고 그런 표지들을 읽기 시작하면 삶이 아름답고 마법으로 가득 찰 겁니다. 어릴 때 부모를 잃고 이미 어른이 된 사람이라도 부모의 영혼과 연결되기에 늦은 때란 없답니다. 영적인 세상에서는 시간이 다르게 흐르니까요. 부모와는 언제나 연결될 수 있어요. 그들은 절대 우리를 떠나지 않아요."

예수아 및 호르헤와의 대화

알렉사와의 만남 후 나는 알고 싶은 것이 많아졌다. 알렉사, 호르헤, 루카는 루카가 태어나서 얼마 안 돼 호르헤가 영혼으로 돌아간다는 탄생 전 계획에 모두 동의했을까? 만약 그랬다면 알렉사는 왜 루카를 혼자 키우겠다고 했을까? 루카는 왜 엄마 혼자 자신을 키우기를 바랐을까? 이것이 그들의 태어나기 전 의도였다면 호르헤는 왜 그런 계획에 동의했을까? 이런 질문들을 비롯해 그들 인생의 청사진에 대해 좀 더 알아보고 싶어 나는 파멜라Pamela에게 예수아와 호르헤의 영혼을 불러 달라고 부탁했다.(예수아는 예수의 히브리 이름이다. 파멜라가 예수와 채널링한 내용을 담은 책이 《예수아 채널링: 빛의 일꾼들에게 전하는 새 시대의 메시지》라는 제목으로 국내에 출간되어 있다.—옮긴이)

준비가 되자 나는 예수아에게 차원 간 양육의 정의를 내려주기를 부탁하며 탐구를 시작했다.

"차원 간 양육은 물질 세상을 떠난 부모와 여전히 물질 세상에 남아 있는 아이 사이의 사랑을 전제로 합니다. 떠난 부모의 지지와 보살핌과 헌신이 이들 관계의 특징이지요. 떠난 부모는 저쪽 세상에서 차원 간 양육이라는 역할을 수행하기 위해 최소한 두 길잡이 영의 도움을 받습니다. 떠난 부모는 영혼 계획의 일부인 내면의 성장을 위해 이 역할을 완수하려고 해요.

떠난 부모는 반드시 자신의 영혼이나 더 높은 자아와 연결될 수 있어야 합니다. 아이를 잃는 것 또는 자신이 죽는 것에 대한 걱정, 슬픔, 화, 두려움 같은 강한 감정들에 초연할 정도로 의식 수준이 높아야 해요. (영혼 수준의) 초개인적인 의식 상태가 되어야 남은 아이와 (배우자가 있다면) 남은 배우자가 차원 간 관계에서 진정으로 이로움을 얻을 수 있습니다. 그리고 그런 의식 상태일 때 죽은 부모도 더 큰 그림을 받아들일 수 있어요. 영혼은 훨씬 더 큰 관점에서 그림을 그리니까요.

차원 간 양육은 거의 언제나 관련 인물들의 영혼 계획의 일부로 존재해요. 이 말은 영혼들이 그 경험을 하기로 미리 선택했기 때문에 그 일이 일어날 가능성이 아주 높다는 뜻이에요."

여기서 파멜라가 추가 설명을 했다. "죽은 부모가 지구 영역과 아이를 떠나지 못한 채 지상에 묶여 있을 수도 있는데 이때 남은 아이는 깊은 상실감과 슬픔에서 빠져나오기 힘듭니다. 하지만 차원 간 양육은 (지상에 묶여 있는) 아스트랄 영역이 아니라 영적인 영역에서 일어나므로 의식과 자유의 수준이 아주 높아요."

말할 때를 조용히 기다려온 파멜라를 위해 예수아가 뒤로 물러섰다. 그러자 파멜라가 자신이 받은 호르헤의 첫인상을 들려주었다.

"지금 호르헤가 보여요. 알렉사가 나에게 보내준 사진 속 모습과 비슷한데, 소매와 바지 끝에 어두운 줄무늬가 있는 하얀 옷을 입고 있어요. 그리고 아주 흔히 볼 수 있는 검은색 부츠를 신고 있어요.(호르헤는 파멜라 앞에 그냥 빛의 형태로 나타날 수도 있었고 자신이 원하는 다른 형태로 나타날 수 있었다. 다만 파멜라와 누구보다도 알렉사가 편하게 받아들이고 연결감을 느낄 수 있도록 그들에게 익숙한 모습을 선택한 것이다.) 호르헤가 눈물을 흘리고 있어요. 아내와 아이에 대한 사랑으로 가득해요. 아직도 그들과 함께 있고 싶고 그들을 만지고 쓰다듬고 싶어 해요. 아직도 매우 인간적인 감정을 갖고 있어요. 하지만 또한 빛의 영역에 있으니까 매우 순수하고 평화로운 에너지를 발산해요. 알렉사와 루카에게 사랑한다고, 둘이 경계를 넘어올 때 마중 나가겠다고 하네요. 알렉사와 루카에게 매우 헌신적이에요. 그들이 매우 자랑스럽대요. 상황에 아주 잘 대처하고 있다고요. 호르헤는 자신들이 의식의 전사戰士들이라고 해요. 개인적인 성장의 길을 추구하면서 지구에 더 많은 빛을 창조하는 의식의 전사들이요.

호르헤는 이 책이 잘되도록 도와주고 싶어 해요. 죽은 부모들 중에는 차원 간 양육을 할 수 있지만 상실감과 아픔이 너무 커서 여전히 아스트랄 영역에 갇혀 있는 사람들이 있다면서요. 이들도 차원 간 양육을 영혼 차원에서 계획했지만 초개인적 의식 수준으로 올라가기에는 감정이 너무 격한 상태예요. 호르헤는 자신이 지구에 남아 있는 이들에게 정보를 제공해서 이런 경우에 그들이 좀 더 빨리 해방되길 바라고 있어요. 남아 있는 자식들은 그 부모들과 말을 할 수 있고 그렇게만 한다면 그 부모들에게 큰 도움이 된답니다. 아스트랄 영역에 있는 존재들에게는 길잡이 영들보다 지구에서 몸을 갖고 사는 사람들이 더 쉽게 가 닿을 수 있어요. 그들이 아직 길잡이 영을 인식하지 못하고 있기 때문이죠.

죽은 부모 중에는 태어나기 전 영혼 단계에서 차원 간 양육을 계획하지 않은 부모도 물론 있어요. 하지만 그런 사람들도 진심으로 원하면 지금이라도 차원 간 양육을 할 수 있어요. 차원 간 양육은 그들이 성장하는 데, 또 다른 많은 것들을 이해하는 데 도움이 된답니다. 다만 이런 사람들은 '요건을 완전히 갖춘 차원 간 부모'라기보다는 '훈련생' 같을 거예요. 호르헤는 자유롭게 선택할 여지가 이 우주에는 아주 많다는 걸 강조하고 있어요. 영혼 계획에는 기본 경향이라는 게 있지만 자유재량의 여지도 아주 많답니다. 그러므로 차원 간 부모가 되기로 계획했더라도 너무 격한 감정에 휩싸여 있다면 그 시기를 미룰 수도 있어요. 그리고 그런 계획을 하지 않았어도, 밀도 높은 아스트랄 영역에서 벗어나 영혼 수준으로 올라가기로 결심한다면 지금이라도 차원 간 부모가 될 수 있답니다. 여러분은 사건을 계획할 수는 있지만 영적 성장을 계획할 수는 없어요. 영적 성장은 각자의 자유로운 선택에 달려 있으니까요. 호르헤는 인간 사회에 저쪽 세상의 삶에 대한 인식이 커지고, 부모로서 저쪽 세상으로 건너가는 것이 어떤 느낌인지에 대한 인식이 커지면, 차원 간 소통이 강화되고 양쪽 그룹 모두의 영혼에게도 도움이 될 거라고 말합니다."

"파멜라, 알렉사는 태어나기 전에 호르헤를 '잃기'로, 그러고 나서 차원 간 양육을 하기로 계획했나요? 그랬다면 왜 그랬나요?" 내가 물었다.

"알렉사와 호르헤는 서로 아주 강하게 연결되어 있고, 이전에도 몇 번의 생을 함께했어요." 파멜라가 대답했다. 여기에서 파멜라는 자신의 투시clairvoyance(분명히 봄), 투각claircognizance(분명히 앎), 투감clairsentience(분명히 느낌)의 능력을 이용해 두 사람의 과거 생들과 그 생들에서 그들의 에너지가 어땠는지 그 정보에 접근하고 있었다.

"한 생에서 호르헤는 알렉사의 아버지였는데 알렉사가 성인이 되어서도 둘이 서로를 놓아주지 못해 어려움을 겪었어요. 알렉사는 남자를 만나면 항상 아버지와 비교했고, 그러다 보니 어떤 남자도 성에

차지 않았죠. 그렇게 남자들을 평가만 하다가 아무 남자에게도 마음을 열지 못했죠. 또 다른 생에서는 알렉사가 호르헤의 어머니였네요. 이때도 둘이 서로 너무 사랑해서 비슷한 문제를 겪었어요. 그리고 둘 다 남자로 태어나 좋은 친구이자 길동무로 보낸 생도 있었네요. 둘이 아주 즐겁게 지냈어요. 둘 다 모험을 좋아했고 열정적이고 용감했어요. 둘이 함께 광활한 자연에서 다른 남자들과 함께 말을 타고 최고 속도로 달리는 게 보여요. 두 사람은 상인으로 많은 곳을 돌아다녔던 것 같아요. 아주 활기가 넘쳐요. 둘 다 이런 자유로운 삶을 사랑해요. 사고방식이 편협하거나 속이 좁고 매사에 조심하는 사람들을 좀 한심하게 봐요.

함께한 모든 생에서 두 사람이 유사한 기질을 보였어요. 둘 다 모험가이고 기백이 넘치고 대담해요. 늘 서로를 애틋이 여기는데 그만큼 다른 사람들과의 관계는 삐걱거려요." 파멜라가 결론처럼 말했다.

이때 예수아가 다시 파멜라의 의식 전면에 나서며 말했다. "어떤 면에서 둘의 결속이 너무 단단했어요. 서로 떨어져서 각자 자신에게 온전히 몰입할 필요가 있었지요. 호르헤의 이른 죽음은 알렉사의 영혼도 동의한 계획이었어요. 상실에 대처하는 법과 혼자 자립적으로 사는 법을 배우기 위해서요. 알렉사는 또 애도 과정을 겪으면서 인내하고 신뢰하고 항복하는surrender 법을 배우고 싶었어요. 동시에 알렉사는 매우 모험적인 영혼으로서 차원 간 양육을 앞장서 실행해 보고 싶었어요. 둘 사이에 연대가 강하니까 가능한 계획이었지요. 그러니까 알렉사는 서로 너무 사랑하는 관계가 주는 단점—서로에 대한 끌림이 너무 강해서 다른 사람들이 관계 속에 들어오는 것을 막고, 결국 서로의 발전을 더디게 하는 것—을 극복하되 그들 관계의 긍정적인 면, 즉 영혼 차원의 강력한 연대를 이용해 극복하고 싶었던 거죠. 두 영혼의 강력한 연대 덕분에 알렉사는 여전히 둘 사이의 사랑을 느낄 수 있고 더 높은 수준의 차원 간 상호 작용도 할 수 있죠. 하지만 동시에 인간 수준에서 그녀는 혼자 힘으로 살아야 하고 그에 따른 감정적 문제에도 대처해 가야 합니다."

"하지만 알렉사와 호르헤가 함께 경험했던 둘이 하나가 되는 느낌은 사랑이 아닌가요? 거기에 무슨 문제가 있나요?" 파멜라가 예수아에게 물었다.

"문제는 없어요. 단지 치우친 감이 있을 뿐이에요." 예수아가 설명했다. "둘 모두에게는 쉽게 흥분하고 성급해지는 에너지가 있는데 이것은 둘이 함께일 때 더 강해져요. 그 결과 인내심이 부족해지고 항복할 줄 모르게 되고 평정심이 쉽게 깨질 수 있죠. 지금 이들이 필요로 하는 것은 서로가 아니라 둘 모두에게 부족한(혹은 반대되는) 에너지예요. 지금 육체를 초월한 두 사람의 관계는 인내하고 항복하는 법을 가르치고 기르게 해줘요. 그래서 알렉사와 호르헤는 '차원 간 양육'이라는, 둘의 영혼이 원하는 것을 충족시켜 줄 아주 창의적인 방식을 찾아낸 겁니다."

"아름다워요. 아주 기발하고요." 파멜라가 말했다. "그런데 인간 알렉사가 처음부터 그런 식으로 바라보긴 어려웠을 것 같아요. 호르헤가 육체적으로 존재하지 않는 현재 상황에서 커다란 구멍을 느꼈을 텐데, 그런 상황이라면 영혼의 관점으로 보기가 거의 불가능할 것 같아요. 영적인 것보다는 물질적인 것에 더 집중하는 세상에서 슬픔과 상실감 같은 강렬한 감정을 인간의 몸으로 다 겪어내야 하잖아요. 이처럼 감정적 트라우마를 겪고 있을 때는 영혼의 관점 같은 건 아주 고상하게 보일 수도 있을 텐데, 어떻게 해야 이 정도 수준까지 우리의 시각이 열릴 수 있을까요?"

"영혼의 관점은 한 번에 갑자기 열리지 않아요." 예수아가 말했다. "감정들을 처리하고 온갖 사건과 상황에서 의미와 결실을 찾아낼 정도로 우리의 시각이 열리고 관점이 변형되기까지는 대개 상당한 시간이 필요해요. 이것은 당신의 마음만으로 할 수 있는 일이 아닙니다. 영혼의 수준에서 모든 것을 이해한다는 것은 서서히 상승해 가는 과정이고, 그 시작은 감정적 고통을 받아들이고 자신을 다정하게 그리고 꾸준히 보살피는 것입니다. 그렇게 자기 사랑을 꾸준히 키워 가다 보면 어느 순간 평화를 느끼고 항복할 수 있게 될 거예요. 고통은 여전히 있지만 이제 더 이상 고통과 싸우지 않습니다. 고통을 허락할 것이고, 이때 진정한 변형이 일어납니다.

내면의 고통을 거부하지 않고 허락한다는 것은 기본적으로 그것이 어떤 의미가 있음을 믿는다는 뜻입니다. 어떻게 그런지는 모르더라도 말이에요. 그 다음 단계는 당신이 그 고통을 허락했으니 당신이 그 고통보다 더 큰 존재임을 깨닫는 것입니다. 이때 당신의 의식은 영혼의 수준에 아주 가까이 가게 돼요. 그와 같은 항복과 알아차림의 상태에 충분히 오래 머무를 수 있다면, 당신에게 일어난 사건 이면에 있을 수 있는 의미를 얼핏이라도 보게 될 겁니다. 직관적으로 그 의미가 머릿속에 불쑥 떠오를 거예요. 이것은 생각을 통해서가 아니라 열려 있음과 모름unknowing을 통해서 얻어지는 갑작스런 통찰과 비숫해요. 알지 못함과 이해하지 못함을 받아들이고 고통과 함께 가만히 머무는 데에는 용기가 필요합니다. 하지만 그때 머리가 아닌 가슴으로 진정한 앎으로 통하는 문을 열게 됩니다."

"그러니까 고통을 받아들이는 것이 열쇠네요." 파멜라가 요약했다. "하지만 고통이 참을 수 없을 정도라면 어떻게 그것을 받아들이죠? 고통을 '보는' 것이 아니라 고통 자체가 '되는' 것 같다면 어떻게 고통을 받아들일 수 있나요?"

"그럴 때에는 지금 이 순간 고통을 참을 수 없음을 받아들여야 합니다." 예수아가 조언했다. "감정의 흐름과 '함께' 가세요. 그것에 거스르지 말고요. 참을 수 없는 고통이라고 느낀다면 그것이 현재 당신의 진실임을 받아들이세요. '바로 지금' 당신에게 받아들일 수 없는 상황임을 받아들이는 겁니다. 고통과, 또는 참을 수 없는 고통이라는 생각과 싸우지 마세요. 변화에 가장 큰 장애가 바로 그런 저항입니다.

당신이 '바로 지금' 어떻게 느끼는지 받아들이라고 한 말을 새겨듣기 바랍니다. 상황이 어떻든 느낌은 늘 변합니다. 그러므로 내가 '고통을 참을 수 없음을 받아들이세요'라고 할 때 나는 '지금 이 순간 고통을 참을 수 없음을 받아들이세요'라고 말하는 겁니다. 그렇게 할 때 몇 분 뒤에 혹은 며칠 뒤에 다르게 느낄 가능성이 커질 것입니다. '받아들인다'는 것은 늘 '지금 받아들인다'는 뜻입니다. 그저 지금 이 한 순간 항복하고 저항의 긴장감을 풀어주는 겁니다. 그러고 나서 어떤 일이 일어나는지 보세요."

알렉사와 호르헤의 탄생 전 의도에 대해 좀 더 알아보다

"예수아, 알렉사가 차원 간 양육을 원한 이유에 대해 좀 더 말해 줄 수 있어요?" 내가 물었다.

"알렉사는 가슴을 열고 '저쪽 세상', 곧 물질 세상 너머의 영역과 소통하는 능력을 계발하고 싶어 해요. 특히 이 소통에 꼭 필요한 신뢰하고 항복하는 능력을 기르고 싶어 해요." 예수아가 대답했다. "호르헤와 영혼 수준에서 동조가 되려면 알렉사는 자신의 여성적이고 민감한 측면을 열어젖히는 동시에, 신뢰하고 놓아주기보다 통제하고 주도하려 드는 자기 안의 남성적 에너지를 버릴 필요가 있어요."

나는 호르헤도 태어나기 전에 젊은 나이에 영혼으로 돌아올 것과 저쪽 세상에서 양육할 것을 계획했는지, 그랬다면 그 이유가 무엇인지 물었다.

"네, 계획한 겁니다." 예수아가 확인해 주었다. "호르헤에게는 이번 생에 분명한 계획이 있었어요. 돌아와서 알렉사를 다시 만나기를, 또 루카의 아버지가 되기를 원했죠. 호르헤는 루카도 이전의 삶들에서 이미 잘 알고 있었어요. 한 생에서 루카는 매우 고요한 성품에 인내심 많은 사제였습니다. 성공이나 다른 사람들의 생각에는 그다지 신경 쓰지 않고 내면에만 집중하며 사원에서 조용히 살았죠. 그런 루카를 호르헤가 자주 찾아갔어요. 호르헤는 가난, 불평등, 권력 남용 같은 사회에 넘쳐나는 불의에 분개하는, 혁명적 기질의 열정 넘치는 젊은이였습니다. 그는 세상이 왜 그런지에 대한 영적인 답을 찾고 싶었고, 이것이 루카를 자주 방문한 이유입니다. 루카는 호르헤를 아주 좋아했죠. 그의 열정적인 성격을 좋아했어요. 호르헤도 속세에는 관심이 없으면서 뭔가 지혜롭고 신비로운 분위기가 나는 루카를 존경했고요. 루카는 좀 고독했고, 그래서 호르헤가 찾아오는 걸 아주 좋아했습니다.

호르헤는 루카를 다시 만나고 싶었는데, 그것은 둘 사이에 애정이 많은데다 루카의 영혼 에너지가 알렉사에게 도움이 되리란 것도 알았기 때문이에요. 루카의 에너지는 알렉사의 에너지와 반대여서 알렉사에게 도움이 됩니다. 루카는 알렉사가 발전시키고 싶어 하는 인내심과 고요함을 갖고 있어요.

그 반면 호르헤와 알렉사는 전생의 루카에게 다소 부족했던 따뜻함과 활력을 이번 생에서 제공해 줄 수 있습니다. 둘은 자신을 잘 알고 자랑스럽게 여기는 사람으로 루카를 키울 수 있어요. 그 결과 루카는 오늘날의 세상에 자신의 영적 에너지와 지혜를 드러낼 만큼 충분히 강해질 거고요. 루카의 영혼은 사람들을 신뢰하는 법을 배울 필요가 있고, 자신의 에너지가 이 세상에서 환영받을 뿐더러 또한 이 세상이 매우 필요로 하는 에너지임을 믿을 필요가 있습니다. 다시 말해 이전에 취했던 지극히 내향적인 태도에서 벗어나 세상 속으로 나아갈 필요가 있습니다."

이 말과 함께 예수아가 물러서고, 호르헤가 파멜라의 의식으로 돌아와 자신의 생각을 말했다.

"나는 젊어서 죽어야 했어요. 한 생에서 우리와 생각이 정반대인 집단의 사람들을 죽였기 때문이에요. 나는 정치 변혁을 바라는 혁명 집단의 일원이었어요. 혁명 사상을 전파하는 과정에서 우리는 흥분해서 자제력을 잃은 적이 많고 폭력도 불사했어요. 심지어 어린 자식들이 있다며 살려달라고 애걸하는 무구한 남자도 죽였어요. 나쁜 사람도 아니었는데…… 그는 단지 정부가 두려워서 감히 정부에 대항하지 못했던 것뿐이었어요. 나는 눈곱만큼의 연민도 없이 그를 죽였어요. 우리 편이 아니면 다 적이라고 보았죠. 이 얼마나 근시안적인 사고인가요? 내 영혼은 이에 대한 보상을 하고 싶었고, 그래서 젊은 나이에 아내와 어린 자식으로부터 찢겨져나가는 것이 어떤 느낌인지 직접 체험하기로 했죠. 직접 체험해 보니 끔찍했어요. 하지만 내 계획의 일부였으니까, 죽고 나서 조금 지나자 잘못이 바로잡혔다는 느낌을 받았어요. 감정적 트라우마는 사랑과 지혜가 가득한 길잡이 영들의 도움이 있었기에 상대적으로 쉽게 극복할 수 있었어요."

"그러니까 그렇게 빨리 죽은 데에는 알렉사와의 역학 관계를 바꾸는 것 외에 다른 이유도 있었던 거네요?" 내가 물었다.

"네, 그래요. 내 개인적인 카르마와도 상관이 있었죠. 여러 이유가 섞여 있었어요."

"알렉사는 영혼의 수준에서 당신의 이른 죽음에 동의했나요?"

"네, 동의했어요. 우리가 저쪽 세상에 함께 있을 때 우리는 서로를 아주 깊이 이해했습니다. 양쪽 모두에게 희생이 따를 테고 큰 슬픔을 주겠지만, 셋 모두에게 가치 있는 일이 될 거라는 데 동의했죠."

"호르헤, 그렇다면 차원 간 양육을 하고 싶었던 이유는 뭔가요?"

"차원 간 양육은 이번에 다시 태어나기 전에 나의 길잡이 영들이 말해줘서 처음 알게 되었죠. 내가 그렇게 할 수 있다고 하더군요. 당시에는 기쁘긴 했지만 그 의미를 아직 완전히 깨닫지는 못했어요. 지금은 이 일이 얼마나 특별하고 소중한 것인지 잘 알고 있습니다. 나는 늘 루카의 에너지장 안에 있어요. 지구에서 아이를 낳으면, 아이가 아직 어린 동안에는 부모와 아이 사이에 보이지 않는 에너지 줄energy chord이 이어져 있습니다. 특히 엄마와 아이 사이가 그런데, 아빠도 아이에 대한 마음이 깊으면 그럴 수 있어요. 아이와 연결 상태로 있으면서 아이가 어디에 있고 무엇을 필요로 하는지 감지하죠. 일종의 의식의 각성 같은 것이 아이와 보이지 않는 유대감으로 연결되어 있는 겁니다. (부모라면 모두 분명히 느낄) 이 에너지 줄이 루카와 나 사이에는 여전히 건재해요. 여기 내가 있는 이쪽의 삶에서 내가 다른 일을 하더라도 루카는 항상 내 의식의 범위 안에 있습니다. 예를 들어 내 길잡이 영들과 여행하며 우주의 다른 장소와 영역 들에 대해 배울 때도 나는 항상 루카에게 관심을 기울이고 있죠. 때로는 강렬하게, 때로는 좀 덜 강렬하게요. 나는 루카가 언제 내 에너지를 필요로 하는지 느껴요. 루카의 두려움, 불안, 슬픔이나 여타 강렬한 감정들이 느껴지면 나는 '그 즉시' 아이 곁으로 갑니다. 여기서는 시간이 아주 다르게 흐르니까 충분히 가능한 일이에요.

나는 루카에게 사랑과 지지를 보낼 수 있어요. 그리고 아빠가 아들에게 줘야 하는 남성 에너지도 보낼 수 있고요. 역설적이게도 살아 있을 때보다 여기서 아이를 더 잘 도와줄 수 있습니다. 빛과 이해의 영역인 이곳에서 모든 것을 더 명확하게 볼 수 있기 때문에 그래요. 물론 한편으로는 아이의 눈을 보고 말하는 직접적인 교류가 그립기는 하죠. 하지만 루카는 민감한 아이이므로 마음속으로 나를 감지하고 내가 거기 있다는 걸 알아요. 다 커서도 그런 열린 마음을 잃지 않고 나와 교류할 수 있기를 바랄 뿐입니다.

이제 나는 여러분이 차원 간 양육이라고 부르는 그것이 내 영혼의 성장에도 도움이 된다는 걸 알아요. 차원 간 양육으로 진정한 사랑이 무엇인지 이해하게 되었으니까요. 사랑은 간섭하지 않고, 기다려주고, 상대의 자유로운 선택을 존중해 주며, 삶에서 얻은 지혜를 믿어주는 것입니다. 지금 내가 알렉사와 루카에게 느끼는 사랑은 아주 순수한 사랑이에요. 육체적으로 함께하지 못해 여전히 슬프고 비애가 느껴지기도 하지만요. 지금도 여전히 나를 힘들게 하는 이 비애가 결국에는 나의 선생이 되어 나로 하여금 영혼과 접촉하면서 더욱 균형 있게 살아가게 해주리라 확신합니다."

그렇게 말하고 호르헤는 옆으로 물러났다. 이제 예수아가 좀 더 깊은 이야기를 나누기 위해 돌아왔다. 내가 물었다.

"예수아, 루카는 태어나기 전에 아주 어린 나이에 아빠를 '잃고' 육체를 가진 엄마와 저쪽 세상에 사는 아빠에 의해 양육되기로 계획했나요? 그렇다면 그 이유는 뭔가요?"

"네, 그것은 루카의 계획이었어요." 예수아가 대답했다. "루카는 알렉사와 호르헤의 영혼 계획에 도움을 주고 싶었습니다. 루카는 호르헤를 사랑하고, 영혼 수준에서 그와 연결되어 있다고 느낍니다. 이 연결은 바로 루카가 사제로 있던 전생에서 둘이 쌓은 우정의 산물이죠. 루카는 호르헤가 자신의 영혼 계획에서 이루고자 한 목표를 성취하도록 돕고 싶었습니다. 그리고 막상 닥치면 힘들긴 하겠지만 자신이 아빠의 죽음을 잘 극복할 수 있으리라 확신했어요. 지금의 루카는 엄마인 알렉사의 슬픔에 영향을 받고는 있어도, 마음속 깊은 곳에서는 아빠가 자신을 위해 여전히 이곳에 있다는 걸 잘 알고 있어요. 알렉사는 루카가 끔찍한 운명의 희생자가 아니라 위대한 영혼의 소유자임을 보아야 합니다. 루카는 어려움을 극복하면서 나이보다 훨씬 지혜롭고 섬세한 소년으로 자랄 겁니다. 호르헤를 사랑하고 호르헤의 유전자와 에너지장 속에 자신의 에너지를 각인하고 싶었기에 루카는 이 길을 선택했습니다. 호르헤를 이른 나이에 잃는 경험을 하는 것만큼이나 루카가 원한 또 하나의 경험은 알렉사의 아들로 태어나는 거였어요. 이들 두 사람의 대담하고 생동감 넘치는 에너지가 바로 그가 영혼 수준에서 추구하는 것이고 또 그에게 이로운 것입니다."

"루카는 알렉사도 전생부터 알았나요?" 내가 궁금해서 물었다.

"아주 짧게요." 예수아가 대답했다. "알렉사는 한 전생에서 루카의 정수essence를 여성 형태로 임신한 적이 있어요. 하지만 너무 이른 시기에 유산했죠. 지구에서 서로를 알아갈 기회는 얻지 못했지만 짧은 시간이나마 서로의 영혼이 만나는 경험은 했어요. 그때 임신과 유산을 한 이유는 그렇게 서로의 에너지를 교환하며 성장하고 싶었기 때문이에요. 하지만 너무 일찍 헤어지게 된 것이 둘 다 매우 슬펐고, 이것이 (이번 생에서의) 또 다른 만남의 씨앗이 된 것입니다."

차원 간 양육의 또 다른 이유들

나는 예수아에게 한 영혼이 아이를 가진 뒤 파트너를 '잃고' 다시 그 파트너와 한 팀이 되어 차원 간 양육을 계획하는 이유가 더 있는지 물었다. 예수아가 대답했다.

"젊어서 파트너를 잃는 일은, 특히 아이도 있다면, 존재의 뿌리까지 뒤흔드는 매우 고통스러운 경험입니다. 이런 경험을 하는 데에는 과거의 생들과도 관련되고 이번 생에서 영혼의 목적과도 관련되는 수많은 이유가 있을 겁니다. 이 이유들의 그물망을 제대로 보려면 그 개인의 역사를 깊이 들여다봐야 합니다.

차원 간 양육을 하는 이유 또한 많지만, 지구에 남은 쪽 부모와 관련해서 다음 몇 가지 이유를 말해볼 수 있어요.

첫째, 아이를 돕기 위해서입니다. 지구에 남은 쪽 부모는 여전히 두려움과 걱정에 싸인 채로 아이를 키울 수 있지만, 죽은 쪽 파트너는 사랑에 기반한 더 큰 시각을 갖게 되므로 아이에게 도움되는 쪽으로 안내를 해줄 수 있습니다.

둘째, 남아 있는 파트너의 괴로움을 덜어주기 위해서입니다. 남아 있는 사람에겐 죽은 파트너를 여전히 느끼고 감지하며 서로 소통할 수 있다는 게 큰 위안과 안심을 가져다주지요. 늘 소통할 수도 없고, (인간으로 남아 있는 사람으로서는) 그것이 정말 소통인지 의심스러울 수도 있지만, 죽은 파트너로부터 섬광처럼 전해오는 정보와 사랑은 그가 고통에서 벗어나는 데 큰 도움이 될 수 있습니다.

셋째, 자기 내면의 목소리를 신뢰하고, 가슴으로 연결되고, 직관을 받아들이고 싶기 때문입니다.

넷째, 지구 너머 실재의 또 다른 차원에 이르기 위해서입니다. 차원 간 양육을 통해서도 영혼의 세상을 알게 되고, 더 깊은 수준의 사랑과 이해의 세계에 마음을 열게 되지요. 이 사회의 사고방식이나

(대개 편협한) 믿음이 제공하는 것보다 훨씬 더 깊은 사랑과 이해에 마음을 열게 돼요.

다섯째, 이 세상과 사후 세상 사이의 다리가 되어 채널러이자 영매로서 능력을 계발하고, 이를 통해 (다른 사람을 돕는 것 같은) 또 다른 삶을 살고 싶기 때문입니다.

여섯째, 사후의 삶에 대한, 또 고인이 된 사랑하는 사람들과의 영혼 대 영혼의 소통에 대한 사회의 인식을 넓히기 위해서입니다."

"그렇다면 한 영혼이 어린 나이에 한쪽 부모를 잃고 육체가 있는 부모와 저쪽 세상에 있는 부모에 의해 양육되기를 계획하는 데에는 또 어떤 이유가 있을 수 있을까요?" 내가 물었다.

"주로 남아 있는 부모 쪽에서 파트너를 잃고 차원 간 양육이라는 경험을 하기로 계획한 것이라면, 아이의 영혼은 그 남아 있는 부모를 위로하고 힘을 북돋아주는 등 돕고 싶었을 겁니다." 예수아가 대답했다. "전생의 어떤 사건이 아이의 영혼 속에 그 남아 있는 부모에 대한 사랑을 키웠고, 아이의 영혼은 그 사랑을 이런 방식으로 표현하려 했을 거예요. 이 경우 아이는 남아 있는 부모에게 계속 살아갈 중요한 이유가 됩니다.

또 다른 이유로는 성숙함, 용기, 공감, 인내력 같은 내면의 능력을 어린 나이에 계발하고 싶어서일 수도 있습니다. 그러길 선택한 아이들은 영혼의 진화를 매우 원하므로 어린 나이에 특정한 사건들을 겪으려 합니다. 부모 한쪽을 잃으면 아무래도 또래 아이들과 다르게 살게 되고, 어린 나이에 깊은 감정의 소용돌이 속으로 빠져들기 쉽지요. 매우 힘들 수 있지만, 그래서 얻은 지혜와 인생 경험이 각각의 영혼이 처한 단계에 맞게 앞으로의 인생에 긍정적으로 작용할 거예요. 살아있는 부모가 죽은 쪽 부모와 의식적으로 접촉하는 환경에서 자란 아이는 다른 아이들보다 훨씬 넓은 시각을 갖게 마련이고 깊은 사랑과 은총에도 익숙해지지요. 거기에 죽은 부모를 본인이 직접 느끼기까지 한다면, 아이는 대개 강한 직관력을 갖고 그 직관력을 나중에 사회와 주변 사람들을 위해 쓰게 될 겁니다.

죽은 부모와 살아있는 부모 사이를 잇는 다리 역할을 하고 싶어 차원 간 양육을 계획하는 영혼도 있습니다. 아이가 죽은 부모의 존재를 더 민감하게 알아차려서 그 아이를 통해 살아있는 부모가 머리와 가슴을 열고 죽은 파트너와 소통을 하게 되는 경우도 종종 있어요. 이런 아이는 죽은 부모로부터 직관적으로 어떤 인상을 받거나 장면을 볼 수 있고 느낌이나 감각을 통해 메시지를 받기도 합니다. 살아있는 부모가 그런 것에 마음을 열면 그 부모도 그런 메시지와 신호를 받기 시작하죠. 이런 식으로 아이가 두 부모 사이를 연결해 줘요."

"예수아, 파트너가 죽었는데 그 파트너가 나와 함께 아이를 키우려 한다는 걸 어떻게 알죠?" 내가 물었다.

"기본적으로는 파트너가 주위에 있음을 느끼고 그의 존재를 감지할 때, 또 그 존재가 자기를 안심시켜 주고 용기를 북돋아주고 지지해 준다는 느낌을 받을 때 그것을 알 수 있어요. 그렇긴 하지만 물질 영역 너머의 에너지나 존재를 자신이 감지할 수 있을지 의심하는 사람이 많죠. 여러분은 그런 능력에 대해 회의하라고 배우며 자랐어요. 여러분의 학교 체제는 직관을 소중한 정보의 원천으로 보지 않고 '단순한 상상'이라 여기며 경시합니다. 그래서 자신의 직관을 믿고 그 직관을 통해 받은 정보에 의지하는 것이 대다수 부모에게는 커다란 도전입니다.

여기서 나는 감정과 직관을 구분해 볼 텐데 이게 좀 도움이 될 겁니다. 파트너가 당신 옆에 있기를 바라고 갈망하고 염원하는 것과 파트너가 거기 있음을 감지하는 것은 다릅니다. 전자는 마음이 평화로운 상태가 아니에요. 오히려 깊은 고통 속에서 소리 없이 울부짖는 거지요. 파트너가 그립고 마음은 외롭고 공허해요. 이런 상태라면 연결되기가 매우 어렵습니다. 이런 감정이 높은 수준의 사랑과 하나임oneness을 감지하지 못하게 막는데, 사실은 이런 것을 감지해야만 사랑하는 사람을 만날 수 있습니다. 그러나 이런 감정 자체는 문제가 아니고 한동안은 피할 수 없는 것이기도 합니다.

파트너의 존재를 감지한다sense는 것은 감정을 느끼는 것과는 다릅니다. 그러한 감지에는 깊은 고요와 평온함이 뒤따르죠. 잠깐일 수도 있지만 그 순간에는 에너지 진동수가 높아지는 것을 느낄 수 있고, 한순간 가슴에서 빛과 희망, 안심이 느껴져요. 마치 어깨에서 짐을 내려놓은 듯 가벼워진 기분이 들고요. 슬프기도 하지만 동시에 기쁨을 느끼죠. 이런 감각 가운데 하나라도 느껴진다면 영혼 수준에 있는 파트너와 접촉하는 중임을 알기 바랍니다.

아이와 관련된 문제를 해결하려 할 때 주변에서 자주 사랑스럽고 가벼운 방식으로 죽은 파트너의 존재가 느껴진다면 그 파트너가 당신과 함께 아이를 양육하고 싶어 한다는 걸 알 수 있습니다. 어떻게 해야 할지 모르겠고 걱정만 되는데 갑자기 그 상황을 완전히 다른 각도로 보게 된다거나 다 잘될 거라는 느낌이 들 수도 있어요. 파트너가 하는 말이 실제로 들려오지 않아도 이런 고양된 에너지가 그로부터 나올 수 있습니다.

그리고 아이를 잘 관찰해 보면서 아이가 죽은 아빠나 엄마에 대해서 뭔가 느끼는지, 꿈을 꾸는지, 아니면 서로 연결되어 있다고 느끼는지 지나가는 말투로 자연스럽게 물어보세요. 아이는 교육 체계의 영향을 아직 덜 받았기 때문에 당신보다 더 직관적일 수 있습니다. 아이가 자신의 느낌을 말할 수 있는 분위기를 만들어주고, 육체를 초월해 영혼과 접촉하는 것이 이상한 일이 아님을 알게 해주세요.

그 다음은 당신의 느낌feeling을 믿는 것입니다. 파트너가 옆에 있는 것 같거나, 때로 아무 이유 없이 그에 관한 생각이 강하게 밀려든다면, 그에게 가슴으로 인사하고 알아봐 주세요. 원하는 것이 있는지 물어보고 가만히 기다려보세요. 대답이 꼭 말로 올 거라고 기대하지는 마세요. 어떤 느낌이 들 수도 있고, 그날 느지막이 갑자기 어떤 깨달음이 올 수도 있습니다. 죽은 사람과 연결되려면 이미지나 느낌, 갑작스런 깨달음 같은 다른 소통 방식에 익숙해져야 합니다.

이런 소통은 짧고 가볍고 재미있게 하는 것이 좋습니다. 대답을 강요하기 시작하면 당신 마음이 개입하게 되고, 그럼 당신이 꾸며낸 대답 같다는 생각이 들어 실망하게 될 겁니다. 우리 머리로는 이런 미묘한 정보를 받을 수 없습니다. 이런 정보는 느낌 센터feeling center인 가슴을 통해서 받아야 해요. 머리는 그렇게 받은 정보를 구체화해서(또는 정보의 진동수를 낮춰서) 말로 표현하는 데는 도움이 되지만 그 에너지의 실질적인 감지는 다른 수준에서 일어납니다. 그것은 사고의 수준도 감정의 수준도 아닌 직관의 수준에서 일어나요. 이 직관의 수준에서 '조용히 감지'하거나 '그냥 아는' 것입니다."

이제 예수아가 말을 마무리 지었다. "가슴heart과 직관의 층이 진실하고 가치 있는 정보의 원천으로 받아들여진다면, 지구 사회에 엄청난 유익이 있을 거예요. 고인이 된 사랑하는 사람을 만나기 위해서 영매가 될 필요는 없습니다. 누구나 가슴과 가슴으로heart-to-heart, 간단하면서도 명확한 방식으로 자기가 사랑하는 사람과 소통할 수 있습니다. 그 방법을 배운다면, 그리고 사회의 지배적인 세력이 이런 식의 소통에 더 열려 있다면 말이에요. 당신의 직관을 신뢰하며 머릿속의 회의적인 목소리에 굴복하지 않는다면, 당신은 집단 의식을 바꾸고 가슴 수준이 다시금 인식되도록 하는 데 실질적인 공헌을 하는 것입니다."

"예수아, 이 내용을 읽은 사람 중에는 당신의 말을 잘 듣긴 했지만 자신은 차원 간 양육을 하고 있지 않고, 파트너는 정말 떠났으며, 온전히 자기 혼자서 아이들을 키우고 있다고 느끼는 사람들도 있을 겁니다. 이들에게 어떤 위로와 치유의 말을 해줄 수 있을까요? 그리고 무슨 일이 일어나든 지금 일어난 그 일이 연관된 모두에게 가장 좋은 일임을 어떻게 이해시킬 수 있을까요?" 내가 물었다.

"먼저, 당신이 사랑하는 사람이라면 그는 절대 당신을 떠나지 않습니다." 예수아가 대답했다. "우주에서 가장 강력한 힘이 사랑입니다. 누군가를 사랑할 때마다 당신은 그 사람과 연결될 것입니다. 그 사람이 지구에 살든 다른 어딘가에 살든 상관없이요. 시공간의 법칙과 생사의 법칙조차도 영혼들을 서로 떼어놓을 수는 없습니다. 절대로요. 이것을 아는 것이 중요해요. 당신이 완전히 혼자인 것처럼 보이는 때는 오로지 당신이 사랑의 하나되는 힘에서 떨어져 나왔다고 느낄 때, 지치고 외롭다고 느낄 때뿐입니다. 하지만 당신은 혼자가 아니에요. 당신의 죽은 파트너가 아이의 양육을 함께하지 않더라도, 고도로 진화하고 사랑으로 가득한 길잡이 영들이 바로 곁에서 당신을 도와줄 겁니다.

특히 당신이 지금 인생의 위기나 깊은 애도의 기간을 통과하는 중이라면, 저쪽 세상으로부터의 도움이 몇 배로 더 증폭돼 사랑과 은총의 세례가 당신에게 퍼부어질 겁니다. 그러나 당신은 '나는 아무것도 느껴지지 않아'라고 생각할 수도 있을 거예요. 그렇다면 나는 그 문을 닫은 것은 당신이라고 말해야 할 것 같습니다. 도움은 언제나 받을 수 있어요. 일시적으로 마음의 문을 닫고 사랑과 도움을 거부할 수는 있습니다. 배우자의 때 이른 죽음 같은 어떤 일로 정신적 충격을 받으면 자신에게 일어난 일에 저항하면서 이를 받아들이지 않을 수도 있으니까요. 이렇게 받아들이지 못하는 동안에는 그 일이 뭔가 좋은 이유로 일어났다고는 도저히 생각할 수 없지요. 무언가 잘못된 것 같다는 생각을 한동안 떨칠 수 없을 겁니다. 이때가 애도 과정에서 가장 힘든 시기죠. 하지만 당신이 힘든 것은 단지 슬픔 때문만은 아니에요. 당신에게 일어난 일에 저항하기 때문에 더 힘든 겁니다.

파트너를 잃은 싱글 부모에게 이렇게 말하고 싶어요. 당신이 쓸 수 있는 사랑과 지지의 양은 당신 파트너가 저쪽 세상에서 아이를 함께 양육하든 안 하든 똑같다고 말이에요."

"저쪽 세상의 파트너가 차원 간 양육을 하지 않는 것은 왜 그런가요?" 내가 궁금해서 물었다.

"여러 가지 이유가 있을 수 있어요." 예수아가 대답했다. "첫째, 자신만의 감정 치유나 미해결 문제들에 집중할 필요가 있어서 저쪽 세상에서 내적인 깨달음의 여정을 계속해 나아가도록 안내받을 수 있습니다. 그래도 그들의 가슴은 여전히 당신과 당신 아이에게 연결되어 있습니다. 이런 결속은 영원해요. 하지만 일상 수준의 차원 간 양육에는 관여하지 않을 겁니다.

둘째, 다른 인생으로 환생해 들어가는 것이 그들 영혼의 목적에 가장 잘 맞아서일 수 있습니다. 이 경우에도 연결이 깨지는 것은 아닙니다. 영혼의 수준에서 볼 때 환생이란 태양(즉 영혼)에서 나온 한 줄기 빛이 지구 위의 특정 시공간으로 떨어져 내리는 것과 같으니까요. 영혼은 여전히 여기에 있으면서 지구에 남아 있는 파트너와 아이를 돕습니다. 다만 그 도움이 더 높은 수준에서 이루어지기 때문에 거리감이 느껴질 수는 있어요. 하지만 본질적으로 이것은 여전히 사랑입니다.

셋째, 여러 이유에서 당신과 당신 파트너의 영혼이 차원 간 양육을 하지 않겠다고 동의했을 수 있습니다. 그 이유가 부정적일 리는 없고 단지 그렇게 선택한 것입니다. 당신의 죽은 파트너가 당신과 함께 아이를 키우지 않는 것이 잘못은 아니에요. 무엇이 잘못되었거나 어느 한쪽이 잘못했다는 뜻이 아닙니다. 부디 그렇게 보지 않기를 바랍니다. 이 우주의 사건들과 영혼들 사이의 관계는 매우 복잡한 거미줄처럼 얽혀 있으며, 그런 단순한 판단을 허락하기에는 너무 심오하고 미묘해요. 분명한 것은 당신이 필요한 도움은 받을 것이고, 그 도움이 당신이 처한 상황에서는 최고의 도움이라는 것입니다."

나의 질문과 예수아의 대답을 양쪽으로 전달하던 파멜라가 이제 예수아에게 직접 질문을 했다.

"죽은 부모는 차원 간 양육을 하고 있는데 지구의 파트너와 아이가 그에 대해 전혀 모를 수도 있나요? 이런 상황에서도 저쪽 세상에서의 양육이 가능하고 효과가 있나요?"

"네, 그럴 수 있습니다." 예수아가 대답했다. "그런 일이 일어나면 지구에 남아 있는 파트너와 아이는 메시지와 치유 에너지를 받지만 그것들을 의식하지는 못해요. 당신은 의식하지 못한 채, 즉 자신도 모르는 사이에 저쪽 세상으로부터 에너지를 받을 수 있고 계속해서 긍정적인 영향을 받을 수 있습니다."

"사실 인간과 그들 각각의 길잡이 영들 사이에서 일어나는 일이 대부분 그렇겠군요. 그렇죠? 대부분의 사람들은 길잡이 영을 의식하지 못하지만 그 관계는 계속 '작동 중'이니까요." 파멜라가 물었다.

"맞아요."

"하지만 그렇다면 자신의 길잡이 영이나 죽은 파트너에 의해서 자신의 의지에 반하는 일을 하게 될 수도 있지 않을까요?" 파멜라가 물었다.

예수아가 설명했다. "그렇게 단순하지는 않아요. 모든 인간은 선택의 자유를 갖고 자신만의 현실을 만들어갑니다. 당신이 진심으로 믿는 것이 결국에는 당신의 경험치가 될 거예요. 길잡이 영이나 다른 누가 당신 안의 깊은 믿음에 반하는 무언가를 제공하더라도 그것은 당신에게 전달될 수 없습니다. 다시 말해 자신이 무가치한 인간이라고 확신하고 있다면 그들의 사랑은 절대 당신에게 가닿을 수 없어요.

하지만 인간은 다층적인 존재입니다. 의식 수준에서는 아무리 자신이 절망적이고 비참해 보이더라도 마음 깊숙한 곳에서는 '까닭 모를' 희망과 믿음이 건재할 수 있습니다. 길잡이 영이나 죽은 파트너 들은 더 깊은 층에 접근해 그곳에 희망과 믿음의 에너지를 불어넣음으로써 '이미 그곳에 있는 것들을 더 강화할' 수 있습니다. 이것이 바로 차원 간 양육을 하는 부모가 지구에 남은 사랑하는 이들이 자신에게 의식적으로 반응하지 않을 때 하는 일입니다. 그들은 당신 안에서 잠자고 있는 빛의 씨앗들을 더욱 강화해서 당신이 그 씨앗을 선택하자마자 일상에서 바로 알아볼 수 있도록 합니다."

"그러니까 기본적으로 우리는 죽은 파트너가 우리 옆에서 함께 아이를 키우지 않는다고 절대 확신할 수 없는 거네요. 거기 있는데 다만 우리가 감지하지 못할 수도 있는 거니까요." 파멜라가 한마디로 요약했다.

"네, 그래요." 예수아가 확인해 주었다. "하지만 너무 복잡하게 생각하지는 마세요. 두 가지 가능성이 있어요. 첫째, 당신이 파트너를 명확히 느끼고 그가 거기 있음을 직관적으로 아는 겁니다. 이것은 의식적으로 연결되어 있다는 뜻이죠. 둘째, 당신의 파트너가 느껴지지 않고 거기에 있는지도 잘 모르는 겁니다. 하지만 이 경우에도 차원 간 양육이 이루어지고 있을 수 있습니다.

늘 꼭 의식적으로 소통해야 하는 것은 아닙니다. 자신에게 물어보세요. '나는 이 문제를 스스로 탐구하고 싶은가? 내 직관력을 계발하고 싶은가? 저쪽 세상과 소통하고 그곳에서 오는 에너지를 감지하고 싶은가?' 그리고 영감이 떠오르는 대로, 맞다 싶은 느낌대로 자연스럽게 따라가 보세요. 다시 말하지만 죽은 파트너의 차원 간 양육을 의식하지 못한다고 해서 당신이 잘못하고 있거나 뭔가 실패한 것은 아니에요. 직감에 의한 소통 능력을 계발하는 것이 유익하고 즐거운 사람도 분명 있습니다. 하지만 그것이 왠지 내키지 않거나 관심을 끌지 않는다면 다른 방법으로 그 연결에서 도움을 받을 수 있을 겁니다. 두려움에 기반한 믿음들을 내려놓는 작업에 바로 임할 수도 있고, 그냥 자신을 더 많이 보살피고 사랑하는 데 집중할 수도 있습니다. 굳이 의식을 하고 있지 않아도 당신 파트너의 긍정적인 에너지가 이런 방식으로 당신에게 전해질 겁니다."

이 말과 함께 예수아가 한 걸음 뒤로 물러서고 호르헤가 다시 앞으로 나왔다고 파멜라가 전했다. 내가 물었다.

"호르헤, 파트너를 잃고 혼자서 아이를 키우는 (것처럼 보이는) 사람들이 차원 간 양육에 담긴 더 깊은 영적 의미와 목적을 이해하는 데 도움될 만한 또 다른 이야기가 있을까요?"

"사랑하는 사람들은 죽음이라는 물리적 경계로 인해 서로 분리되어 있더라도 여전히 아주 깊고 값진 관계를 유지할 수 있습니다." 호르헤가 대답했다. "물론 이는 육체를 갖고 누군가와 인생을 함께하는 것과는 완전히 다릅니다. 육체가 없기 때문에 자연스럽게 영적인 수준의 관계가 더 강조되지요. 이 영적인 수준이 가장 본질적인 수준이에요. 아이와의 관계도 마찬가지입니다. 두 부모 사이의 사랑도, 또 죽은 부모와 살아있는 아이 사이의 사랑도 모두 계속해서 진화하고 성장해 가고 있으며, 따라서 이들 세 사람 모두 더 깊고 강렬한 감정을 나누면서 더 빠른 속도로 성장할 수 있습니다."

나는 호르헤에게 저쪽 세상에서 구체적으로 어떻게 루카를 보살피고 알렉사를 돕는지 말해달라고 했다.

“나는 알렉사와 루카를 각각 다른 방식으로 돕고 있어요. 루카는 아주 따뜻하게 품어주고 즐겁게 놀아주려고 하죠. 그리고 루카가 열린 마음을 계속 유지하되 알렉사의 슬픔에 너무 휘둘리지 않도록 도와줘요. 아이들은 어른들보다 ‘현재’에 살고, 애도 과정을 좀 더 가볍게 보낼 수 있어요. 하지만 민감한 아이들은 남아 있는 부모의 슬픔에 꽤 깊은 영향을 받습니다. 나는 루카가 그러지 않기를 바라기에 내가 여전히 살아있고 같이 즐겁게 놀 수도 있음을 알려주려 애쓰고 있어요. 그래서 밤에 꿈속에서 루카와 자주 놀아요. 물질 세상에서 보통의 아빠와 아들이 하는 것처럼요. 함께 즐거운 시간을 보내죠. 그 순간만큼은 미래 따위 생각하지 않고 무사태평하게 재밌게 놉니다. 이런 시간이 저를 크게 감동시키고 이때 제 영혼도 치유된답니다.

알렉사와도 자주 함께 시간을 보내요. 나는 알렉사 뒤에서 에너지 몸을 하고 서 있죠. 사랑으로 꼭 껴안아주면서 그녀의 어깨, 등, 가슴으로 따뜻한 에너지를 보내며 보살펴줘요. 우리는 가슴과 가슴으로 연결되어 있습니다. 내 가슴의 중심에서 그녀 가슴의 중심으로요. 때로 그녀가 화가 나 있거나 믿음을 잃을 때면 저항이 느껴지기도 하죠. 충분히 이해해요. 그런 게 인간적인 거니까요.

나는 루카와 관련해 알렉사에게 용기를 북돋아주고, 루카가 얼마나 강하고 뛰어난 아이인지 믿고 느낄 수 있게 에너지적으로 도움을 줍니다. 알렉사는 걱정을 덜 하고 통제하겠다는 마음을 내려놓을 때 훨씬 기분이 좋아지죠. 나는 ‘루카를 제발 불쌍하게 보지 마’라고 말합니다. 루카는 강하고 튼튼한 아이예요. 내면에서 빛나고 있는 그 별처럼 될 아이입니다. 어려서 아빠를 잃었어도 충분히 원하는 바를 이루어낼 거예요."

"호르헤, 당신이 뭔가 말할 때 알렉사가 그걸 어떻게 알 수 있죠? 그녀가 어떻게 당신과 의식적으로 접촉할 수 있나요?" 내가 물었다.

"알렉사, 당신의 느낌을 믿어요. 당신의 직감은 강력하니까 그 직감 또한 믿고요. 그리고 슬픔, 분노, 저항이 느껴진다면 그것들도 그대로 느끼도록 해요. 괜찮아요. 그것도 인생의 일부이고 과정이니까요. 그런 감정들에 지치고 싫증이 날 때, 그때 아주 조용한 순간이 올 거예요. 그럴 때면 고요한 가운데 당신 가슴이 속삭이는 말을 들어봐요. 어떻게 해야 하는지 당신 가슴이 말해줄 거예요. 당신과 루카를 위한 새로운 길이 펼쳐질 테고, 내가 바로 곁에서 두 사람을 도울 거예요. 내가 함께 있다는 걸 당신이 어떻게 알 수 있냐고요? 느낌으로요. 다시 희망이 느껴진다면, 더 가볍게 볼 수 있다면, 덜 슬프다면, 바로 그때가 당신과 나 사이에 소통 경로가 열린 겁니다."

이때 호르헤의 이 지혜로운 말을 더 보태고자 예수아가 앞으로 나섰다.

"고인이 된 사랑하는 사람과 소통하기 위해서는 내면의 고요한 곳을 찾는 것이 중요합니다. 생각도 잠잠하고 감정도 날뛰지 않는 곳 말이에요. 바로 그곳에 직관이 있습니다. 그곳은 영매의 도움 없이도 자연스럽게 다가갈 수 있는 곳이에요. 자연이나 마음이 고요해지는 곳에서 혼자 시간을 보내면서 자신과 자신의 감정에 편해지기 시작하면 이런 내면의 공간을 찾기가 쉽습니다. 감정을 대면하고 그것을 받아들인 후에만 평화와 항복의 상태에 도달할 수 있습니다. 그리고 바로 그 상태라야 가슴을 열고 저 너머로부터 오는 메시지를 받을 수 있습니다."

파멜라가 알렉사를 위해 거들었다.

"힘든 감정이 들 때 그 감정이 흘러가는 대로 그냥 두세요. 그 감정을 억누르지 마세요. 그런 감정은 경험하고 넘어가야 합니다. 하지만 모든 감정은 어느 시점이 되면 다 사라져요. 그럼 지친 당신이 그만 항복하게 되는 고요한 순간이 옵니다. 바로 그 순간 호르헤가 당신에게 가닿을 수 있어요. 호르헤가 당신에게 보내고 싶은 것은 다른 무엇보다도 사랑입니다. 당신은 한동안 그 사랑을 그냥 누리기만 하면 돼요. 그에게 뭘 묻기 전에요. 단지 그를 느끼세요. 그럼 지금 그의 느낌에 익숙해질 겁니다. 그렇게 기반이 만들어지면 그때 짧은 질문들을 하거나 분명한 메시지를 달라고 요청할 수 있습니다. 이 소통은 마음의 수준이 아니라 느낌의 수준에서 시작하는 것이 중요해요.

그리고 호르헤를 인간human being으로 보세요. 단지 저쪽 세상에 있다고 해서 그가 모든 것을 다 아는 것은 아닙니다. 분명 더 넓게 보고 더 많이 알지만 여전히 당신이 알았던 그 사람입니다. 그를 친구이자 파트너로 생각하고 대화하세요. 그리고 그 또한 여전히 힘들어하므로 가끔은 어떻게 도와줄 수 있는지 물어보는 것도 좋습니다."

다음과 같은 말과 함께 파멜라는 이야기를 마쳤다. "슬픔이 너무 커서 힘들더라도 좋았던 순간들을 기억하고 그 순간들을 가슴속에 소중히 품어보세요. 저쪽 세상과 연결된다면 여전히 함께 즐길 수 있다는 걸 알게 될 거예요. 함께 농담하거나 재미있는 이야기를 나누면서 크게 웃을 수 있습니다. 둘이 같이 농담을 주고받고 웃을 수 있다면 당신은 그 관계가 진짜라는 것을 알게 될 겁니다. 즐거움과 가벼움의 에너지야말로 당신 두 영혼에게 아주 큰 부분이기 때문입니다. 그 에너지 때문에 당신들은 그렇게나 자주 서로에게 끌렸던 겁니다."

알렉사의 생과 생 사이로의 영혼 퇴행

예수아, 호르헤 그리고 파멜라와의 대화는 알렉사, 호르헤, 루카가 왜 그런 힘든 인생 청사진을 만들었는지 많은 통찰을 얻게 했다는 점에서 대단히 고무적이고 유익했다. 그래도 알렉사와 나는 그들의 계획에 대해 그리고 왜 그런 계획을 세웠는지에 대해 좀 더 알아보기 위해 생과 생 사이로의 영혼 퇴행을 해보기로 했다.

나는 늘 그렇듯 알렉사가 육체와 정신의 긴장을 풀도록 한 뒤 '생과 생 사이로의 영혼 퇴행'의 첫 부분, 즉 전생을 보는 단계로 그녀를 데려갔다. 그 다음 그녀가 그 전생에서 죽음을 맞아 육체를 떠날 때 그녀를 저쪽 세상으로 넘어가도록 안내했다.

"지금 무엇을 경험하고 있나요?" 내가 물었다.

"은색으로 빛나는 별들이 보여요." 그녀가 말하기 시작했다. "그 아래로는 구름이 원을 그리고 있고요. 구름이 마치 바다 같아요. 내가 구름 위에 서 있는데 위로 올라가고 있는 것 같아요. 나무가 하나 보이는데 이파리는 없고 몸통은 무지개색에 가늘어요. 천사처럼 생긴 흐릿한 형상들이 보여요. 노란빛이 도는 드레스를 입었는데 얼굴은 아직 잘 안 보이고요. 여러 명이에요. 점점 다가와요. 나에게 손을 내밀어요.

그중 한 명이 정말 아름다운 얼굴을 하고 있네요. 눈동자가 깊고 머리카락은 갈색이에요. 남자 형상을 하고 있고, 나에게 웃으며 말해요. '두려워 말아요. 나는 당신의 천사들 중 한 명이에요.' (대천사) 가브리엘Gabriel 같아요."

"가브리엘에게 당신이 호르헤, 루카와 함께 짠 인생 계획에 관해 물어보고 싶은 게 있다고 하세요." 내가 말했다. "우리가 질문할 수 있게 당신을 원로 위원회에 데려다줄 수 있는지 묻고, 그 다음에 일어나는 일을 나한테 말해주세요."

"계단이 보여요. 호르헤가 내 왼쪽에 서 있고 가브리엘이 오른쪽에서 내 손을 잡아주고 있어요. 위쪽으로 열린 계단인데 하늘의 구멍으로 연결되어 있어요. 나는 하늘과 별들을 봐요. 그리고 계단을 올라가요. 가브리엘이 내 옆에서 둥둥 떠서 올라가고 호르헤는 이미 계단 맨 위에 있어요."

"호르헤를 다시 보니 느낌이 어떤가요?" 내가 물었다.

"그이가 너무 아름다워요! 밝은 얼굴로 웃고 있어요. 눈에서 인내심과 이해심이 보여요."

"호르헤와 가브리엘에게 원로 위원회로 데려가 달라고 하세요. 그리고 보고 느끼는 것들을 자세히 설명해 주시고요."

"이제 나는 어떤 방 한가운데에 서 있어요. 아름답고 하얀 얼굴들이 나를 보고 있네요. 파란 그림자들이 그들 주변을 감싸고 있어요. 바닥은 대리석 같아요. 벽난로가 있네요. 마치 원형 극장처럼 주변이 모두 계단으로 되어 있어요. 나와 가장 가까이 있는 존재는 눈에 사랑이 가득한 아름다운 여성이에요. 한 손에는 별이 하나 붙은 지팡이를, 다른 손에는 황금 공을 들고 있어요. 내가 서 있는 곳에서 그들이 앉아 있는 곳까지 순서대로 빨간색, 하얀색, 오렌지색을 보이다가 자주색으로 이어지는가 싶더니 푸르스름해져요. 모든 것이 별들로 둘러싸여 있어요."

"위원회 위원이 몇 명인가요?"

"여섯 명이에요. 한 명은 내 뒤에, 둘은 내 왼쪽에 있고, 내 앞에는 아까 그 여성이 있어요. 나머지 둘은 내 오른쪽에 있고요."

"그 여성에게 원로 위원회 대변인인지 물어보세요."

"그렇다고 하네요."

"그녀 이름이 뭐죠?"

"안드로메다Andromeda. 그녀한테서 사랑 가득한 여성 에너지가 느껴져요."

이때부터는 알렉사와 내가 번갈아가며 말했다. 내가 안드로메다에게 무얼 물어보라고 알렉사에게 지시하면 알렉사가 마음속으로 대답을 듣고 내게 다시 말해주었다.

알렉사: 위원회가 나에게 주려는 메시지가 무언가요?

안드로메다: 빛처럼 가벼워지세요. 빛처럼 환해지세요. 당신은 여기에 올 정도로 용감한 사람입니다. 자신을 존중해 줘요. 그리고 여기에 온 것을 환영합니다.

(나는 이 대답을 안드로메다가 알렉사에게 그녀의 진정한 모습이 '환히 비추는 빛'임을 상기시켜 주기 위해 한 말이라고 이해했다. 모든 인간은 말 그대로 신성한 빛이 육체 속에 압축되어 들어와 만들어진다. 지금, 위원회는 알렉사에게 그녀의 진정한 본성인 빛을 되찾으라고 말하고 있다.)

알렉사: 이번 생을 위해 제가 세운 계획은 뭔가요?

안드로메다: 당신 자신이 되기, 거리낌 없이 말하기, 사람들을 돕기, 봉사하기, 행복하기, 그리고 세상을 만들고 온 대륙의 인류를 하나로 엮는 관계들에 대한 더 깊고 더 확장된 지식을 얻기.

알렉사: 루카가 태어나고 얼마 안 돼 호르헤가 이곳으로 돌아오기로 한 계획에 호르헤와 루카, 나까지 모두 태어나기 전에 동의한 건가요?

안드로메다: 네, 그렇게 계획했어요. 호르헤가 있어야 할 곳은 지금 그가 있는 이곳입니다. 당신과 루카를 지켜볼 수 있는 이곳이 그의 자리예요.

알렉사: 우리는 왜 그런 계획을 세웠죠?

안드로메다: 더 진보하려고요. 이번 생에서 더 깊은 경험을 해보고, 루카를 빛과 연결하기 위해서예요.

이때 위원회가 보여주는 이미지 하나를 알렉사가 묘사해 주었다. "루카의 머리가 보여요. 빛으로 된 공이 머리 위로 반짝여요. 이건 루카가 이번 생에서 더 높은 빛과 연결될 기회예요."

나는 알렉사에게 위원회에 묻고 싶은 것을 물어보라고 했다.

알렉사: 나는 왜 우리가 이런 계획을 했는지 또 물어보고 싶어요.

위원회가 알렉사의 마음속에 새로운 이미지를 보여주자 알렉사가 말했다. "숲이 보여요. 내가 루카를 자연으로 데리고 가서 물, 공기, 나무의 속삭임, 아빠가 그 위에서 자기를 내려다보고 있는 구름 등등 주변의 모든 것을 알아차리게 해요. 그리고 아빠가 그 위에서 빛으로 내려와 루카를 만난다고, 늘 우리와 함께 하는 그의 존재Presence를 마음속에 소중히 간직하라고 말해줘요.

이제 나는 강가의 커다란 바위 위에 앉아서 강에 비친 내 모습을 보며 머리를 빗어요. 강은 시간 속으로 내달리며 내 눈물을 씻어줘요. 고요하고 아름다운 은색의 강, 시간의 강River of Time이에요. 호르헤가 기사 복장을 하고 바로 내 옆에 있네요. 그리고 붉은 기운이 도는 황금빛의 맹렬한 에너지를 발산해요. 보호 의지가 강한 매우 남성적인 에너지예요. 호르헤는 태양 같고, 나는 천천히 흐르는 강 같아요. 루카는 환한 숲속을 뛰어다니는 작은 요정 같아요. 원래가 이처럼 서로 다른 세 에너지가 서로 다른 수준에서 함께 공존해야 하는 거였어요."

알렉사: 호르헤는 또 어떤 방법으로 나와 루카와 함께하나요?

안드로메다: 책과 이야기를 통해 루카에게 말을 해요. 루카의 남성 에너지를 북돋기 위해 다른 남자 존재를 보내서 말하기도 하고요.

호르헤는 루카를 위해 무슨 일이건 다 할 준비가 되어 있어요. 루카를 보호하기 위해 호르헤는 항상 거기 있을 거예요.

저쪽 세상에 와 있는, 우리가 사랑하는 사람을 위원회가 불러다 줄 것을 알기에, 나는 알렉사에게 호르헤와 직접 얘기할 수 있는지 물어보라고 했다. 말이 끝나기 무섭게 호르헤가 등장했다. 나는 계속해서 알렉사에게 몇 가지 질문을 하게 했다.

알렉사: (슬픈 목소리로) 왜 그렇게 빨리 갔어요? 무엇이 당신을 그렇게 빨리 불러들였나요?

호르헤: 빠르지 않았어요. 나는 오랫동안 아빠가 될 날을 기다렸어요. 아빠가 됐으니 떠날 때가 된 거죠.

알렉사: 어떻게 나를 도와서 루카를 키울 건가요?

호르헤: 지금 사는 그 집, 그 집을 내가 당신과 루카를 위해 지었어요. 내가 그 장소를 제공했죠. 그리고 당신이 그곳에 살 수 있게 에너지를 채웠답니다. 나는 밤마다 루카를 보살펴요. 그래서 루카가 어둠을 무서워하지 않고 그렇게 잘 자는 거랍니다. 나는 루카의 발길을 안내하고 보호해요.

알렉사: 호르헤, 파트너를 잃고 아이를 온전히 혼자 키운다고 느끼는 사람들이 알았으면 좋겠다 싶은 게 있으면 말해줘요.

호르헤: (흐느끼며) 혼자가 아니라는 걸 알았으면 좋겠어요. 파트너가 늘 거기 있으니까요. 우리는 언제나 지켜보고 있어요. 더할 수 없이 깊은 사랑으로요. 이 사랑은 절대 사라지지 않아요. 우리는

진정으로 아이들을 보호한답니다.

알렉사: 그들의 파트너가 곁에서 아이를 함께 기르고 있다는 걸 그 사람들이 어떻게 알 수 있나요?

호르헤: 밤에 양초를 켜봐요. 그리고 편안하게 앉아서 마음으로 파트너가 하는 말을 들어봐요. 작은 제단을 만들어 천을 깔고 그 위에 '죽은' 자의 물건 몇 가지를 놓는 것도 좋아요. 그리고 그냥 느껴봅니다. 잠시 모든 걸 내려놓고요. 함께하던 항로를 벗어난 사랑하는 존재로부터 수만 가지 방식으로 메시지가 올 수 있답니다.

알렉사: 파트너의 죽음으로 여전히 힘들어하는 사람들에게 더 해줄 말은 없어요? 지금 상황을 이해하는 데 도움이 되거나 위로가 되는 말이요.

호르헤: 당신의 계획을 믿어요. 그리고 더 큰 무엇, 다른 차원의 무엇과 연결되어 있음을 느낄 수 있다면, 부당하다는 느낌, 혼자라는 느낌, 가슴이 찢어지는 듯한 느낌에서 벗어나는 데 크게 도움이 될 거예요. 가슴은 찢어지지 않았어요. 그게 아주 중요해요. 당신의 완벽함에 집중하세요.

알렉사: 살아있는 부모가 어떻게 말을 해야 아이가 이 상황을 잘 이해할 수 있을까요?

호르헤: 연결되어 있음을 믿고 꿈에서 그 연결을 찾아보라고 해봐요. 항상 보호받고 있으니 안전하다고 말해주고요. 밤에는 아이의 이마에 키스하면서, 죽은 아빠 혹은 엄마가 너와 함께 있다고, 이제 너와 함께 아름다운 곳을 여행할 거라고 말해줘요.

알렉사: (흐느끼며) 나는 왜 당신의 목소리를 더 분명하게 들을 수

는 없는 거죠? 내가 할 수 있는 건 그냥 앉아서 당신과 말할 수 있다면 얼마나 좋을까 하고 생각하는 것뿐이에요. 그런데 난 당신한테 말할 수가 없어요. 나는 안 되는 것 같아요.

호르헤: 나는 인내심 있게 얼마든지 기다릴 수 있어요. 여기서는 시간 같은 건 중요하지 않으니까요. 내가 옆에서 도와줄게요. 우리에게는 시간이 많아요.

알렉사: 호르헤, 나를 사랑하나요?

호르헤: 진심으로요.

알렉사: 내가 지금 루카를 키우는 방식에 만족하나요?

호르헤: 루카는 놀기 좋아하는 행복한 아이예요. 반짝반짝 빛나는 황금 같지요. 우리가 똑같이 루카를 그렇게 바라본다면, 질문하거나 의심할 필요가 없겠죠. 부모로서 우리 둘 다 똑같은 사랑의 눈으로 루카 안에서 신을 보고 있잖아요. 루카는 아주, 아주, 아주 좋아요.

알렉사와 루카를 향한 호르헤의 큰 사랑이 손에 만져질 듯 생생하게 전해졌다. 호르헤가 하는 말이 모두 더할 수 없는 진심임이 느껴졌으므로, 나는 알렉사에게 다시 안드로메다와 위원회에 집중해 달라고 부탁했다.

알렉사: 나는 내 삶의 사이클의 어디쯤 와 있나요? 전생들에서 배운 것을 제대로 다 활용하고 있나요? 아니면 더 활용해야 할 지식이나 지혜가 있나요?

안드로메다: 당신은 긴 여정을 거쳐왔습니다. 여기 우리 앞에도 여러 번 왔었죠. 당신은 이번 생의 이 과제와 그것을 헤쳐 나갈 자신의 능력에 대해 확신을 가질 필요가 있어요. 슬픔 가득한 이 경험에 압도되지 않고 지혜와 빛 속에서 좌절 없이 헤쳐 나가리라는 확신이요. 슬픔은 정말로 빛나는 지혜의 공이랍니다.

이 말과 함께 안드로메다가 앞으로 나오더니 알렉사에게 지금까지 갖고 있던 빛의 공을 건넸다. 알렉사가 다시 흐느끼기 시작했다.

안드로메다: 당신에게 주는 선물이에요. 위원회가 주는 황금의 지혜입니다.

알렉사: 나의 미래는 어떤가요? 내 인생에 다른 남자가 있나요?

안드로메다: 호르헤가 길을 열어줄 거예요. 당신은 여러 길 중에서 선택할 수 있어요.

알렉사: 감사해요. 이 모든 빛과 아름다움…… 아주 많은 선물을 받았어요.

"알렉사, 끝내기 전에 안드로메다와 위원회에 육체적 · 감정적 · 정신적 · 영적인 모든 수준에서 치유의 에너지를 보내달라고 부탁하세요. 그리고 당신은 그 치유의 에너지를 모든 수준에서 온전히 받겠다는 의도를 내세요. 보고 느끼는 것을 나한테 말해주고요." 내가 말했다.

"나는 이들이 만드는 원의 한가운데에 있어요. 이 존재들이 양손을 모두 나를 향해 뻗고 있는 게 느껴져요. 황금색 빛이 내 머리를 원 모양으로 둥글게 감싸요. 수많은 빛의 층들이 나를 감싸는 느낌이에요. 내 몸 가장 안쪽은 노란빛이, 그 주변으로 오렌지빛이, 그 다음 피부 가까이로 붉은빛이 채워지고, 몸 바깥으로는 파란빛, 자줏빛, 초록빛 순서로 빛이 온통 나를 감싸고 있어요. 가슴 쪽에서 몸통 가득 아주 특별한 노란색 에너지가 느껴져요. 이 색색의 빛의 층들 밖으로는 흰빛이 마치 가운처럼 나를 감싸고 있고요. 위원들의 하얗고 긴 몸들이 모두 함께 빛으로 나를 충전해 주고 있어요. 다른 존재들, 곧 내 할머니, 천사들, 호르헤도 눈에는 사랑을, 입술에는 미소를 가득 담은 채 내 주변에 서 있어요. 나는 여전히 이 아름답고 사랑 가득한 에너지를 받고 있어요. 이 에너지가 내 안을 밝히면서 아름다운 빛깔들과 삶의 기쁨을 가득 채워주네요. 나는 지구로 내려가서 이 빛과 색의 층들을 퍼트리게 될 거예요.

이들이 내 인생을 안내해 줄 별 하나를 내 이마에 붙여요. 이 별은 절대 나를 떠나지 않고 빛을 잃지도 않을 겁니다. 이 별이 나의 길을 분명하게 밝혀줄 거예요. 힘들 때는 안내자가 되어주고, 아름다운 순간들은 더 환히 밝혀주고요.

이제 위원회 위원들이 손을 아래로 내리면서, 나를 감싸고 있는 그 흰 '빛의 가운'을 나더러 끌어당기라고 해요. 나는 존경심에 고개를 숙이고 두 손을 모아 가슴 위에 올려놓습니다. 나를 위해 내 인생의 이 특별한 순간에 그곳에 와준 것에 진심으로 깊은 감사의 마음을 전해요. 감사해요."

"알렉사, 이제 우리는 당신 '영혼 마음soul mind'의 이 높은 영역에서 빠져나올 거예요." 내가 말했다. "생과 생 사이의 이 영적인 세상에 있는 아름다운 존재들을 떠나려고 해요. 사랑으로 가득한 이 세상이 당신과 늘 함께하리란 것을 앞으로도 잘 기억하기 바랍니다. 여기서 우리가 나눈 이야기—당신의 생각, 기억, 그리고 통찰—를 앞으로도 잘 간직하고 산다면, 이는 새로워진 에너지와 목적을 갖고 이번 생의 남은 여정을 마칠 때까지 당신에게 도움이 되고 힘이 될 거예요.

이제 내가 열까지 세는 동안 몸과 마음이 깨어날 겁니다. 아주 푹 자고 깬 듯한 기분이 들 거예요. 마음을 모으고 깨어납니다. 왜 그런 일이 일어났는지 이해하고 치유하는 등 오늘 당신은 많은 일을 했어요. 이것들은 모두 당신의 초의식적 마음superconscious mind에 새겨져서 앞으로 당신이 하는 선택과 행동, 그리고 자아 개념에 반영될 겁니다. 이제 내가 열까지 세면 당신은 눈을 뜨고 완전히 깨어납니다. 당신은 모든 걸 기억할 거예요. 당신의 영원한 앎이 의식적인 기억 속으로 완전히 녹아들 테니까요."

그리고 나는 천천히 하나에서 열까지 센 다음 알렉사가 다시 현실의 자신에게 적응해서 안정될 때까지 기다렸다.

"어땠나요?" 그녀가 다시 돌아온 것을 보고 내가 물었다.

"아주 놀라워요! 정말 엄청난데요!" 그녀가 흥분해서 말했다. "정말 아름다워요. 시공간을 완전히 떠나 있었네요. 내가 전에도 거기 있었음을 안 순간 이성이 물러서면서, 이게 영적인 수준에서 실제로 일어나고 있는 일이란 걸 인정하게 되더라고요. 정말이지 생생했어요. 그런데 그렇게나 까맣게 잊고 있었네요. 하지만 동시에 아주 잘 알고 있기도 했어요."

"호르헤와 얘기해 보니 어땠어요?"

"메시지가 너무 분명해서 놀랐어요. 보통의 의식 상태라면 절대 그럴 수 없었을 거예요."

"지금 기분은 어떤가요?"

"재충전된 느낌이에요. 재확인받은 것도 같고요. 내 가슴에 사랑이 가득하고 내 이마에 이 별이 있으니 이제 분명 훨씬 더 강한 나로 살아갈 거예요. 흔들림 없이 내 길을 갈 겁니다. 이건 남편을 보내고, 그 재를 바다에 뿌리고, 또 다시 살아가는 단순한 차원의 이야기가 아닌 것 같아요. 배울 게 그보다 훨씬 더 많다는 걸 이제 잘 알아요. 나는 그것들을 의식적으로 깨어 있는 상태에서 배우고 싶어요."

알렉사, 호르헤, 루카의 인생 계획은 그야말로 심오하고 장중하며 그 용기 또한 예사롭지 않다.

세 명의 영원하고 무한한 존재들이 각자 자기 에너지의 일부를 압축해서 육체를 만들었다. 그들은 즉각적인 텔레파시 소통을 포기하고 언어를 통한 상대적으로 느린 소통 방식을 선택했다. 진화하기 위해 시간 없는 영역을 떠나 시간이 직선으로 흐르는 세상에 태어났다. 영원한 영의 몸을 죽을 수밖에 없는 육체적인 몸으로 바꾸었다. 지구 차원에서의 '분리'를 지각하기 위해 '집Home'과 하나됨에서 느끼는 '신성한 사랑Divine Love'을 포기했다. 이런 도전도 부족해서 차원 간 양육이라는 인생 계획까지 추가했다. 이런 시련들을 자진해서 겪을 정도라면 이들은 정말 강한 존재가 아닐 수 없다. 가장 용감한 영혼들만이 이런 길을 걸을 것이다.

그러니 알렉사, 호르헤, 루카가 운명의 희생자가 아님을 알 수 있다. 이토록 강한 영혼들이 어떻게 희생자일 수 있겠는가? 이러함을 이해할 때 알렉사, 호르헤, 루카는 자신들의 인생 계획을 훨씬 잘 완수할 것이다. 그래서 예수아는 "루카가 끔찍한 운명의 희생자가 아니라 위대한 영혼의 소유자임을 보아야 한다"고 조언했다. 알렉사와 대화할 때 호르헤도 "루카를 제발 불쌍하게 보지 마. 루카는 강하고 튼튼한 아이예요. 내면에서 빛나고 있는 그 별처럼 될 아이입니다. 어려서 아빠를 잃었어도 충분히 원하는 바를 이루어낼 거예요"라며 예수아의 조언을 상기시켰다. 알렉사가 루카를 희생자로 본다면 이는 영혼 루카의 장엄함을 부인하는 것이고, 에너지적으로 루카가 힘을 잃게 만드는 것이다. 반대로 루카 내면의 빛을 본다면 알렉사는 자신과 루카가 원래 얼마나 장엄한 존재인지 에너지적으로 기억하게 된다.

차원 간 양육 자체도 이 세 영혼만큼이나 아름다운 것이 아닐 수 없다. 표면적으로만 보면 루카는 아버지 없는 아이이다. 하지만 호르헤도 말했다시피 비물질 영역의 부모와 물질 영역의 아이 사이에 에너지 줄은 전혀 손상되지 않은 채로 있다. 루카가 슬퍼하거나 두려워할 때, 또 아빠를 필요로 할 때 호르헤는 그것을 감지한다. 그리고 그 즉시 루카 곁으로 온다. 물질 차원에서 보이는 것이 다가 아니다. 한쪽 부모를 '잃은' 아이들, 파트너를 '잃은' 사람들, 나아가 지구의 표면을 한 번이라도 걸어본 사람들 모두 실은 저쪽 세상으로부터 헤아릴 수 없이 많은 사랑과 지지를 받고 있다. 우리가 상상할 수 없을 정도로 많이 말이다.

자신들이 필요로 할 때 호르헤가 단지 옆에만 있어주는 게 아니란 걸 알렉사는 이미 알고 있거니와 루카도 자라면서 알게 될 것이다. 알렉사는 루카에게 "저 새 좀 봐. 나무 사이의 저 빛 좀 봐. 바람소리를 들어봐. 아빠가 저기 계시네"라고 말한다. 이 말은 단지 위로의 말이 아니다. 실제로가 그렇다. 이 우주에는 '하나의 존재one being' 만이 있으며, 이 하나의 존재가 취하고 있는 듯이 보이는 수많은 형태들 사이에는 어떤 분리도 없다. 호르헤는 산들바람에서도, 빗방울에서도, 모래알 하나에서도 발견될 수 있다. 파도는 바다에서 분리될 수 없고, 햇살은 태양에서 분리될 수 없다.

이런 진리를 온전히 알기에 호르헤는 "사랑하는 존재로부터 수만 가지 방식으로 메시지가 올 수 있다"고 말한다. '어쩌다' 우리 앞에 날려 온 깃털이나 이파리 하나, '우연히' 보게 된 하트 모양의 구름, '죽은' 사람을 생각하고 있는데 갑자기 나타난 새나 다른 동물…… 이 모두가 '하나의 존재'가 그 의식의 다른 부분(즉 당신—옮긴이)에 자신의 의식을 새겨 넣고 있는 것이다.

사랑하는 사람이 여러 가지 외적인 방식으로 우리와 소통할 수 있는 것처럼, 내적으로도 하나 이상의 방식으로 우리와 대화할 수 있다. 예수아가 말했듯이 "죽은 사람과 연결되려면 이미지나 느낌, 갑작스런 깨달음 같은 다른 소통 방식에 익숙해져야 한다." 말없이 이미지만 떠오를 수도 있고, 이미지 없이 말만 들려올 수도 있다. 저쪽 세상의 사랑하는 사람이 보낸 느낌이 지구의 파트너에게 미묘하게 다가올 수도 있고 강력한 방식으로 덮칠 수도 있지만, 어느 경우든 그 느낌의 근원이 자신이 아니라는 건 알 수 있다. 갑작스런 깨달음이란 어떻게 알게 됐는지 모르면서 아는, 정보의 다운로드 같은 것이다. 지성으로 이해할 수도 파악할 수도 없지만 그 앎을 기꺼이 받아들이는 것은 신뢰가 있어야 가능한 행위이다. 신뢰는 빛을 부른다. 그리고 이 빛 속에 영혼 상태의 파트너가 사랑하는 아이를 어떻게 키울 것인지에 대한 소중한 안내와 정보가 담겨 있다.

예수아가 '모름'에서 통찰이 온다고 한 것은 바로 이 진실을 말한 것이다. 고착된 믿음과 굳어진 사고 구조는 차원들 사이에 끼어 있는 잡음과도 같다. 지구에 남아 있는 파트너에게 지혜가 흘러들어 가는 것을 이 잡음이 방해하고 때로는 아예 못 들어가게 차단한다. 그런 믿음이나 사고 구조를 인식하려면 자신을 알아차릴 필요가 있다. 그리고 그런 믿음과 사고 구조를 해체하거나 내려놓으려면 용기가 필요하다. 이렇게 자신에 대한 알아차림과 용기가 있을 때 차원 간 양육에 특히 큰 도움이 될 것이다. 우리의 믿음이 우리의 현실을 창조한다. 예수아가 말했듯이 "자신이 무가치한 인간이라고 확신하고 있다면 그들의 사랑은 절대 당신에게 가닿을 수 없다." 하지만 그럴 때도 비물질 상태의 파트너는 여전히 몸을 입고 있는 파트너 안에 이미 존재하고 있던 '빛의 씨앗들'(희망, 신념, 신뢰 등)을 더욱 강화할 수 있다. 사랑하는 사람을 잃고 아이(들)를 혼자 키우면서 두려움을 느끼고 있다면, 당신은 이제 이 빛의 씨앗을 당신 안에 심기로 선택할 수 있다. 당신이 근원, 즉 신의 성스러운 아이이며 지금 그 모습 그대로 모든 사랑과 지지를 받을 자격이 있음을 믿기 바란다.

04

싱글로 살기

먼저 자신을 온전히 사랑하는 법을 배우고 싶었던 캐시의 선택

"깊고 친밀한 관계를 찾는 데는 지금도 절대 늦지 않았어요. 다만 습관적으로 당신 자신을 사랑하지 못하게 하는 것이 무엇인지 이해하고, 진정으로 자신과 함께 있으면서, 자신이 충분함을 배우고, 자신을 사랑하는 법부터 배워야 합니다."

★★★

전 세계 성인 인구의 약 10퍼센트가 평생 비혼非婚으로 살아간다. 결혼하거나 오랫동안 동거 생활을 하는 사람들도 인생의 상당 부분을 싱글로 사는 경우가 많다. 연애 상대를 적극적으로 찾지만 전혀 못 찾거나 원하는 만큼 쉽게 혹은 빨리 못 찾는 사람도 많다. 나는 이렇게 싱글로 사는 것도 태어나기 전에 계획했을 수 있겠다는 생각이 들었다. 만약 그렇다면 영혼들은 무슨 이유로 이런 경험을 하기로 선택할까?

이 질문에 대한 답을 얻고자 나는 인생 대부분을 싱글로 살았고 연애도 별로 해보지 않은 캐시Cathy와 이야기를 나누어보았다. 그녀의 영과도 이야기해 보고 생과 생 사이로의 영혼 퇴행도 해본 결과, 나는 캐시가 태어나기 전에 싱글로 살기를 부차적인 도전secondary challenge—캐시의 주된primary 도전이 애정 관계가 주는 부정적 영향을 거부하고 자신을 사랑하는 데 집중하는 것이란 점에서 싱글로 살기가 부차적인 도전이라고 한 것이다—으로 계획했음을 알게 되었다. 캐시는 자신이 다른 사람과 장기적인 관계를 잘 맺지 못한다고 느끼는 때도 있지만, 사실은 관계 속의 나쁜 점을 부드럽게 거부하며 자신에게 마음을 열 기회를 주었다는 점에서 눈부신 성공을 거둔 셈이었다.

캐시 이야기

나와 대화 당시 60세였던 캐시는 자신을 네트워크 마케팅 전문가이자 개업해서 활동 중인 전인적 치유사holistic healer라고 소개했다. 캐시는 힐링 아트 센터를 운영하고 있었다. 캐시는 나무들이 우거진 시골풍의 아름다운 곳, 그녀의 말로 마치 "여름 캠프 같은" 곳에 산다. "근처에 멋진 호수가 있어요. 거의 매일 한 번은 호수에 나가죠. 그곳에 가면 가슴이 평화롭고 아름다운 것들로 가득 채워져요"라고 했다.

"캐시, 지금까지 지구에서 60년 동안 살았는데, 성인이 된 이래로 연애를 몇 번이나 해봤나요?" 내가 물었다.

"몇 번 안 돼요."

"싱글로 살면서 다른 사람이랑 연애하길 원했나요?"

"네, 꽤 노력했죠. 누군가를 찾는 데 많은 시간을 썼어요. 지금 생각하면 동반자 관계라는, 사회에서 말하는 모델에 나 자신을 꿰맞추려 했던 것 같아요. 나만의 과정을 알아차리고 나 자신과 내 능력을 인정하기보다는요."

캐시는 대학 때 애인이었던 커트Curt와 처음으로 진지하게 사귀었고 그녀 나이 20대 때 둘은 결혼까지 했다. 캐시는 커트의 외모에 끌렸고, 그의 지도력과 고정 관념에 매이지 않는 모습을 좋아했다. 그들은 둘이서나 친구들과 어울려 술을 마시고 마약을 하며 많은 시간을 보냈다. 캐시가 기억을 더듬으며 말했다.

"놀기도 많이 놀고 미친 짓도 많이 했죠. 몰랐는데, 결정적으로 알코올 중독이었어요. 나중에야 깨달았죠. 그 관계가 건강하지 못하다는 걸요. 마약도 많이 한데다 술까지 마셨으니 감당이 안 됐죠. 그땐 너무 어렸어요. 부부가 된다는 게 뭐고 성장한다는 게 뭔지 어떻게 알았겠어요? 어쨌든 지금은 그 관계에서 벗어난 덕분에 내가 살았다고 생각해요. 우리는 서로한테서 아주 급속도로 멀어졌죠.

그 후 커트는 재혼했고 아들도 하나 낳았어요. 그 아이가 태어나던 날 내가 꿈을 꿨네요. 커트와는 헤어진 뒤 서로 전혀 연락하지 않았는데 내가 그 아이 태어나는 꿈을 꿨지 뭐예요. 그 꿈에서 커트가 나에게 와서 '아내와 아기가 거의 죽을 뻔했어'라고 하더군요. 나중에 알고 보니 정말 그랬더라고요. 아이가 낭포성섬유증을 안고 태어난데다 '지적 장애'가 있었어요. 그래서 13년밖에 못 살았죠. 커트도 나중에 알코올 중독과 산업 공해 병으로 죽었고요.

헤어지고 난 뒤로 커트는 꿈속에서 자주 나를 찾아왔어요. 일주일 전에도 그가 나오는 꿈을 꿨네요. 그가 에테르 차원에 잘 정착하지 못한 것 같아요. 나의 용서가 필요한 게 아닐까 싶어요. 아니, 커트는 나의 도움과 용서를 구하고 있는 게 분명해요. 지금 상황을 극복하고 자신에게 필요한 다음 세상으로 가기 위해서요."

앞으로 금방 알게 되겠지만 캐시의 이 말은 정확했다.

커트와의 결혼 생활을 끝내고 캐시는 오하이오의 집으로 돌아가 인생의 다음 단계를 시작했다. 파트너 따위에는 더 이상 기대고 싶지 않았으므로(알코올 중독자에 학대까지 일삼는 사람을 또 만나게 될지도 모르니……) 그녀는 경제적으로 안정된 기반을 구축하는 데 힘썼다. 캐시는 케이블 TV 회사에서 광고 담당자로 일하면서 광고 시간 판매로 상당한 돈을 벌었다. "젊고 능력 있는 여성으로 변신했죠. 성공했고 누가 뭐래도 흔들리지 않았어요. 무시할 수 없는 존재가 되었고요. 사람들이 다 나를 좋아했고, 나를 막을 자 아무도 없었죠." 그녀가 회상했다.

그 무렵 캐시는 짐Jim을 만났다. 캐시는 짐을 오래 함께 살았어도 좋았을 사람으로 회상했다. 캐시가 말했다.

"짐은 언제나 내 도전을 응원해 줬을 거예요. 그리고 내 인생의 가치를 높여줬을 테고, 나의 잠재력을 보고 내 성장을 도왔을 거예요. 나에게 든든한 버팀목이 되어줬을 거고요. 나 또한 받은 만큼 그에게 베풀었겠죠. 그런데도 그와 오래 함께하지 못한 건 내가 성숙하지 못했기 때문이에요. 어떻게 하면 관계를 잘 이어갈 수 있는지 몰랐고 그럴 능력도 없었죠. 그리고 혼자 해결해야 하는 나만의 문제들도 있었고요. 그래서 그렇게 된 거예요. 가끔 그때 좀 더 노력했으면 어땠을까 싶을 때도 있지만, 그랬다면 지금과는 아주 다른 삶을 살았겠죠. 내가 정말 이루고 싶었던 것들을 지금처럼 이루지 못했을지도 모르고요."

"그렇다면 이삼십대, 그러니까 무얼 이루고 싶은지 아직 몰랐을 때는 싱글로 사는 게 어땠나요?" 궁금해서 물었다.

"그게, 굉장히 좋았어요." 그녀가 웃음을 터트리며 말했다. "커트와 헤어지고 확신했죠. 관계에서 벗어나는 게 가장 안전하다고요. 나는 관계를 발전시키는 법도 몰랐고 문제를 해결해 나아가는 법도 몰랐어요. 관계를 떠나는 식으로 나를 보살필 뿐이었죠. 그래서 오랫동안 그렇게만 살았어요. 그런데 마흔이 되었을 때 그런 내 생각에 일대 전환이 일어났죠."

캐시는 남은 생을 계속 그렇게 "일에만 굶주린 채" 살고 싶지는 않았다. 거기에 단핵증으로 몸이 많이 아프기도 했다. 캐시는 그 모든 것을 새로운 방향을 찾으라는 뜻으로 해석했다. 캐시는 우주에 자신이 다음으로 가야 할 길을 물었고, 직장을 그만두고 마사지 테라피 학교를 다니라는 내면의 안내를 받았다. 그래서 학교를 다녔고, 졸업했고, 수련 과정도 성공적으로 마쳤다.

"이때 깊은 의식 작업을 많이 했어요." 캐시가 말했다. "그리고 이때 지난 20년 내 인생과는 비교가 되지 않을 정도로 간절히 누군가를 만나고 싶었어요. 내가 맛본 정신적 풍요를 누군가와 나누고 싶었으니까요. 그런데 이제는 상황이 달라진 거예요. 나는 이제 예전과는 다른 사람을 만나고 싶은데, 그런 사람은 어디에도 없는 거예요."

자신과 영적 깊이가 비슷한 인간 파트너는 없었지만, 캐시는 내면 작업 덕분에 여러 전생에서 그녀의 파트너였고 지금은 비물질 영역에 존재하는 누군가를 기억해 내고 그와 접촉도 할 수 있게 되었다.

"내가 예전에 영적으로 어떤 파트너십을 영위했는지 알게 됐죠. 나는 500~600년 동안 여러 생에 걸쳐 이 존재와 함께 살았는데, 특히 둘이 함께 원주민으로 산 생이 뚜렷하게 기억이 났어요. 그런 우리의 관계가 너무도 특별해서 어떤 인간도 내가 생각하는 관계에 부합할 수 없겠다고 느꼈던 기억이 나요."

그 존재는 캐시에게 텔레파시로 자기 이름이 스타 하트Star Heart라고 했다. 캐시가 40대 후반, 50대 초반이었을 때 스타 하트는 그녀를 자주 찾아왔다. 캐시는 그가 와서 자신을 지지해 주고 '힘을 주는 것'을 감지할 수 있었다. 캐시가 다시 말을 이어갔다.

"우리가 한 전생에서 아메리카 원주민으로 살던 때는 유럽인들이 한창 침략해 올 때였어요. 나는 약초를 다루는 전통 힐러였고, 스타 하트와 나 사이에는 아이가 셋 있었어요. 하지만 우리는 (유럽인들 때문에) 헤어져야 했죠. 아이들도 모두 죽임을 당했고요. 이번 생에서 나는 힐러, 신비가mystic, 샤먼, 공동체 연결자라는 소임을 갖고 있는데, 스타 하트가 언제나 도와주고 있어요."

나는 캐시에게 이번 생에서 스타 하트가 그녀를 어떻게 도와주는지 물었다.

"한번은 강가의 아름다운 공원에 있었어요. 강물이 수백 에이커에 이르는 숲을 지나는, 인적이 매우 드문 곳이죠. 나는 의식을 치르고 있었어요. 파란 하늘이 크리스털처럼 맑은 날이었고, 구름 한 점 없었어요. 나는 물과 흙 등의 요소와 내 독수리 깃털을 갖고 기도를 올렸어요. 그때 스타 하트가 거기 있는 게 느껴졌어요. 그래서 하늘을 올려다보았는데, 구름 한 점 없던 하늘에 갑자기 '정확히' 깃털 모양을 한 거대한 구름이 수직으로 있는 겁니다! 그가 나에게 자신을 알리고 내 의식의 일부가 되어 내가 하는 일과 기도를 지지해 준 거예요. 분명히 그랬어요."

우주에는 오직 한 존재만 있고 우리 각각은 그 존재의 부분들이다. 나는 캐시의 이야기를 하나의 개체화된 표현물(스타 하트)이 또 다른 개체화된 표현물(구름)에 자신의 의식을 각인해서 나타낸 아름다운 사례로 이해했다. '저쪽 세상'에 있는, 우리가 사랑하는 사람들은 이런 방식으로 특정 상징들을 보내 그들이 이곳에서 우리의 삶에 함께하며 언제나 우리를 사랑하고 있음을 알려준다. 육체가 사라져도 사랑의 결속은 영원하며 절대 분리될 수 없다.

이 이야기 전에 캐시는 나에게 자기가 이번 생에 몇 년 동안 관계 속에도 있어봤지만 늘 싱글처럼 느껴졌었다는 말을 했다. 나는 왜 그렇게 느꼈는지 물었다.

"관계가 시작될 때 처음 한두 해는 '하하호호' 하잖아요?" 캐시가 웃으며 말했다. "허니문 시기니까 다 재미있죠. 이때를 깊은 관계라고 하기는 그렇죠. 그래서 진정한 파트너인 적이 있었냐고 물으면…… 그런 적이 없다고 할 수밖에요."

"그렇다면 싱글로 산 모든 시간 동안 사실은 그런 깊은 관계를 열망했던 건가요?"

"네." 그녀가 인정했다. "내가 놓친 것, 내 인생에서 부족한 것이라고 할 수도 있겠는데, 결혼 생활에서 갈등이 생기면 일단 긴장하고 문제를 해결하기 위해 뭐라도 해보면서 근육도 키우고 기술도 닦아나가잖아요. 친구 사이에는 갈등이 생기면 일단은 헤어졌다가 나중에 대화를 할 수도 있고요. 친구와 매일 함께 살 필요는 없으니까, 이건 결혼 생활만큼 깊은 관계라고 할 수는 없어요. 이 부분이 나는 아쉬워요. 어릴 때 원래 가족과도 깊은 관계를 나누지 못했고, 평생 친구들과도 갈등이나 힘든 점을 해결하고 화해해 본 적이 거의 없어요."

40대 중반에 캐시는 또 한 번 결혼을 했다. 마이클Michael이라는 남자였고, 결혼 생활은 몇 년 동안 지속됐다. 마이클은 그녀 인생에 즐거움과 기쁨도 주고 이런저런 도움도 주었지만 책임감이 부족했다. "착한 사람이었지만 세상을 어떻게 살아야 하는지 몰랐어요."

그 후 50대가 되어 몇 년간 캐시는 파트너 찾기에 몰두했다. 몇몇 데이트 사이트에 가입해 적극적으로 많은 사람을 만났다. 하지만 원하는 파트너는 나타나지 않았다. 나는 그녀가 그렇게 열심히 파트너를 찾은 이유와 결과적으로 그 경험이 어땠는지 물었다.

"'좋아, 나에게도 파트너가 있다면 반드시 찾아내고 말겠어' 하는 기분이었어요. 어떤 여자는 108번의 데이트 끝에 드디어 찾았다고 하더라고요. 인터넷 데이트로 인생의 동반자를 만났다는 사람도 많잖아요. 그래서 '한번 해보자' 싶었죠. 그리고 목사나 영적인 길을 간다는, 나와 좀 맞을 것 같은 사람들을 만났어요. 하지만 그렇게 몇 년을 보낸 뒤에 '맞아, 나는 뭔가 전혀 엉뚱한 데서 찾고 있어' 하는 생각이 들었고, 이번 생에서는 다른 걸 찾아봐야 한다는 걸 깨닫고 받아들였죠. 하지만 나중에는 또 어떨지 모르죠. 마음은 늘 열어놓고 있어요."

"지금은 싱글인 것을 어떻게 느끼나요?" 내가 물었다.

"데이트 세상에서 벗어난 그때부터는 그냥 마음으로 받아들여요. 지금은 싱글인 게 아주 평화롭고 좋아요."

"뭔가 어려운 일이 생길 때 '흠, 이 일로 이야기 나눌 파트너가 있다면 얼마나 좋을까?' 하고 생각하게 되지 않나요?"

"네, 그렇죠. 하지만 그래봤자 소용없으니까 잠깐 그러고 말아요. 그냥 영적인 수행을 하고 마음의 평정을 유지하려고 노력을 하죠. 내가 행복하냐 아니냐는 나한테 달려 있는 거잖아요."

"혼자 늙다가 혼자 죽을까봐 두려워하는 사람이 많아요. 그런 두려움은 없나요?"

"나도 아마 혼자 늙어가겠죠. 그리고 혼자 죽을 거고요. 하지만 그게 두렵거나 하지는 않아요. 그냥요. 내 인생에 두려움을 위한 공간은 없어요. 두려움이 뭐 좋은 게 하나라도 있나요? 사랑의 반대가 두려움이죠. 두렵다는 것은 신을 믿지 않는다는 뜻이고요. 나는 나이가 들어도 가능한 한 좋은 상태를 유지하려고 매일 노력하고 있어요. 바깥에서 답을 찾는다거나 누군가 다른 사람이 내 문제를 해결해 주기를 바라는 게 바람직하지는 않잖아요. 그렇게 해서는 행복하지도 편안하지도 않아요. 행복과 평안함은 내면에서 와요. 이것을 매일 새롭게 발견하는 것이 내 인생의 미션입니다."

나는 캐시에게 싱글로 사는 것과 관련해 또 하고 싶은 말이 있는지 물었다.

"나만의 영적인 길을 갈 수 있다는 점에서 축복받았다고 느껴요. 신은 내 안에 있어요. 그 이상 뭐가 더 필요하겠어요? 내 가슴속에 신이 계시지 않은 때는 단 한 순간도 없어요.

아론 및 신성한 어머니와 함께한 캐시의 세션

영매 바바라Barbara가 불러오는, 무한한 사랑과 지혜의 소유자이자 깨달은 존재인 아론Aaron과 함께하는 세션을 나는 손꼽아 기다렸다. 아론은 탄생 전 계획을 포함해 지구 차원과 관계되는 모든 생각, 말, 행동이 기록된 비물질 차원의 아카식 레코드에 접근할 수 있다. 그런데 나는 이 세션에서 '신성한 어머니The Divine Mother'까지 만나 소통하게 될 줄은 몰랐다. 바바라의 설명에 따르면 '신성한 어머니'는 우리 우주에 존재하는 (성모 마리아, 관음보살 등의) 최고의 여성 의식들이 합쳐진 존재이다. 세션은 영상 회의 형식으로 진행되었다.

"내 얼굴 중간에 (보이지는 않지만) 전화기가 있습니다!" 아론이 말했다. 바바라가 자신과의 채널링을 시작하자, 세션을 위해 사람들이 모여 있는 것을 알아차리고 농담을 한 것이다. 아론이 있는 비물질 영역에서는 당연히 모든 소통이 텔레파시로 이루어진다. 아론에게 전화기는 기이하고 생소한 도구일 것이다.

"캐시, 만나게 되어 기뻐요. 지금 내 앞에는 롭이 써준 질문 목록이 있네요. 캐시, 몇 분 정도 나를 그냥 바라봐 주세요. 그럼 우리 에너지장이 더 잘 연결될 거예요." 바바라가 말했다. 아론이 바바라의 컴퓨터 모니터에 떠오른 캐시의 이미지를 찬찬히 살폈다. 아론은 캐시의 몸과 그 몸을 둘러싸고 있는 에테르체를 관찰하면서 그녀의 오라aura가 어떤 색인지, 현재 에너지가 막혀 있는 곳은 없는지 살폈다. 아론이 말을 시작했다.

"캐시, 탄생 전 계획은 마치 집을 짓는 것과 같아요. 당신은 아름다운 저택을 구상합니다. 하지만 서재나 작업실, 멋진 일광욕실 같은 부수적인 방들은 중요하지 않죠. 중요한 것은 당신 삶을 단단하게 지탱해 줄 '집의 중심'입니다. 이 '집의 중심'이 바로 당신 '영혼의 계획'이고 이 계획을 알면 당신은 깊은 곳에 숨겨져 있는 당신의 진짜 마음을 알게 될 거예요. 이번 생에서 자신이 원하는 것을 얻지 못했다고 느끼는 사람들 그리고 당신이 봐야 할 것이 바로 이 '집의 중심'입니다. 당신은 과거 여러 생에서 타인의 칭찬과 존경에 의존하는 삶을 살았어요. 사실 아무리 많은 칭찬을 듣고 존경을 받아도 부족했죠. 누가 칭찬을 해줘도 언제나 '내가 정말 그런 칭찬을 받을 자격이 있나?' 하고 느꼈으니까요. 그렇게 늘 미묘하게 자기 부정을 해왔던 겁니다.

캐시, 그런 전생들 중에는 당신이 남자로 살면서 결혼한 적도 한 번 있었어요. 아내와의 사이에서 자식도 많이 낳았고요. 그런데 아내가 자식들 돌보는 데 신경을 많이 쓰다 보니 당신은 아내한테 별로 사랑받지 못한다고 느꼈죠. 여기서 '당신'이란 과거 당신의 카르마적 선조를 의미해요.

아이들은 당신을 사랑했어요. 아내도 당신을 사랑했고요. 하지만 당신은 이 여자에서 저 여자로 옮겨 다니며 바람을 피웠죠. 그 여자들을 사랑해서가 아니라, 아내와 자식들로부터 받을 수 없는 사랑을 받고 싶어서요. 바람피운 것만 빼면 당신은 아내와 아이들에게 참 잘했어요. 늘 사랑으로 대했고 잘 놀아주었죠. 그래서 아이들도 당신을 사랑했지만, 당신은 그걸로 충분하지 않았어요. 당신 스스로 자신을 충분히 사랑하지 못했으니까요.

또 다른 전생에서 당신은 오늘날로 치면 정치인이라고 할 수 있는, 작은 나라의 통치자였어요. 하지만 당신은 더 많은 것을 원했죠. 더 많은 땅을 원하고, 더 많은 사람의 숭배를 받고 싶고, 더 많은 사람을 거느리고 싶고…… 더 강력한 사람이 되고 싶었어요. 하지만 그걸 이루지 못하고 죽었죠.

이 두 전생은 자신을 진정 사랑으로 대하지 못한 수많은 생애 중 단 두 예에 불과해요. 캐시, 이제 더 오래전의 생으로 돌아가 봅시다. 이 두 전생보다 훨씬 더 옛날 일입니다. 당신은 소녀예요. 부모님은 당신에게 언어 폭력을 일삼아요. 아버지는 성적인 학대까지 합니다.

당신이 그 생에 태어난 것은 학대받기 위해서가 아니라 학대에 대해 '싫어'라고 말하는 법을 배우기 위해서였어요. 그런데 그 싫다는 말을 하지 못해서 자신에게 대단히 화를 내며 스스로를 비난했습니다. '아빠가 잘못한 거야. 나를 강간하지 말았어야지'라고 도저히 말할 수 없었죠. 이 아이는 사랑이 필요했는데 복종하는 것 외에는 사랑받는 법을 몰랐으니까요. 복종하면 사랑받는다고 느꼈습니다. 아니 복종하면 최소한 폭행을 당하지는 않았죠. 그래서 분노가 당신 자신을 향하게 되었습니다.

관계를 길게 유지하지 못하는 사람들 중에는 자기 부정否定의 문제가 있는 사람이 더러 있어요. 자기 부정은 대개 학대를 당하고 그 분노를 감당하지 못해 결국 자신에게 그걸 쏟아 부었던 전생으로부터 옵니다.('감당한다hold'는 아론의 표현은 그 분노를 바라보며 함께한다는 뜻이다.) 따라서 그 분노는 당신 심장을 찌르는 날카로운 가시가 됩니다. 이 사람들은 타인 앞에서 분노하는 모습을 보일 수 없습니다. 그러면 너무 위험해지기 때문이죠. 이번 생에서 자신을 온전히 사랑하지 못하거나 자기 비판 없이는 자신의 감정을 받아들이지 못하는 경우들을 보면, 다 그런 것은 아니지만 과거 생에서 학대받은 것이 그 이유일 때가 많습니다. 그래서 이들은 이 문제가 바로 '집의 중심'이라는 걸 알고 태어납니다. 무엇보다도 자신을 사랑하고 받아들이는 법을 배우고 싶다는 의도를 가지고요. 자신의 슬픔, 두려움, 분노 등을 '안 돼! 이런 감정을 느껴서는 안 돼!'라는 생각 없이 받아들이고 싶은 것입니다.

이것이 이번 생에 태어난 가장 큰 의도인 만큼, 캐시, 당신한테는 깊은 관계와 사랑에 대한 열망이 있는 거예요. 하지만 자신을 온전히 받아들이고 진정으로 사랑하기가 너무 어렵기 때문에 다른 사람의 사랑도 받아들이기 어렵고, 따라서 사랑 가득한 파트너를 불러들이지도 못하죠. 당신을 진심으로 사랑하는 파트너가 있었을 수도 있어요. 하지만 지금 상황이 다 당신이 '자초한 일'이라고 스스로를 비난하지 않기를 바랍니다. 단지 카르마의 흐름이 그런 것뿐이에요. 캐시, 그 카르마를 치유하기 위해 당신이 여기에 있는 겁니다. 깊고 친밀한 관계를 찾는 데는 지금도 절대 늦지 않았어요. 다만 습관적으로 당신 자신을 사랑하지 못하게 하는 것이 무엇인지 이해하고, 진정으로 자신과 함께 있으면서, 자신을 사랑하는 법부터 배워야 합니다."

아론이 잠시 쉬었다 다시 말했다. "그럼 이제 다음 질문으로 넘어가 봅시다. 다음 질문은 '짐과 결혼했더라면 어땠을까요?'네요. 내가 보기에 두 사람은 결국 사이가 멀어졌을 겁니다. 짐은 당신을 사랑했을 테지만, 당신은 그 사랑을 받을 자격이 없다고 느꼈을 테니까요. 한없이 주고 사랑하려는 그를 당신은 받아들이지 못했을 거예요. 사랑받는다고 느끼면 안전하지 못할 것 같으니까요. 그래서 어느 시점이 되면 둘 사이에 불화가 생겼을 거예요. 불화가 생겨도 해결책을 배운다면 더 좋은 관계를 영위할 수 있겠지만, 당시의 당신으로서는 그럴 수 없었을 겁니다."

이제 아론은 캐시의 영혼의 짝인 스타 하트에 대한 내 질문에 대답했다.

"영혼의 짝이 뭔가요? 영혼의 짝이란 마치 아홉 달 동안 같은 자궁을 공유하다가 태어나는 일란성 쌍둥이처럼, 말 그대로 (근원에서)

함께 태어나는, 당신이라는 의식의 정수essence입니다. 당신과 당신 영혼의 짝은 서로를 영원히 돕겠다는 의식을 갖고 태어난 존재들입니다. 이들은 함께 태어날 수도 있고 그렇지 않을 수도 있어요. 영혼의 짝이 꼭 한 명일 필요도 없고요. 여러 명일 수도 있죠.

캐시, 간단히 말해 스타 하트는 당신을 사랑해요. 그리고 당신이 당신 영혼의 의도를 잘 알고 따라갈 수 있도록 도와주고 싶어 해요. 스타 하트는 당신이 자기 감정을 잘 받아들이게 도우려고 여기에 있습니다. 그와 함께 있을 때 당신은 사랑받는다고 느껴요. 그런데 당신은 자신이 그렇게 느끼도록 놔둘 수 있나요?

캐시, 바바라가 체현하고 있는, 우리가 '어머니The Mother'라고 부르는 개체entity가 있어요. '어머니'는 '신성한 어머니The Divine Mother'와 그녀의 모든 측면들이 말 그대로 높이 발현된 존재입니다. 이 어머니는 우리가 대화하는 사람에게 가장 적합한 모습으로 나타나죠. 이 어머니가 잠시 이 자리에 나와 함께 있을 거예요. 어머니가 지금 바바라를 통해서 몇 분 동안 당신 눈을 들여다보고 싶다고 하네요. 그럼 어떤 일이 생길지 당신이 한번 보면 좋겠어요. 어머니한테서 나오는 사랑을 느끼게 될 거예요. 분명히요. 하지만 당신은 저항감을 느낄 수도 있습니다. 만약 그렇다면 심호흡을 하고 잠시 물러나세요. 그리고 질문해 봅니다. '이 사랑을 온전히 받아들이면 어떨까? 나의 가치를 의심 없이 받아들이게 되지는 않을까? 내가 무가치하다는 생각을 미련 없이 버리게 되지는 않을까? 이 사랑은 내 것이다. 지금 있는 그대로의 나에게 오는 내 것이다'라고요. 그리고 사랑을 느낄 수 있는지 보세요. 느낄 수 없다면, 네 그것도 좋습니다. 몸의 반응을 살펴보세요. 사랑을 밀어내고 있나요? 조금이라도 저항감이 느껴지나요?"

'신성한 어머니'와의 다르산darshan(스승을 친견하여 빛을 전수받는 것 혹은 참나를 보는 것을 일컫는 요가 용어—옮긴이) 경험이 있는 나는 어떤 일이 일어날지 알 수 있었다. 내가 '신성한 어머니'를 만났을 때 어머니는 거의 아무 말 없이 바바라의 눈을 통해 나를 응시하기만 했는데, 그렇게 강렬한 사랑과 존경이 담긴 눈빛은 이번 생에서 경험한 어떤 것과도 비교할 수 없었다. 모든 것을 포용하는 순수한 사랑이 내 안팎으로 흘러내리더니 나를 껴안듯 꼭 감쌌다.

아론의 의식이 물러나고 '신성한 어머니'가 바바라의 몸을 이용하기 시작했으므로 우리는 잠시 동안 말없이 기다렸다.

"내 사랑하는 이여, 당신을 사랑해요." 신성한 어머니가 캐시에게 부드러운 목소리로 말하기 시작했다. "나는 그대를 어떤 상황에서든 조건 없이 사랑해요." 신성한 어머니는 이제 내가 전에 느꼈던 것처럼 강렬하고 진실한 사랑의 눈길로 캐시를 응시했다. "(화상 회의이므로) 그대의 손을 잡을 수는 없지만, 나는 지금 내 팔을 그대와 롭에게로 뻗고 있습니다. 그대는 신의 불꽃이에요. 그대는 빛이 납니다. 다른 모든 인간들처럼 그대도 어떤 면은 잘못을 하고, 그래서 일그러져 보이기도 하지만, 그러나 그대는 빛나고 아름다운 존재예요. 정원 일로 손이 더러워졌다고 손을 잘라낼 건가요? 그냥 씻으면 되지요. 씻고 나면 깨끗하고 온전한 손이 그대로 있다는 걸 그대는 알고 있어요. 그런데 왜 사랑을 잘라내려고 하나요? 그대가 얼마나 빛나는 존재인지, 얼마나 사랑받는—그것도 영원히 사랑받는—존재인지 알기가 왜 그렇게 어려울까요? 그대는 이렇게 사랑받으면 무슨 일이 일어날지 몰라 두렵기 때문에 자신이 온전히 사랑받도록 허락하지도 않고 스스로를 온전히 사랑하지도 못하고 있는 거랍니다."

"이번 생에서 나는 사랑과 빛을 추구해 왔어요. 나 자신이 신성한 빛이라고 이해하면서요." 캐시가 대답했다. "그런데 그런 말씀을 들으니 그동안 나 자신을 속이고 기만하며 살아왔다는 생각이 드네요." 이렇게 말하며 캐시는 참을 수 없다는 듯 크게 기침을 하기 시작했다.

"캐시, 그렇지 않아요." 신성한 어머니가 안심시키듯 말했다. "그대는 그동안 심도 깊게 작업을 해왔답니다. 하지만 그런 작업은 대개 한 층을 마치고 나면 다시 더 깊은 층이 나오게 마련이에요. 가장 깊은 층은 보통 너무 고통스러워서 거기까지 내려가기가 정말 어렵지요. 캐시, 내가 이야기하고 싶은 그대의 전생이 둘 있어요. 하나는 아론이 말한, 학대받은 소녀로 살았던 생이에요. 지금 그대의 그 기침은 아주 깊이 억압된 기억에서 나오는 거랍니다. 아빠가 강간하려고 덮칠 때 그 아이는 소리를 지르고 싶었어요. 하지만 아빠가 손을 들어 아이의 숨이 막힐 정도로 입을 틀어막았죠. 수없이 그랬어요. 밤이면 그는 늘 그대의 방으로 왔지요. 집 뒤 헛간으로 도망쳐도 아빠는 그대를 찾아냈어요. 도망갈 곳이 없었죠. 그때 그대는 사춘기 소녀였어요. 아빠가 그대를 억지로 눕히고, 그대는 소리를 지르기 시작해요. 그럼 그가 어찌나 입을 세게 틀어막던지 어떨 때는 거의 질식할 정도였죠. 이게 그대가 기침을 하게 된 이유 중 하나예요. 목을 열고 분노를 토해내고 싶으니까. 하지만 이것은 사실 분노를 묻어두는 그대만의 방식이었어요. 누구나 가장 깊은 분노는 그렇게 묻어두려 하죠.

내가 이야기하고 싶은 전생이 하나 더 있는데, 이 전생에서 그대는 그대 자신을 향한 분노 문제를 갖고 있었어요. 그대는 어린 자식 셋을 데리고 함께 배를 타고 강을 건너고 있었죠. 나룻배라고 합시다. 그대들 외에도 스물다섯 명 정도의 사람들이 그 배를 타고 있었어요. 그런데 그날 물살이 몹시 사나워서 사공이 배를 통제하지 못했고, 그러면서 배가 바위에 부딪치고 말았죠. 그대도 사람들도 사납게 흐르는 강물 속으로 휩쓸려 들어갔지요. 그대는 제일 어린 아기를 한쪽 팔로 안고 다른 팔로는 다른 두 아이를 붙잡은 채 안간힘을 쓰며 물 위에서 버둥거렸죠. 도와줄 사람은 아무도 없고, 그대는 사공에게 분노가 치밀었어요. 그대는 그 사공이 너무 어려서 미숙하고 조심성이 없다고 생각했어요. 강을 가로질러 두꺼운 밧줄이 있고 그 밧줄은 강가의 도르래와 연결되어 있었기 때문에, 사공은 밧줄을 잡고 배를 똑바로 움직이게만 하면 됐는데 자꾸 방향을 틀다 보니 밧줄이 압박을 견디지 못하고 그만 끊겨버린 거지요.

그렇게 그대는 강물에 빠져 죽을 것 같았죠. 두 아이는 이미 놓쳐버렸고, 이제 가장 어린 아기라도 어떻게든 살려내려고 발버둥 쳤어요. 어떻게든 물 위로 고개를 쳐들려고 했지만, 머리는 자꾸 물속으로 가라앉고…… 목구멍으로는 물이 치밀고 들어왔어요…… 거기에 분노도, 또 공포도 함께…… 결국에는 아기도 놓치고 그대 자신만 살았죠. 어쩔 수 없었어요. 일부러 손을 놓은 게 아니었죠. 그대는 죽을 것 같았고, 그대가 죽으면 아기도 물론 죽었겠죠.

그때 누군가가 그대를 끌어올려 주었어요. 하지만 아이들은 이미 떠내려가고 없었죠. 그대는 아이들을 살리지 못한 자신을 용서할 수 없었어요. 다행히 제일 큰 아이는 혼자 어찌어찌 강가로 기어 올라왔지만, 그래도 그대는 자신을 용서할 수 없었죠. 사공과 그대 자신을 향한 분노가 너무너무 깊었어요. 그때부터 그대 인생은 고통 그 자체였어요."

"아론이 말을 해도 되겠는지 묻는군요." '신성한 어머니'가 우리에게 알려주고는 뒤로 물러섰다. 그러자 아론이 다시 바바라를 통해 말을 하기 시작했다.

"캐시, 여기서 이 이야기를 하나의 메타포로 이용해 봅시다. 당신 의식의 흐름—이것은 곧 당신 자신이기도 한데—이 당신을 덮친 불행을 극복하지 못한 때들을 위한 메타포로요. 용서는 어디서 시작될까요? 인간이라면 누구나 당신이 겪은 것과 같은 상황에 부닥치게 마련입니다. 그렇다면 우리는 자신을 어떻게 용서할까요? 말 그대로 '인간적인' 우리 자신을 용서하지 못한다면 우리는 우리 자신을 온전히 사랑할 수 없습니다. 캐시, 지금 우리는 가장 깊은 치유에 대해 말하고 있어요. 당신을 용서하고 온전히 사랑할 수 있을 때 다른 사람의 사랑을 받아들일 수 있고, 또 다른 사람의 사랑을 받아들일 수 있으니까 당신을 정말 깊이 사랑하는 파트너도 불러들일 수 있어요.

캐시, 당신이 자신을 속이거나 기만하며 살아온 게 아니라고 '신성한 어머니'가 말한 의미를 제대로 이해했나요? 당신은 더 깊이 들어가기 위해 준비를 한 것뿐이에요. 인간에게 가장 깊은 층은 자신이 부정적인 감정이나 두려움 때문에 남을 해친 것이 아니라, '우리 모두'가 서로를 어떻게 해쳐왔는지 보고 모든 인간 경험과 모든 존재들에 대해 연민을 느끼는 것입니다. 이때 당신은 깨어난 영혼, 즉 진정한 당신을 알게 돼요. 그리고 이때부터 깨어난 상태에서 살게 되지요."

"질문이 있어요. 내 첫 남편 커트가 전생에 나를 학대한 그 아버지인가요?" 캐시가 물었다.

"네, 그래요. 그리고 이번에 당신은 적절한 때에 '이제 그만'이라고 말할 수 있었지요. 잘했다고 칭찬해 주세요. 싫다고 말할 수 있으려면 자신을 얼마나 사랑해야 하는지 알겠나요?"

"네, 그렇다면 두 번째 남편 마이클이 그 사공인가요?"

"아니에요. 하지만 그럴 만도 했지요. 그럼 이제 말해보세요. 캐시, 당신은 왜 그 두 남자에게 끌렸나요? 다시 태어난다는 것은 최소한 부분적으로라도 과거의 카르마를 치유하고 싶기 때문입니다. 커트의 경우 이번에는 싫다고 말하는 것으로, 마이클의 경우 미성숙하고 책임감 없는 파트너에 만족하며 살지 않는 것으로 말이에요. 당신의 탄생 전 의도는 '이번에는 더 나은 선택을 하겠다. 자기 부정 때문에 나를 제한하는 선택을 하지 않겠다'였어요. 당신은 자신이 왜 마이클에게 끌렸는지 궁금할 수도 있을 거예요. 당신은 마이클이 무책임한 남자였던 어느 전생에서 그를 알았어요. 그리고 당신 둘은 이번 생에 함께 태어나면 당신이 싫다고 말할 수 있도록 그가 돕고 또 그렇게 말함으로써 당신이 그를 돕기로, 그 다음에는 둘이 각자의 길을 가기로 영혼의 계약을 맺었습니다. 둘이 일생을 함께할 계획은 없었어요. 물론 그 당시 당신들에게 필요한 작업을 정말로 할 수 있었다면, 혹시 함께 살았을지도 모르지만요. 하지만 인간에게는 늘 시간이 필요하고, 때로는 수많은 생이 필요하기도 하니까, 그럴 가능성은 거의 없었습니다만."

아론으로부터 캐시의 탄생 전 계획에 대해, 즉 커트와 마이클과 함께 짠 계획에 대해 듣고 있자니, 지구 차원에서는 우리 눈에 보이는 것이 다가 아니란 사실이 다시 한 번 실감되었다. 이번 생에서 그 두 남자와 관계를 맺었을 때 캐시는 학대받고 존중받지 못한다고 느꼈다. 그 두 남자가 자기 인생에 들어오지 않았으면 더 좋았겠다는 생각도 가끔씩 했다. 하지만 탄생 전 계획은 늘 어떤 방식으로든 성장을 도모하며, 이를 위해서는 누군가 촉매자 역할을 해주어야 한다. 우리를 곤란하게 하고 때로는 고통스럽게 하는 것처럼 보여도 이 촉매자들은 위대한 지혜와 사랑으로, 또한 모두에게 최고선을 베풀려는 마음으로 그와 같은 계획에 참여하는 것이다. 아론이 계속해서 말했다.

"캐시, 그 두 전생에서 겪은 숨 막힘—말 그대로 강물에 빠졌을 때와, 그리고 아버지가 당신 입을 틀어막았을 때—의 느낌에 주목해 봐요. 아버지가 입을 틀어막았을 때도 외부의 물질이 폐로 들어와 숨을 못 쉬게 한다는 점은 익사할 때와 비슷하죠. 이 경우에는 그 외부 물질의 일부가 분노예요. 당신의 발작적인 기침도 부분적으로는 당신이 수많은 생들에서 삼켜왔고 토해내기를 원했던 그 분노에 다름 아니고요.

이제 다음 단계는 그 분노를 너무 고통스럽게 내지르거나 분출하지 않는 겁니다. 그냥 화가 난다는 사실을 인정하기만 하면 돼요. 그러면서 '격렬한 분노가 치민다' 하면서 숨을 들이쉬고, '내 안에는 이 분노가 머물 공간이 있다' 하면서 숨을 내쉬는 겁니다. 분노는 상황이 만듭니다. '분노한 것 때문에 스스로를 심판하지 않는다. 더 이상 이 분노를 내 안에 가지고 있을 필요가 없다. 분노를 내보낸다. 이 분노를 날숨에 실어 내보낸다'라고 생각해 보세요."

여기서 아론은 생각과 감정이 외부 상황에 의해 일어난다는 점을 언급하고 있다. 외부 상황이 사라지면 생각과 감정도 사라진다. 이 단순하지만 심오한 진실을 알아차릴 때 더 이상 우리는 생각과 감정을 자신과 동일시하지 않게 된다. 이제 더 이상 우리의 생각과 감정이 우리 자신이라 믿지 않게 된다. 생각과 감정은 우리가 가지고 있는 것, 전달하는 것이다. 가만히 기다리다 보면 꼭 표현하거나 그대로 행동하지 않아도 사라지게 마련이다.

"캐시, 뭘 어떻게 해야 할지 모르겠다면 그냥 이렇게 말해요. '어머니, 아론, 제발 이 분노를 가져가 주세요. 너무 괴로워요. 당신에게 주고 벗어나고 싶어요.' 당신의 친구, 스타 하트도 당신을 도와줄 겁니다. 스타 하트는 당신 영혼의 짝이자 이번 생에서는 당신의 주된 안내자이기도 하니까요. 그러니 스타 하트에게 요청하세요. 사랑 가득한 존재 누구에게라도 요청하세요."

"아론," 내가 끼어들었다. "이 장을 읽는 사람 중에는 싱글이어서 불행하다고 여기는 사람도 있을 테고, 그래서 자포자기한 사람도 있을 텐데요, 이들도 자기가 왜 파트너를 찾지 못하는지 알고 싶어 할지 모르죠. 그리고 싱글로 사는 것이 무의미하고 괴롭다고 여길 수도 있고, 혼자서 늙어 죽을 것이 두려울 수도 있고요. 싱글로 사는 것에 영적으로 더 깊은 의미와 목적이 있다면 이들이 알도록 도와줄 수 있을까요?"

"사랑하는 여러분(싱글이어서 불행해하거나 괴로워하는 사람들을 말함—옮긴이), 당신들은 사랑받고 있어요. 언제나 사랑받고 있답니다. 하지만 많은 사람들이 그 사랑을 받을 자격이 없다고 느끼죠. 흥미롭게도 싱글로 사는 사람들 대부분이 자신이 완벽하기를 바라는 나이 많은 영혼old soul들입니다. 이들은 자신이 부정적인 감정도 갖지 말아야 하고 그것을 표현하지도 말아야 한다는, 자신에 대한 아주 높은 기대치를 갖고 있어요. 다양한 상황에서 부정적인 감정이 올라오면 이들은 자신을 비난하죠. 그리고 그런 자기 비난이 싫어서 자신을 철갑으로 두릅니다. 그래서 다른 사람이 다가오지 못하기도 하죠. 모든 존재를 언제나 자애와 연민으로 대하는 그 완벽한 상태에 도달할 수 없는 것이 너무 괴로워서 이들은 자신을 비난해요. 이들은 어떻게든 자신에게 연민을 가져보겠다고 (영혼 수준에서) 결심했기 때문에, 사랑이 깊은 사람을 만나기보다 분노를 부르는 사람과 연결되기 쉽습니다. 그래서 '이제 됐어. 나는 사랑이고, 나는 사랑하고 있어. 그리고 맞아, 나도 인간이야. 못을 밟으면 발바닥에 구멍이 날 거고 아플 거야. 누군가가 공격해 오면 원래 화가 나는 거야. 화가 나도 괜찮아. 아주 자연스러운 거야. 못에 찔린 발바닥이 아픈 것처럼 자연스러운 일이지. 인간이기 때문에 그런 거야. 중요한 것은 고통이 이느냐 아니냐가 아니라 그걸 자기 심판으로 키우지 않고 오히려 자신을 연민으로 대하는 촉매제로 이용할 수 있느냐 없느냐야'라고 말하기보다는, 분노를 부르는 사람들을 자꾸 초대하게 되는 겁니다.

부정적인 생각들에 연민을 갖기 시작하고(그런 생각은 모든 인간의 내면에서 일어나는 자연스러운 것이니까요) 부정적인 생각을 하는 자신에 대한 비난을 멈춘다면, 이 나이 많은 영혼들은 자신들과 진보 수준이 비슷한 오래된 영혼들을 초대해 그들과 함께 원하는 작업을 해나가기 시작합니다. 이제 더 이상 분노와 그에 뒤이은 자기 심판을 위한 촉매자는 필요 없습니다. 이제 그런 촉매자를 자유롭게 풀어줄 수 있어요. 그러므로 힘들어하는 당신들 모두 자신에게 이렇게 한번 물어보세요. '어떤 식으로 나는 아직도 사랑에 마음을 완전히 열고 있지 않은가? 진정으로 사랑해 주고 지지해 주는 사람에게 왜 아직도 마음을 열고 있지 않은가?'라고요. 당신이 오래된 영혼으로서 성장의 한 단계를 통과하는 중임을 믿기 바랍니다.

당신들 중 일부는 자신에게는 연민을 느끼지만, 여전히 연민을 느낄 수 없는 다른 사람들을 삶에 불러들이며, 따라서 그들과 관계가 깊어지기를 원치 않을 수도 있습니다. 왜 그럴까요? 어쩌면 당신 마음이 너무 여리기 때문일지도 모릅니다. 상대가 당신 안에서 아직도 일고 있는 부정적인 감정들을 볼지 모른다는 걱정이 들기 때문에 그들과 깊고 친밀한 관계로 들어가는 자신을 상상하기가 어려운 거죠. '내가 여전히 화를 내고 여전히 비판적임을 이 사람이 보면 어떻게 하지?' 이렇게요. 당신 안의 그것을 분명히 보고 그것에 연민을 느낄 때까지는 그것을 다른 사람이 보게 할 수 없다는 두려움이 있는 겁니다.

하지만 내 사랑하는 이들이여, 여러분은 사랑에 자신을 완전히 열 수 있으며, 이를 위해서 이렇게 태어난 것입니다. 나는 친밀한 관계를 구하는 싱글들에게 '당신도 할 수 있다'고 말해요. 당신은 자신을 더 온전히 사랑하는 법을 배울 수 있고, 따라서 사랑 가득한 파트너를 당신 삶에 초대할 수 있어요. 당신이 나쁜 사람이라서 싱글인 게 아니에요. 당신이 아직 이번 생에서 자신을 사랑하기로 의도한 만큼 충분히 자신을 사랑하지 않기 때문에 싱글인 겁니다. 자신을 더 충분하게 사랑한다면 당신은 사랑 가득한 파트너를 저절로 불러들이게 될 것입니다. 그렇다고 이것 때문에 또다시 당신을 심판하지는 마세요. '아! 그래 내가 잘못했어. 내가 아직 나를 충분히 사랑하지 못해서 그래'라고 생각하지는 말기 바랍니다. 내 말은 그런 뜻이 아니에요. 신성한 어머니가 캐시에게 말했듯이 당신들 모두 아름답고 빛나는 존재들이에요. 사랑하고 사랑받는 위험 속으로 한 걸음 한 걸음 내딛을 때 사랑할 수 있고 사랑받을 수 있습니다. 그것이 가능하다는 걸 믿으세요.

이렇게 다 했는데도 당신 인생이 싱글로 끝날 것 같다면, 당신에게 그런 인생 계획이 있었다고 믿기를 바랍니다. 스스로에게 '나에게 어떤 좋은 점이 있지?'라고 물어보세요. '나에게 어떤 나쁜 점이 있지?'가 아니라요. 그리고 또 '이 좋은 점을 어떻게 키워나갈 수 있지? 나를 더 나은 사람으로 만들어 다른 사람들이 나를 사랑하게 만들기 위해서가 아니라, 그냥 내 안의 사랑을 키워나가는 것이 즐거우니까'라고 물어봅니다."

아론은 지금 결과에 집착하지 않을 때 자기 사랑을 키워가는 과정이 더 가볍고 덜 위축되며, 따라서 영혼의 지지를 더 편안하게 받아들일 수 있다고 말하고 있다. 아론이 이어서 말했다.

"인생에 (애정) 관계만 있는 것은 아닙니다. 다른 사람에게 진정으로 기쁨을 주는 당신의 방식은 뭔가요? 당신은 어떤 식으로 다른 사람들을 도와주나요? 당신들 중에는 선생님도 있겠지요. 다른 사람의 몸과 감정을 보살피는 사람도 있을 테고, 땅을 가꾸거나 과일나무를 재배하는 농부도 있을 테고요. 아니면 옷감을 짜거나 그림을 그리거나 음악을 만드는 사람도 있을 겁니다. 그런 일을 하고 있는 당신을 사랑하세요. 당신 삶에서 관계만이 꼭 중요한 것은 아닙니다. 나는 당신이 외롭고 관계를 원한다는 걸 알지만, 당신 가슴이 기뻐하는 것과 당신이 베풀 수 있는 것에 더 집중하고 그런 당신의 가치를 더 인정해 준다면 당신이 찾는 관계에 그만큼 더 많이 열려 있게 될 거예요.

나는 당신들을 사랑해요. 늘 당신들과 함께할 거예요. 지나온 많은 생들에서 당신들과 함께 있었고, 그래서 당신들의 고통을 잘 알고 있어요. 롭, 당신도 사랑받고 있음을 알기 바랍니다. 이제 당신에게 넘겨요. 당신 질문에 적절한 대답이 되었나요?"

아론이 마무리하며 말했다.

"네, 그런데 질문이 하나 더 있어요. 사람들이 태어나기 전에 한 생 전체를 혹은 상당 기간을 싱글로 보내기로 계획하는 또 다른 이유들은 뭔가요?" 내가 다시 물었다.

"때로는 그 이유가 카르마 치유가 아닐 때도 있습니다." 아론이 대답했다. "관계보다는 다른 무언가에 더 집중하고 싶어서일 수도 있어요. 예를 들어 예술이나 의학, 종교 등의 길에 전념하고 싶은 사람이 있을 수 있죠. 이런 사람은 자신만으로 충분해서 꼭 파트너가 필요하지 않다는 것을 알고, 빛나는 인간 존재로서 홀로 지구에 퍼뜨린 것이 지구에 진정한 축복이 된다는 걸 알고자 하는 깊은 열망이 있었을 겁니다. 바로 사과나무의 씨앗 한 알처럼 말입니다. 그 씨앗을 어느 새가 물어다 멀리 어느 비옥한 땅에 떨어뜨립니다. 그 땅에서 씨앗이 자라 이윽고 꽃을 피우고 어엿한 사과나무가 되죠. 그 사과나무가 사과를 땅에 떨어뜨리면 거기서 또 새 씨앗들이 나옵니다. 그리고 백 년 후 그곳에는 사과나무 한 그루가 아니라 사방 수 킬로미터가 넘는 땅에 수많은 사과나무가 들어섭니다. 모두 단 하나의 씨앗에서 시작된 것이죠. 이런 일을 혼자서는 할 수 없다고 생각하는 사람들도 있지만, 여러분은 혼자서도 할 수 있습니다. 우리 모두가 그 씨앗이고, 당신도 탄생 전 계획을 짜면서 그 씨앗이 되겠다고 선택했을 수 있지요. 당신 인생이 어느 방향으로 나아가든 그곳에 사과나무 밭을 일굴 그 씨앗 말입니다.

당신은 나에게 '하지만 아론, 나는 의사도 예술가도 아니에요. 나는 그런 대단한 사람이 못 돼요. 그저 조용히 내 인생을 살아갈 뿐이에요'라고 말할 수도 있겠지요. 하지만 그런 당신 인생이 바로 그 씨앗이에요. 당신은 거리에서 병약자가 길을 건너도록 도와주거나 같이 길을 걸었을 수도 있고, 어린아이나 이웃을 보고 웃어주거나 길거리 개를 쓰다듬어 줬을지도 모릅니다. 길을 걷다가 마주치는 사람에게 미소로 인사하면 그들도 그 다음 만나는 사람에게 미소로 인사할 테고, 그렇게 사랑이 퍼져나가죠. 그렇게 사랑의 에너지를 건네주는 것만으로도 그 씨앗을 심는 것입니다. 그러니까 우리는 '나는 충분해. 나는 장차 사과나무 밭이 될, 사랑과 친절함의 사과나무 밭이 될 씨앗이다'라고 알고자 여기 있는 거예요. 자신이 충분함을 배우는 것, 이것이 사람들이 태어나기 전 싱글로 살기로 계획하는 가장 기본적인 이유입니다."

"아론," 내가 말했다. "인간은 대부분 파트너를 원하는 것 같아요. 지구에서의 인간 경험이 대체로 이렇게 설정된 데에 무슨 이유가 있나요? 이렇게 살지 않는 다른 행성도 있습니까?"

"그것은 단지 인간이 포유동물이기 때문이에요. 포유동물은 같은 포유동물과 친밀한 관계를 나누고 싶어 하죠. 하지만 이런 식의 특정 방식을 고수하지 않는 개별 의식individuated consciousness들이 사는 다른 차원들도 있습니다. 나는 이 차원을 '행성planet'이라는 단어로, 또 그곳의 존재들을 '사람people'이라는 단어로 부르고 싶지는 않군요. 이 개별 의식들은 수많은 존재들과 뒤섞이며 수많은 형태들을 취할 수 있습니다. 이것은 지구에서 사람들이 관계를 통해 느끼는 친밀감과는 다릅니다.

흥미롭게도 이렇게 진화한 존재들은 인간처럼 개별화된 형태를 취할 준비가 아직 되어 있지 않습니다. 그러기에는 많은 용기가 필요하지요. 이 존재들은 분리되지 않은 상태로 경험하는 데 더 익숙해 있습니다."

여기서 아론은 오감의 한계 때문에 인간이 자신을 남들과 분리된 개체로 인식하는 점을 언급하고 있다. 사실 우리는 다른 인간, 다른 모든 존재들과 하나이다. 아론이 계속 말했다.

"분리의 착각illusion 속에 빠지면 어떤 일이 일어날까요? 인간의 일은 분리의 착각을 경험한 다음 깊은 깨어남을 통해 그 착각에서 벗어나는 것입니다. 포유동물 형태의 인간으로 살아간다는 것은 분리의 착각 속에 빠져야 한다는 뜻이고, 이 말은 그 착각에서 깨어날 수 있다는 뜻이죠. 이것은 어떤 의미에서 처음의 그 분리 없는 존재의 차원으로 다시 돌아오는 것이라고 할 수 있는데, 물론 그렇게 돌아온 당신은 더 이상 예전의 당신이 아닙니다. 분리의 착각을 경험해 보고 그것에서 벗어난 것이니까요."

착각 속에 빠져 있다가 벗어나는 것에 대체 무슨 가치가 있을까? 모두가 하나임을 잊어버렸다가 다시 기억할 때 우리는 더 심오한 자각에 이르게 된다. 하나임oneness이 아닌 다른 것을 결코 경험해 본 적이 없다면 우리는 하나임이 무언지 온전히 이해할 수도 없고 그 진가를 온전히 맛볼 수도 없다. 아무리 착각이었다 하더라도 분리를 인식한 경험이 있을 때 우리는 하나임이 아닌 것과의 대조를 통해 하나임을 더 깊이 이해하게 된다. 분리의 착각은 하나임 상태에서는 경험할 수 없는 불안과 두려움 같은 강렬한 감정들도 맛보게 한다. 지구 차원에서는 대부분 강렬한 감정들을 겪으면서, 나아가 그런 감정들을 능숙하게 처리하는 법을 배우면서 성장한다. 내가 물었다.

"아론, 지구에서의 생을 마치고 영혼으로 돌아간 다음에는 지구에서 육체를 갖고 만났던 파트너들과는 어떤 관계를 이어가게 되나요?"

"정해진 규칙은 없습니다, 롭." 아론이 대답했다. "그때그때 달라요. 그건 정말 영혼에게 물어야 할 질문일 겁니다. 지구에서는 서로 아주 깊이 사랑하는 관계였어도, 저쪽 세상에서는 서로 짧게 인사만 하는 관계로, 정말 연결되었다고 볼 수 없는 경우도 있죠. 그 다음 서로 완전히 다른 차원으로 가버릴 수도 있습니다. 어느 한쪽이 저쪽 세상에 먼저 건너왔다면 다른 한쪽이 건너올 때 그를 맞이하며 변환의 초기 단계를 잘 통과하도록 도운 뒤, 자신은 남성도 여성도 아닌 중성적인 존재로서 어디든 필요한 다른 곳으로 갈 수도 있죠. 그런가 하면 서로 매우 가까운 상태로 남아 저쪽 세상에서도 깊고 친밀한 관계를 계속 이어갈 수도 있습니다.

커트 같은 사람도 있지요. 커트의 한 측면은 인간으로서 여러 생에서 타인을 학대하는 삶을 살았으며, 따라서 지금은 남에게 해를 끼치는 수준을 뛰어넘으려 노력 중입니다. 하지만 커트에게는 다른 측면도 있습니다. 사랑할 줄 알고 또 사랑을 표현할 줄도 아는 깊은 영혼의 측면이 있죠. 저쪽 세상에서는 커트와 이번 생에 일어난 일들을 보며 같이 웃고 또 울기도 하는 매우 따뜻한 관계가 될 수도 있습니다. 지속적인 우정까지는 아니더라도 둘 모두에게 도움이 된다면 다음 생에서도 계속 만나기로 결정할 수도 있고요. 심지어 캐시도 다시 태어나 커트와 사귀거나 결혼하겠다고 기꺼이 결심할 수도 있어요. 이제는 학대 행위에 맞서 단호하게 안 된다고 말하는 정도가 아니라, 커트가 학대라는 자기 안의 폭력성을 극복하도록 사랑어린 방법으로 도와주는 사람으로 말입니다. 왜냐하면 내면에 학대의 폭력성을 가진 채로는 자신도 타인도 사랑할 수 없기 때문이지요. 캐시가 그렇게 할 것이다 혹은 그래야 한다고 말하는 것이 아닙니다. 단지 그럴 가능성이 있다는 거죠. 캐시, 강요는 없어요. 모든 계획은 당신이 기꺼이 하는 것을 전제로 해요. 물론 길잡이 영들이 당신에게 다음 생에는 커트를 지지하는 팀에 들어가 역할을 맡는 것을 고려해 보라고 할 수는 있습니다.

캐시, 헬렌 그리브스Helen Greaves의 《빛의 증언*Testimony of Light*》이라는 책을 읽어보길 권해요. 헬렌은 영매medium였습니다. 그녀의 친구가 '내가 먼저 죽으면 너한테 와서 저쪽은 어떤지 말해줄게'라고 했고, 그 친구는 정말 그렇게 했죠. 많은 사람들에게 아주 큰 도움이 되는 책이에요.

그러니까 영혼의 연결이 깊으냐 아니냐에 따라 달라져요. 연결될 이유가 있다면 함께할 거예요. 하지만 생각해 보세요. 그동안 수백, 아니 수천 번의 생을 살면서 얼마나 많은 영혼들을 만났겠어요? 저쪽 세상으로 건너간 다음 당신은 그중 누구와 함께하고 싶을까요? 지금 이 생에는 태어나지 않은 누군가가 될 수도 있겠지요. 캐시, 언젠가 이쪽으로 건너올 바바라와 이미 이쪽에 있는 나는 영혼으로서 아주 가깝게 연결될 겁니다. 이처럼 당신도 이쪽으로 건너온 다음에는 스타 하트와 아주 가까워질지도 모르지요.

캐시, 영혼이 성장함에 따라 그만큼 깊은 관계가 찾아온다는 걸 믿으세요. 깊은 관계는 찾아올 겁니다. 하지만 깊은 관계가 당신이 가장 원하는 것은 아닙니다. 당신은 영혼의 성장을 가장 원하죠. 그리고 그 기침에 대해 생각해 보세요. 자신에게 부드럽게 물어봐요. '나는 무엇을 토해내려 하나? 무엇이 이 몸과 의식으로부터 벗어나려고 하는가?'라고요."

이때 캐시가 아론에게 과거 생들에서 자신이 누군가와 깊이 사랑하는 관계들이 있었는지 물었다.

"누구나 그런 관계가 있어요." 아론이 캐시에게 말했다. "캐시, 원한다면 빛을 내뿜고 있는 당신 모습을 그려보세요. 당신은 단단한 육체 구조물이 아니에요. 당신은 다른 차원에 있어요. 그 빛에 색깔이 있다고 상상해 보세요. 그리고 말해봐요. 당신이 무슨 색인가요?"

"밝은 은빛이 도는 파란색이요."

"이제 당신은 다른 빛의 존재들이 각자 자신의 빛의 스펙트럼을 방출하고 있는 공간으로 들어갑니다. 왠지 다른 색보다 더 끌리는 색이 있을 거예요.―그 색이 꼭 당신 고유의 색일 필요는 없어요.―그 방 맞은편에서 아름다운 은빛이 도는 장미색이 보입니다. 당신은 노랑, 초록, 라벤더 색이 있는데도 유독 그 은빛이 도는 장미색에 끌려요. 색들은 이제 서로서로 춤을 추기 시작해요. 당신의 색은 여전히 생생하고 선명하고 다른 존재들의 색도 여전히 생생하고 선명합니다. 하지만 사실은 함께 빙빙 돌고 있고 그래서 심지어 섞이기도 하죠."

여기서 아론은 비물질 영역에서 우리가 각기 개체성을 유지하면서 동시에 서로 에너지를 합치는 방법을 설명하고 있다.

"그렇게 한동안 춤을 추고 있는데 뭔가 몹시 아름다운 것, 좀 더 자줏빛이 도는 존재가 춤에 합류해요. 그런가 싶더니 이제 또 옅은 노랑의 레몬색이 합류합니다. 방 안은 금세 모든 색이 어우러진 빛으로 가득해져요. '나는 이 에너지이다'라는 생각을 모두 내려놓고 그냥 그 빛 전체가 되는 자신을 한번 느껴보세요. 회전하는 그 빛의 일부가 되어 완전히 인정받고 사랑받고 받아들여진다면 어떨지 한번 느껴봐요. 그리고 이제 다시 천천히 당신만의 색을 끌어당겨 보세요. 다른 존재들도 그들의 색을 다시 끌어당기기 시작할 겁니다. 하지만 당신의 빛은 이제 풍부해졌습니다. 그저 은빛이 도는 파란색에 그치지 않고 분홍빛, 노랑빛, 복숭아 빛, 라벤더 빛도 약간씩 드러납니다. 전체적인 조화를 해치지 않고 오히려 더 강화하면서 말예요.

캐시, 여기가 바로 당신이 꽤 오래 머물었던 (존재의) 차원이에요. 이곳에서 당신은 자신의 힘과 빛을 믿고, 사랑을 주고받을 수 있는 자신의 능력을 믿게 되었습니다. 그러자 당신은 다시 인간으로 태어날 때가 되었다고 여기게 됐죠. 그전에도 당신은 인간으로 많이 살았습니다. '진정한 내가 누군지 알아차리고 그 진정한 나를 계속 사랑하고 또 사람들과 나눌 수 있을지 보겠어. 그리고 나에게 어둠의 고통을 주는 사람에게 두려워하지 않고 싫다고 말할 수 있을지 보겠어.' 이렇게 생각하고 당신은 여러 차례 인간으로 태어났어요."

이때 내가 아론에게 물었다. "어떤 행성에서는 성별gender이 다섯 가지나 된다고 하던데 사실인가요? 만약 정말 그렇다면 그런 곳의 존재들은 성별 간에 서로 어떻게 관계를 맺고 사나요?"

"먼저, 그런 곳에서는 꼭 일부일처제일 필요가 없습니다." 아론이 설명했다. "왜냐하면 누구나 자신이 모든 것 안에 있고 모든 것이 자신 안에 있다는 걸 알기 때문이에요. 이렇게 의식이 진보한 행성에서는 내가 더 나아야 한다거나 더 나빠야 한다고 생각하는 분리된 에고 의식이 없고 그저 모두가 서로 사랑하고 사랑받고자 하는 깊은 욕구가 있을 뿐입니다.

네, 다양한 성별들이 있을 거예요. 지구에도 이제 다양한 성별들이 있으니 그것을 가지고 설명할 수밖에 없을 것 같군요. 지구에는 남성이 있고 여성이 있습니다. 그리고 여성 성향을 보이는 남성이 있고, 남성 성향을 보이는 여성이 있죠. 여성성과 남성성이 매우 균형 잡힌 사람도 있어요. 또한 의식은 남성인데 몸은 여성인 사람도 있고, 의식은 여성인데 몸은 남성인 사람도 있습니다. 이렇듯 지구의 여러분도 많은 성별들을 갖고 있어요. 하지만 인간의 감정체(물질 몸인 육체 바로 바깥층의 미묘한 에너지체)가 지닌 무게 때문에, 여러분은 아직 자기와 다른 모든 성별들을 온전히 받아들이는 법은 물론이고, 그 모든 성별이 자기 안에 있음을 받아들이는 법도 배우지 못했어요. 비록 강하거나 뚜렷하지는 않더라도 그 모든 성별이 당신 안에 들어 있으면서 때를 달리해 나타난답니다.

그러므로 그런 행성에서는 관계들이 매우 긴밀히 연결됩니다. 둘 사이의 관계일 수도 있고, 때로는 셋, 다섯, 스무 명 사이의 관계일 수도 있어요. 그리고 그 관계는 단지 육체적·성적인 관계만이 아니라 정서적인 관계이기도 합니다. 모두 함께 춤추고 껴안고 때로 정신적으로 생각을 공유하기도 해요. 생각을 공유할 때는 누가 옳을 필요도 없고 통제할 필요도 없습니다. 단지 모든 생각들이 흘러나와 새로운 것이 만들어질 수 있도록 마음을 완전히 열어놓기만 하면 됩니다. 서로 아주 다른 생각들이 어떻게 하나로 섞일 수 있을까요? 자신의 생각을 강요해서는 안 됩니다. 한데 모인 에너지 안에서 편해질 때까지 각자의 다른 생각들을 온전히 들여다보고 흡수할 때 모두가 하나로 합쳐져요. 이때 그때까지 입력된 모든 것 위에 새로운 비전vision이 떠오르죠.

분리된 에고 상태에서 많이 벗어난 존재들이 사는 매우 진화된 문명에서는 그렇습니다. 지구의 기후가 점점 밀도가 높아지고 있으므로, 이는 지구가 향하고 있는 방향이기도 해요."

아론은 지구가 수천 년 동안 3차원 행성이었다는 사실을 언급하고 있다. 지구는 이제 4차원 상태로 나아가고 있고, 이후 5차원의 행성이 될 것이다.

"이 같은 생각의 진보, 하나로 합쳐짐merging—자신만의 힘을 갖고 유지하면서도 다른 모든 것과 완전히 합쳐져 전혀 새롭고 빛나는 무언가로 터져 나오는 것—이 바로 우리가 더 높은 의식 상태로 바뀔 때 지구가 나아가는 방향이에요.

롭, 당신이 쓰는 책은 애정 관계의 여러 측면과 관련해 탄생 전에 어떤 계획을 세웠는지를 다루는 책이지요. 흔히들 애정 관계란 한 사람이 다른 한 사람과 친밀한 관계를 갖는 거라고 생각하죠. 나는 지금 특별히 성적인 관계를 말하는 것이 아니라 감정적·에너지적으로 깊고 친밀한 관계를 말해요. 이런 친밀함이 사람들이 보통 원하고 취하는 친밀함이기는 하지만, 이 외에 다른 방식의 친밀함도 많다는 사실을 기억하면 좋겠어요. 이번 생에서 당신이 원하는 친밀한 관계를 만들 수 없었다고 느낀다면, 나는 당신에게 집의 마당이나 가까운 공원에서 나무 한 그루를 찾아 그 옆에 앉아 시간을 보내보라고 하고 싶어요. 그 나무를 끌어안아도 보고, 그 나무와 이야기도 나눠보세요. 그 나무와 친밀함을 나눠보세요. 그 아래 풀밭에 앉아, 흙을 느껴보며 땅하고도 친밀함을 나눠봐요.

당신 안에서 흙의 요소를 찾아보세요. 당신이 곧 땅임을 알고, 그 모습이 얼마나 아름다운지 보세요. 그 다음 하늘을 올려다보고 호흡하면서 당신이 공기 요소로 이루어졌음을 인지합니다. 가능하다면 신선한 물 위에 몸을 띄워보세요. 당신 주변을 감싸는 그 물을 느껴봐요. 그리고 당신 몸속의 물을 느끼고, 이 물 요소가 당신과 얼마나 친밀한지 알아차리세요. 태양의 불 기운을 느끼고 당신 안에서 그 기운을 경험하세요. 그리고 그 불 요소와 당신이 얼마나 친밀한지 보세요. 마지막으로 당신 주변 세상과 당신 안의 에너지를 느껴보세요. 당신 자신과 또 당신을 구성하는 요소들과 점점 더 깊은 친밀감을 나눠봅니다. 외부 요소들과 친밀해지면, 그리하여 '내부'와 '외부'의 구분을 버리고 둘의 하나됨을 허용하면 많은 기쁨이 뒤따를 겁니다.

당신이 몸과 외부 요소들에서 그와 같이 깊은 친밀감을 느끼고 나면(이는 몇 달이 걸릴 수도 있습니다) 다음 단계는 친구를 찾는 겁니다. 그 친구가 꼭 연인이거나 연인으로 발전할 수 있는 사람일 필요는 없어요. 당신과 함께 기꺼이 실험해 볼 준비가 된 친구면 됩니다. 그 친구에게 당신이 했던 것과 똑같은 방식으로 외부 요소들에 친밀감을 키워가 보라고 요청하세요. 두 사람 다 준비가 되었다면, 이제 함께 앉습니다. 먼저 당신은 물론이고 친구 안에서도 흙 요소를 느껴봅니다. 그 다음 당신과 친구 안의 불 요소를 느낍니다. 그렇게 계속 다른 요소들도 느껴봅니다. 당신이 친구와의 완전한 공유를 조금이라도 주저하는 것 같으면 그것도 느껴보세요. 이 연습은 다음 두 가지를 가능하게 해줍니다.

첫째, 관계가 잘 진전될 수도 있는 사람을 당신이 어떤 방식으로 차단하고 있는지(분리를 유지하는지) 볼 수 있습니다. 둘째, 당신이 이미 갖고 있지만 보지 못했던 깊은 친밀감에서 오는 평화를 감지할 수 있게 해줍니다. 그것을 보지 못했던 것은 이미 가지고 있는 것에 집중하면서 그것이 주는 기쁨을 깊이 느끼는 대신 '나는 그것을 원해'라는 생각을 가지고 있었기 때문이에요. 어쨌든 이 두 가지를 보고 감지할 수 있을 때 더 친밀한 관계가 당신을 찾아올 수 있습니다. 물론 오지 않을 수도 있지만요. 하지만 당신이 내면에 이미 갖고 있는 친밀감을 경험할 것이고, 그래서 엄청난 기쁨을 느끼게 될 겁니다.

반려 동물과도 그렇게 해보세요. 반려 동물과 친밀감을 나누기는 어렵지 않아요. 그냥 에너지를 주고받으세요. 그리고 그것이 주는 기뿜을 느껴보세요. 그렇게 둘은 친밀한 관계가 됩니다. 단지 대상이 인간이 아니라는 것만 다르죠. 당신이 인간 파트너를 원한다는 걸 알지만, 이미 갖고 있는 친밀감에서 먼저 기쁨을 찾고 느껴보세요. 거기서 출발해요. 그럼 인간과도 더 깊은 친밀함을 나눌 수 있는 마음의 문이 열릴 거예요.

하나 더 덧붙이고 싶은 게 있어요. 여러분 모두에게는 여러분을 깊이 사랑하는 한 명 또는 그 이상의 길잡이 영이 함께 있어요. 우리에게 도움을 요청하세요. 우리는 지구에 사는 인간들의 성장을 돕고 그들이 영혼 계획을 이번 생에서 실현할 수 있도록 돕고 싶어 해요. 여러분은 수많은 계획들을 가지고 태어나죠. 그중에는 다른 것보다 더 중요한 계획도 있고요. 지금까지의 경험이 그러했어야 함을 믿고, 그 계획들 중에서도 가장 중요한 계획으로 그냥 나아가세요. 사랑하는 관계를 갖는 것도 분명 가장 중요한 계획일 수 있습니다. 사랑하는 관계를 막는 것이 무엇인지 스스로 물어보세요. 당신에게 완벽하고 사랑스러워 보이는 사람이 지금 나타난다고 할 때 당신으로 하여금 그 사람을 받아들이지 못하게 하는 건 뭘까요? 아마도 '저 사람이 내 진짜 속을 보게 되면 어떻게 하지?' 하는 걱정 때문에 좋은 사람이 나타나도 그를 포기하는 사람이 많을 겁니다. 당신 자신도 아직 기꺼이 인정할 수 없는 당신 안의 깊은 속마음, 때로는 미움과 두려움 또는 탐욕으로 물든 그 마음 말이에요. '내 속이 엉망인 걸 이 사람이 보면 어떻게 하지? 사실은 엉터리면서 아름다운 사람인 척 그렇게 영원히 속이면서 살 수는 없잖아. 차라리 너무 가까워지기 전에 지금 그만두는 게 나아.'

누구에게나 빛이 있다면 그림자도 있게 마련이에요. 당신 안의 그림자를 본 사람이 있다면 그 사람은 당신이 치유되도록 도와줄 수 있어요. 그 사람 안의 그림자를 보고 당신이 그를 도와줄 수 있는 것처럼요. 당신 안의 그림자를 두려워 마세요. 그 그림자가 당신의 관계를 망치게 놔두지 말아요. 다만 상대에게 해를 끼치지 않겠다는 마음만은 꼭 간직하세요. 당신 안의 빛이 그림자보다 더 강하다는 걸 믿어요. 당신이 그 빛 속에서 살 수 있고, 파트너도 자신의 빛 속에서 살도록 도울 수 있는 능력이 당신에게 있음을 믿으세요. 당신은 할 수 있습니다. 나의 축복과 사랑이 당신과 함께할 거예요."

캐시와 나는 바바라, 아론, 그리고 '신성한 어머니'에게 깊은 감사의 마음을 전했다. 그리고 나는 캐시에게 화상 연결을 끊지 말고 머물러달라고 부탁했다.

"지금 기분이 어때요?" 내가 궁금해서 물었다.

"세상에나!" 캐시가 흥분하며 말했다. "아주 크게 치유받은 느낌이에요! 그리고 전생에 나를 학대했던 아버지가 커트라는 게 확실히 보이더라고요. 커트는 자기를 용서해 달라고 발이 닳도록 내 방문을 들락거렸었죠. 내가 자기를 자유롭게 풀어주기를 바라면서요. 마음이 정말 편해졌어요. 오랫동안 붙잡고 있던 것을 드디어 놓아버린 느낌이네요. 너무 가벼워요, 롭. 다시 태어난 것 같아요. 내 안에 뭔가 새로운 물길이 열린 것 같아요. 아론 덕분에 많은 것을 깨달았어요. 있잖아요, 롭, 나는 늘 목에 뭔가가 막혀 있는 것 같았거든요. 그래서 기침으로 목을 시원하게 뚫으려 했죠. 평생을 그랬어요. 그런데 왜 그런지 몰랐어요. 지금은 다 알겠어요."

캐시의 생과 생 사이로의 영혼 퇴행

아론과 '신성한 어머니' 덕분에 우리는 이번 생에서 캐시 영혼의 의도가 무언지 많은 것을 알 수 있었다. 우리는 그 외에 무언가 더 알 수 있는 게 있을지 모른다는 생각에 캐시의 생과 생 사이로의 영혼 퇴행을 해보기로 했다. 나는 늘 하는 기도로 세션을 시작했다.

"사랑하는 어머니/아버지 하느님, 캐시의 길잡이 영들, 안내자 천사들, 더 높은 자아, 그리고 이 우주에서 사랑과 빛을 가진 모든 존재들께, 오늘 여기 캐시의 생과 생 사이로의 영혼 퇴행 세션에 함께해 주셔서 감사드립니다. 오늘 이 세션이 잘 진행되도록 축복하시고 이끌어주세요. 캐시와 캐시의 이야기를 읽을 독자들에게 도움이 될 정보를 주시고 이들에게 치유와 이해, 의식의 확장이 일어나도록 도와주시기 바랍니다. 이 세션의 인도와 축복에 감사드립니다. 아멘."

최면 유도를 통해 캐시의 육체적 · 정신적 긴장을 풀어준 뒤 나는 캐시를 과거의 한 생으로 안내했다. 그 생이 보이기 시작하자 캐시가 말했다.

"밖이에요. 시골이고, 낮이에요. 근처에 어떤 존재들이 있어요. 나는 종아리 아래로 맨살이 드러나 있어요. 하얀 천으로 된, 고대인들이 입는 그런 옷을 입고 있고요. 소매도 없고 모양도 없이 그냥 걸칠 수만 있는, 환한 빛깔의 로브 또는 드레스의 일종이에요. 나는 여성입니다. 나는 마치 창조가 시작될 무렵, 시간 이전의 영적인 존재인 것처럼 느껴져요. 나의 본질을 그대로 표현하고 있는, 원형의 나 자신 같아요. 머리카락이 풍성해요. 갈색인데 황금색 같기도 하고요. 나에게서 에테르적 속성이 느껴져요.

나는 나무 위에 있는데, 나무 이파리들 사이로 햇살이 어른거려요. 모든 곳에서 힘이 느껴지고 생기가 넘칩니다. 주변이 아주아주 밝은 초록이고, 나무들 몸통은 회색이에요. 그 아래로 난 오솔길은 초록과 갈색, 이끼와 자갈로 어우러진 전형적인 숲의 모습이고요.

나는 내 심장이 지닌 순수한 자력磁力에 의지해 지금까지 앉아 있던 나무에서 붕! 하고 아래로 뛰어내려 옵니다. 주변에 온통 빛이 쏟아져요. 마치 심장에서 사방으로 광선들이 나오는 것 같아요. 주변에 형태나 모양은 없지만 그만큼 빛이 나는 다른 존재들이 있습니다. 여기는 지구이고, 우리가 아는 생명체들이 아직 나타나지 않은 아주 먼 옛날이에요.

우리는 이제 숲속 빈터에 있는데, 우리가 모두 함께 내뿜는 빛이 정말이지 아름다워요. 정말 아름답네요! 이것은 밝고 환하고 투명한 빛이면서 또한 무지갯빛이기도 해요. 나는 순수한 사랑으로 존재하는 것 말고는 아무것도 할 필요가 없음을 감지합니다. 우리는 그저 빛으로 존재하기만 하면 돼요."

"캐시, 당신의 영혼과 길잡이 영들이 이 장면을 보여준 데는 이유가 있을 겁니다." 내가 말했다. "생각해 보세요. 지금 보고 있는 이 장면에서 당신이 알아야 할 것, 이해해야 할 것이 뭘까요? 당신은 그 답을 알고 있다는 걸 믿으세요."

"이번 생에서 내가 지니고 있는 빛은 수많은 진화가 이루어지기 전, 아주 오래전에 시작되었고, 늘 내 안에 있었어요. 나는 언제나 빛을 지니고 또 나누던 존재였고, 그 빛으로 다른 존재들을 고무하고 힘을 주던 존재였습니다. 그 옛날부터 그랬어요. 그리고 여기 이곳은 아주 평화로우면서도 생동감과 기쁨이 넘쳐흘러요. 거의 황홀할 정도인데 그럼에도 단단히 뿌리를 내리고 있어요. 이게 말이 된다면 말이죠."

이제 캐시는 그 장면에 대해서는 봐야 할 것을 다 본 것 같다고 했다. 나는 같은 전생에서 다음으로 의미 있는 사건 혹은 장면으로 넘어가 보라고 했다. 내가 이렇게 같은 전생에 머물라고 지시해도 약 15퍼센트의 사람들은 다른 생으로 가곤 하는데 캐시도 그랬다. 하지만 우리 영혼은 그것이 무엇이든 항상 우리에게 가장 좋은 것만 보여준다.

"이제 나는 날개 달린 '영혼 말'을 타고 있어요." 캐시가 말했다. "우리는 무지개 길을 달리며 아래의 지구를 내려다봐요. 정말 아름답네요. 바다는 생명력으로 가득하고 산에는 눈이 덮여 있어요. 우리는 지금 아시아 쪽에 있습니다. 내려가지 않고 위에서 조망만 해요. 이 장면은 내가 지구 어디에 언제 내려갈지 선택할 수 있다고 말하는 것 같네요.

이제 나는 어느 추운 나라로 내려가고 있어요…… 북미…… 캐나다. 이제 땅 위에 있어요. 나는 암사슴 가죽으로 만든 투박한 드레스에 모카신moccasin(북미 원주민들이 신던, 부드러운 가죽으로 만든 납작한 신—옮긴이) 부츠를 신고, 망토 같은 걸 두른 원주민 여성입니다. 마을이 하나 있네요. 우리는 지구와 조화를 이루며 살아가요. 주변에 아이와 노인이 많네요."

"파트너가 있는지 말해줄래요?" 내가 물었다.

"네, 있어요. 스타 하트예요. 사람들의 존경을 받는, 건장하고 강하면서도 아름다운 남자예요. 인간의 몸을 하고도 땅 위를 날며 굽어볼 수 있는 사람이에요. 이 말은 그만큼 몸이 빠르고 다른 사람들을 잘 챙긴다는 뜻이에요. 그리고 과묵해요."

"둘 사이는 어떤가요?"

"둘이 함께여서 시너지 효과가 좋아요. 내가 당시 잘 아는 약초와 약물로 사람들을 치유하는 여성 힐러라면, 스타 하트는 힐러는 아니지만 사람들이 어디가 왜 아픈지 아는 남성 파트너예요. 그러니까 우리 사이에는 많은 말이 오가지 않습니다. 사실 말이 필요 없어요. 여우들이 무리 지어 달리는 것과 비슷해요. 서로 말이 없어도 다들 어디로 갈지 알죠."

"장면이 자연스럽게 펼쳐지게 두세요. 이제 뭐가 보이나요?" 내가 물었다.

"우리 사이에는 아이들이 있어요. 내가 아기를 한 명 안고 있네요. 다른 아이들도 어려요. 아이들은 종종 스타 하트와 함께 공부하러 나갑니다. 나와 함께 나갈 때도 있고요. 우리는 둘 다 아이들을 잘 키워요. 우리는 지구의 사람들이지만 동시에 빛의 사람들이기도 해요. 현대인의 삶에서처럼 문화적으로 복잡하게 덮어씌우는 것들이 없으므로 지구와 빛에 아주 가까운 존재들입니다. 우리는 황금 폭포와 같은 흐름과 리듬을 타고 크리스털 호수로—순수한 삶 속으로—흘러들지요. 우리는 마을의 아이들을 다 가르쳐요. 마을의 다른 어른들이 그렇듯이요.

나는 아까 그 전생에서 본 빛을 지금 이 생으로도 가지고 왔어요.

그 빛을 나는 내 겉은 물론이고 속으로도 깊숙이 간직하고 있습니다. 이곳에서는 야만성이라곤 없고 존재의 순수함만 있어요. 매우 영적이면서 현실적이고 동시에 조화로운 느낌입니다. 심장 깊은 곳에서 모두 연결되어 있어요."

"캐시, 이 장면에서 당신은 무엇을 알거나 이해해야 할까요?"

"내 안에 풍성함이 있다는 것이요. 이번 생에서 나는 내가 생각하는 이상적인 삶에 관해 말하곤 하는데, 그건 내가 순수한 삶이 무엇인지 알고 그것을 경험해 보았기 때문이에요."

나는 캐시에게 영Spirit이 그녀에게 보여주고 싶어 하는 다음 중요한 장면으로 넘어가 보라고 했다.

"중세 시대에 와 있어요." 세 번째 전생을 보기 시작하면서 캐시가 말했다. "어둡고 춥고 축축하고 음울해요. 절대 좋은 느낌이 아니네요. 돌로 지어진 건물들이 보여요. 더러운 옷을 입고 열심히 땅을 파는 소작농들도 보이고요. 그리고 술에 취해 지저분하고 이빨도 다 빠진 사람들도 보입니다. 사람들이 서로 머리채를 잡고 싸우다 밀쳐내요. 아주 좋지 않네요! 사람들 마음이 잔인해요. 서로를 동물 대하듯 하며 살고 있어요. 다들 자신만을 위해서 사는 것 같아요. 절망스러워요."

"장면이 펼쳐지게 두세요. 그 다음에 무엇이 보이나요?"

영이 보여주는 장면으로 들어가기 위해 몇 분 동안 말이 없다가 캐시가 입을 열었다.

"나는 마녀라는 소리를 듣고 돌을 맞고 있어요. 세상에 빛을 전달하고 세상을 치유하는 내 일을 사람들이 좋아하지 않아요. 빛의 존재이자 힐러로 살아가려고 애쓰는 이 중세 시대의 내 모습이 앞서 본 다른 전생이나 그 이전의 전생과 비교하면 격차가 아주 크네요. 나는 이 시대에는 불가능한 일을 하려고 애쓰고 있어요. 여기서는 여자들에 대한 학대가 너무 심해요. 나는 여자들에게 빛을 보여주고 용기를 주려고 이곳에 태어난 거예요."

"아직도 돌을 맞는 그 장면에 있나요?" 내가 물었다.

"아뇨, 거긴 가고 싶지 않아요. 그 일이 일어난 건 알지만 지금 거기로 가는 건 피하고 있어요."

"나는 당신이 거기로 가보았으면 해요. 하지만 그 몸 안으로 들어가지는 마세요. 그 장면 위에서 그냥 보세요."

이렇게 할 때 캐시는 실제로 그 고통을 겪지 않으면서도 뭔가 중요한 것을 깨달을 수 있을 터였다.

"사람들이 돌을 던지도록 허락하세요. 이제 내가 셋까지 셀 텐데 셋을 세면 그 전생이 끝날 거예요. 하나…… 둘…… 셋! 우리는 방금 살펴본 전생과 관련해서 더 이상 도움이 되지 않는 맹세와 약속이 모두 무효가 되고 사라지기를 요청합니다. 당신은 방금 죽었고, 이제 육체를 벗어나고 있어요. 당신은 이런 경험을 이미 수없이 많이 했습니다. 어떤 육체적 고통이나 불편함도 느끼지 않을 거예요. 육체를 떠나도 내면의 진정한 자아, 즉 당신 영혼과 연결되어 있으므로 계속해서 나와 이야기할 수 있고 나의 질문에도 대답할 수 있습니다. 마음이 당신 존재의 가장 높은 수준으로 확장되는 것을 느껴보세요. 육체 위에 떠서 몸을 내려다볼 때 잠시 슬픔이나 회한을 느낄지도 모릅니다. 하지만 당신의 영혼은 이미 전에 그 경험을 했고 당신은 곧 집으로 돌아갈 수 있을 거예요. 이제 당신은 어디에 있나요? 육체를 떠났나요?"

"그 전생이 끝날 거라고 하셨던 순간 이미 육체를 떠났어요." 캐시가 대답했다. "당신의 어떤 말이 내 가슴을 열고 그 전생의 고통과 제약을 떨치고 자유롭게 해주었어요. 이제 나는 위에 있습니다. 영혼으로 돌아왔어요. 주변이 그저 아름다울 뿐이네요. 황금빛 도는 하얀빛이 부드럽게 사방을 감싸고 있어요. 가슴속이 평화롭고 충만하고 풍요롭습니다. 이건 사랑이에요."

"캐시, 주위에 다른 존재들이 보이거나 느껴지나요?"

"지금까지와 비교해서 뭔가 보이는 것이 제일 없네요. 굳이 말하자면 본질 혹은 느낌만 있는 것 같아요. 어떤 방에 들어갔는데 다양한 사람들 에너지가 느껴질 때가 있잖아요. 육체적인 것을 모두 없앴을 때의 그런 느낌 비슷해요. 여기서는 서로가 서로를 그냥 알아차려요. 와우, 이게 마치 우주 같네요. 내가 그 중심에 있는 건 단지 이것이 나의 시각이기 때문이에요. 그러니까 어느 쪽을 보든지 다 존재들이 있어요. 마치 거대한 구체球體 같아요."

"캐시, 당신은 이제 모든 소통이 텔레파시로 이루어지는 곳에 들어와 있어요. 그 존재들에게 오늘 그곳에 와주어 고맙다는 말을 텔레파시로 보내세요. 그리고 누가 될지는 모르겠지만 당신에게 가장 좋은 것에 대해서 이야기해 줄 존재가 있다면 앞으로 나와달라고 부탁하세요."

"큰 빛의 존재 하나가 앞으로 나왔어요. 지혜와 진실의 존재예요." 캐시가 말했다. "이렇게 말할 수 있을지 모르겠지만, 남자예요. 지금 그가 내 안의 좋은 것을 모두 내게 되비쳐줘요. 그가 말합니다."

빛의 존재: 보이나요? 나의 아이여, 그대가 사실은 마음속으로 늘 알고 있던 진정한 자신의 모습이 보이나요? 모든 생들에서 그대는 그대 자신인 그 빛을 의식했습니다. 그대는 의도적으로 모든 생에 그 빛을 가져갔어요. 그대가 그 고통스러운 전생을 본 것은, 이번 생에서도 그대가 조금 낮은 강도로 경험하고 있는 것, 바로 그대의 영혼, 그대의 본질이 진정한 그대 자신이며 이 진정한 자신은 지구에서의 어떤 고통도 아주 쉽게 뛰어넘을 수 있음을 알고자 했기 때문이에요. 이제 우리가 여기에 있고 그대가 이렇게 우리를 보고 있으니, 이렇게 알게 된 것을 절대 잊지 말길 바랍니다. 어떤 고통이 와도 절대 잊지 말기 바라요! 그대는 이번 생에서 훌륭했습니다. 아직 다 지나온 것은 아니지만 그대는 다른 생들의 층을 매우 열심히, 부지런히, 의식적으로 통과하고자 노력해 왔지요. 그래서 그대 마음이 지금 매우 평화로운 겁니다.

캐시: 지구가 막 생겨났을 때의 그 첫 전생은 왜 본 건가요? 그 전생이 싱글인 이번 생과 어떤 관계가 있죠?

빛의 존재: 우리는 그대가 자신의 본질, 즉 그대가 느끼고 경험하는 지혜와 빛과 완벽함을 다시 기억하기를 바랐기에 그 전생에서 시작한 겁니다. 그대는 그 전생의 기억을 잊어버린 적이 없어요. 이번 생에서 싱글로 사는 것은 관계가 일으킬 수 있는 혼돈 속에 뒤얽히지 말고 그 완벽함 속에서 쉬라는 뜻입니다. 그대는 그 전생에서 자신이 지녔던 순수함을 원주민으로 살던 그 생에도 그대로

가져갔어요. 그 순수함은 그대의 가장 깊은 기억으로 그대의 세포 속에 새겨져 있습니다. 그 순수함은 그대의 일부예요. 이번 생에서 영혼의 짝을 찾지 못했다고 해서 그대에게 순수함이 없다는 뜻은 아니에요. 이번 생의 방식이 그런 것뿐입니다.

캐시: 중세 시대의 그 세 번째 전생은 왜 본 건가요?

빛의 존재: 영은 인내한다는 것, 영의 그런 아름다움과 장엄함에 비하면 고난은 아무것도 아니라는 것을 그대에게 보여주고 싶었어요. 또 그대는 용서하는 데, 또 용서하기를 기억하는 데 도움을 받고자 그 전생을 보았습니다. 또 앞의 두 전생과 비교하기 위해, 그리고 모든 선택, 모든 생각, 모든 행동이 매 순간 빛의 삶을 부를 수도 있고 어둠의 시대를 부를 수도 있음을 기억하기 위해 그 전생을 본 거예요. 그대는 커트를 용서하고 놓아주기 적합한 때를 기다렸습니다. 용서를 위한 특별한 의식도 치르고 싶었고요. 이제 그가 여기 있고 다른 존재들과 나도 여기 있으니, 그 때가 온 것 같네요."

커트가 거기 있었다! 놀랍고 다소 충격적이기는 했지만, 나는 그것이 그가 치유될 좋은 기회라 여기고 환영했다. 내가 말했다.

"캐시, 지금까지 해온 것처럼 커트도 한번 느껴보세요. 그리고 일어나는 일을 자세히 설명해 줘요."

"커트가 앞으로 나오고 있어요. 불구의 몸으로 중세 시대 사람 같은 옷을 입고 나타나요. 그 모습이 그의 마음과 영혼의 상태, 그리고 그가 지금 어디에 갇혀 있는지를 상징적으로 보여줘요. 이러니 우리가 어떻게 함께 살며 발전해 갈 수 있었겠어요? 나는 내 날개를 활짝 펴려고 한 반면에, 그는 내 영혼을 새장에 가둬놓고 상처를 입히려고 그렇게나 노력을 했어요. 그래서 커트는 나에게 용서를 구하고 있어요. 용서받아야 앞으로 나아갈 수 있으니까요.

커트, 당신을 용서해요. 당신을 용서해요. 이제 당신 삶을 사세요. 당신의 날개를 찾아요. 당신의 날개는 바로 거기에 있어요. 당신 안의 위대함이 보여요! 지구에서의 삶이 좋지는 않았지만 나는 항상 당신 안에서 위대함을 보았어요. 그것은 거기에 있었고, 지금도 있어요. 당신을 축복할게요. 사람들의 인생에 긍정적인 영향을 주며 빛과 사랑을 키워봐요. 당신 안에 늘 있어온 그 빛과 사랑을요. 당신이 늘 지각했던 당신의 한계와 당신이 갖고 태어났던 그 수치심과 죄책감에서 벗어나세요. 그것들을 놓아줘요. 지금 당신이 입고 있는 그 중세의 옷을 벗듯이 그것들도 그렇게 벗어버려요."

캐시가 커트에게 말을 마치고, 다시 나에게 상황을 설명했다.

"커트가 입고 있던 회색 망토 같은 옷이 스르르 벗겨져요. 이제 커트는 내가 그를 처음 만났을 때의 그 젊은 커트입니다. 키가 크고 등이 곧고 머리에는 빛나는 관을 쓰고 있어요. 몸은 치유되었어요. 두 손을 가슴에 모으고 머리는 회한과 깨달음으로 겸손하게 숙이고 있고요. 눈물이 얼굴을 타고 흘러내려요. 그가 말하네요. '너무 오랫동안 망가진 채 내가 원래 망가진 놈이라고 굳게 믿으며 살았어요. 거기에서 벗어나는 데 당신의 용서가 필요했어요. 그리고 (살짝 웃으면서) 아름다운 여인의 손길도요.'

커트에게 그 많은 꿈 속에서 나를 찾아온 게 용서를 구하고 싶어서였냐고 물었어요. 커트는 후회하고 있어요. 그리고 지구에서 우리가 함께했을 때는 물론이고 꿈에서도 그렇게 나를 괴롭힌 것이 미안하다고 해요. 내가 '당신은 용서받았어요! 용서받았어요! 용서받았어요! 그리고 나는 당신을 사랑해요! 사랑해요. 당신이 내 영혼의 여정과 성장의 길을 함께해 준 것에 감사해요. 우리가 함께였을 때 청년 커트는 나에게 자유를 만끽할 수 있게 해주었고, 그것은 성인이 되기 위한 일종의 통과의례 같은 것이었어요'라고 말했어요."

나는 캐시의 아름답고 우아하고 확신에 찬 말에 깊은 감동을 받았다. 커트의 행동에 심한 상처를 받았음에도 캐시는 진정으로 용서하는 자리에, 그 경험에서 얻은 지혜에 감사하는 자리에 다다라 있었다. 그렇게 커트와의 대화를 마무리하는 캐시를 보면서, 나는 상대를 축복하고 자유롭게 해주며, 그리하여 하나의 경험을 완결 짓는 에너지적으로 가장 강력한 방법이 바로 용서와 감사임을 실감했다. 캐시와 커트는 이제 진정으로 자유롭게 각자의 길을 갈 수 있다.

나는 캐시에게 그녀가 본 세 번의 전생에 대해 더 알아야 할 중요한 것이 있는지 빛의 존재에게 물어보라고 했다.

빛의 존재: 커트와 그대 사이에 있었던 일이 그대의 삶에 오랫동안 영향을 끼치고 관계를 갖는 데도 주저하게 만들었어요. 그대가 싱글로 살게 된 데는 다양한 요인들이 작용했지만, 당신 영혼에, 믿음에, 또 낙관적인 생각에 상처를 준 커트와의 관계도 그 요인 중 하나였어요. 그리고 첫 번째 전생과 원주민으로 산 두 번째 전생에서 영위한 이상적인 관계를 이번 생에서는 절대 가질 수 없다고

느낀 것도 그 요인 중 하나예요. 그대는 예전에 가졌던 관계들과 똑같은 관계를 원했지만 이 물질 영역에서는 찾지 못했죠. 중세 시대의 세 번째 전생에 대해서는 자신에게 물어보세요. '그곳에서의 나의 목적은 무엇이었나?'라고요. 그 답은 저절로 알게 될 겁니다.

캐시: 나는 그 시대 여성들과 소녀들을 돕겠다는 큰 희망을 품고 태어났지만 받아들여지지 않았어요.

빛의 존재: 그대에게 맞는 선택을 해야 해요. 그대의 소명이 아닐 때나 그대의 힘으로 할 수 있는 일이 아닐 때 세상을 바꾸겠다고 생각해서는 안 돼요. 이 점이 지금 싱글로 사는 것과 어떤 관련이 있을까요?

캐시: 나는 이번 생에, 내가 느끼기에, 나한테서 뭔가를 배워갈 사람, 혹은 내가 돕거나 구제해 줄 수 있는 사람을 만나요.

빛의 존재: 이제 그 프로젝트(애정 관계 갖기)를 포기한 게 현명한 일이었다는 걸 알겠나요? 관계를 갖는 것으로 어떤 남자를 이른바 인간으로 만들거나 구제하는 건 이번 생에서 그대가 할 일이 아니니까요. 그리고 어떤 관계일 때 그게 최고 수준의 관계가 될 수 있는지 알기 때문에 그대는 그 관계들을 매번 포기한 겁니다. 그대는 그렇게나 현명해요.

캐시: 세 번째 전생에서 내가 무망한 일을 하겠다고 했음을 알았을 때 떠나기로(죽기로) 한 건 나의 선택이었나요?

빛의 존재: 그래요. 그대는 그전에도 중세에 소녀로 살았던 적이 있어요. 가족들은 (영혼으로서) 그대가 누구인지 알아보고 그대를 남자로 키웠어요. 그래야 사제나 덕망가 같은 지도자가 될 수 있

으니까요. 당시는 여자가 그런 역할을 할 수는 없던 사회였죠. 하지만 그 사실이 발각되고, 그래서 그때도 그대는 죽임을 당했어요. 그때 그대는 교훈을 얻지 못했고, 그래서 중세에 다시 태어났던 겁니다. 그대는 매우 용감해요. 두려움 없기는 지금도 마찬가지고요. 그대가 위험도 마다하지 않는 건 육체의 무상함과 영혼의 깊이를 잘 알기 때문이에요."

세 번의 전생 이야기가 어느 정도 마무리된 것 같아서, 나는 캐시에게 빛의 존재에게 캐시의 원로 위원회로 가서 자신의 현생에 관해 물어보고 싶다고 말하도록 했다. 그리고 캐시도 그를 따라 원로 위원회로 가도록 시켰다.

"마치 구름 사이를 걷는 것 같아요." 위원회에 도착하자 캐시가 말했다. "에테르 세상에 있는 것 같아요. 그동안 쭉 여기에 위원회가 있었네요. 빛의 존재들이 보여요. 여성 남성 모두요. 지혜, 빛, 진실, 정의, 아름다움, 깨달은 의식 같은 것이 온통 이들을 둘러싸고 있는 게 느껴지고 태고의 느낌도 납니다. 이들이 어떻게 생겼는지 보고 싶다고 하니까 빛으로 된 형상 같은 걸 보여주네요. 이들이 여기 있다는 나의 앎의 강도에 비하면 이 시각적 형상은 차라리 희미한 쪽에 가까워요. 그래도 이 존재들은 약간이라도 형태를 보여주는 것으로 나를 맞이해요."

이제 캐시는 내가 부탁하는 대로 질문들을 이어갔다.

캐시: 이번 생에서 싱글로 사는 것과 관련해 내 계획은 뭔가요? 그

리고 나는 왜 그런 계획을 했나요?

위원회: 이번 생에서 당신이 겪고 행한 모든 일들을 함께해 줄 관계를 찾기는 매우 어려웠을 거예요. 인간이 갖는 한계가 파트너십을 불가능하게 할 때도 분명히 있지요. 또한 당신이 매우 개인적이고 심오한 영적 여정을 걷고 있을 때는 다른 사람의 방해나 의심에 부딪히지 않고 혼자 가는 것이 제일 좋아요. 당신은 그런 명료함, 그런 집중을 원했습니다. 제지당하거나 의심받고 싶지 않았죠. 다른 사람의 판단이나 강력한 감정 때문에 당신의 길이 무의미해지도록 놔두고 싶지도 않았고요. 당신은 많은 생에 걸쳐 넓고 깊은 치유 작업에 매진하고 싶었어요. 당신은 깊은 영적 연결과 발견을 원했어요.

캐시: 애정 관계가 성장을 부른다고 말하는 사람도 많아요. 관계를 통해서(최소한 부분적으로라도) 성장이라는 유사한 의도를 충족시키려는 사람도 많은데 나는 왜 이들과 다를까요?

위원회: 다른 전생들에서(그중 하나는 오늘 당신도 보았어요) 당신은 관계를 통해 성장과 치유를 이뤘어요. 이번 생에서는 방해받지 않고 집중적으로 내면을 향하고자 한 것이 다를 뿐이에요. 당신은 현대적인 삶 속에서도 많은 시간 명상을 하며 보냈죠. 매일 아침 사과나무 아래에 앉아 몇 시간씩 명상하며 답을 구하고, 정원에서 땅을 파면서 땅이 하는 말에 귀 기울이며 그 가르침을 배웠고요. 다른 여성들과 숲에서 공동체 생활을 하며 달빛 아래서 불 앞에 앉아 시간을 보내고, 한증막sweat lodge에 들어가 몇 시간이고 기도를 하는가 하면, 인도로 여행을 떠나 당신 안의 신성을 찾기도 했

습니다.

캐시: 어떤 생에서는 관계를 통해 성장하고 치유하는데 왜 어떤 생에서는 그렇지 않은가요?

위원회: 그건 단지 당신이 진화의 여정 어디에 있느냐에 따른 것뿐이에요. 당신의 에고 자아ego self, 인간 자아, 인간 가슴은 때때로, 특히 진화의 초기에는 외로움을 느끼고 파트너를 원했죠. 하지만 당신이 성숙해 감에 따라 더 이상 외로움을 느끼지 않았어요. 또 시간이 지남에 따라서 점점 더 큰 계획을 보게 되었고요. 당신이 본 첫 번째 전생 같은, 매우 높은 의식이 존재하는 치유의 생들에서는 그런 높은 의식이 인간의 차원으로 들어오는 것이 허락되었지요. 하지만 그 후 인간은 그와 같은 순수한 영적 본질로부터 자신을 떼어놓는 집착과 믿음을 갖게 되었습니다. 따라서 그로 인해 일어나는 일들을 치유하고 깨우치기 위해 더 많은 생을 살아가게 되었고요. 관계를 통하든 통하지 않든 변화의 필요성은 인간 쪽과 영혼 쪽 모두 불가피했어요.

캐시: 싱글로 사는 것이 가장 좋다는 구체적인 계획이 영혼 수준에서 수립되었는데 인격체 수준에서 파트너를 찾겠다는 의도가 생긴다면, 영혼의 의도가 항상 인격체의 욕구보다 우선되나요?

위원회: 그렇지 않아요. 영혼은 항상 인격체의 의견에 동의하지요. '원하는 것을 이생에서 가져도 됩니다. 영혼의 계획은 나중에 이뤄도 돼요. 인간으로서 경험하고 싶은 만족감이 있다면 지금 경험할 수 있습니다.'

캐시: 지금 이 책을 읽는 독자 중에 원치 않게 오랜 세월 싱글로

살아온 사람이 있다면 어떻게 해야 할까요?

위원회: 그것은 그 사람에게, 그리고 그 사람이 진화의 여정 어디쯤 와 있느냐에 달려 있어요. 그 사람의 영혼이 그 사람에게 강하게 영향력을 발휘할 수도 있습니다. 혹은 인격체, 즉 그 사람 스스로 자신이 무가치하다고 느끼며 관계를 피할 수도 있어요. 사람마다 이유는 다 다를 수 있습니다. 그러므로 삶의 흐름, 자기 가슴이 열려 있는 곳, 자기 인격체가 원하는 것, 자기 영혼의 목적, 이것들이 모두 어디서 합쳐지는지 자문해 보는 것이 좋아요. 영혼과 인격체의 의도를 정확하게 보고, 방금 말한 것들이 어디서 합쳐지는지 혹은 합쳐지지 않는지 혹은 합쳐지도록 할 수 있는지 보세요.

캐시: 태어나기 전, 생의 대부분 혹은 평생을 싱글로 살기로 계획하는 데에 또 다른 이유가 있다면요?

위원회: 믿음을 키우고 싶은 것도 그 이유가 될 수 있어요. 내면의 신성을 알아차리고 그것과 연결되기 위해서요. 진정한 자아를 알아가는 길은 많지만 혼자 자력으로 간다면 더 확실한 성취가 가능하지요.

캐시: 내면의 신성을 기억해 내기 위해 영적인 수행을 하지만 여전히 외로워하며 파트너를 찾는 사람들이 많아요. 이런 사람들에게 위원회는 무슨 말을 해주실 수 있을까요?

위원회: 싱글로 사는 게 좋을 더 큰 목적은 없는지 질문해 보세요. 자신이 관계 속에서 사랑받을 가치가 있는 사람이라고 정말로 믿고 있는지도 보세요. 자신을 온전히 깊이 사랑하나요? 사랑을 주는 만큼 받을 준비도 되어 있나요?

캐시: 싱글인 사람이 그게 자신에게 가장 좋아서 세운 계획의 결과인지, 아니면 오히려 궤도에서 벗어난 상태인 건지 어떻게 알죠?

위원회: 그것이 인생 계획의 일부라면 그렇다는 분명한 확신이 들 겁니다. 단지 궤도를 벗어난 상태라면 훨씬 더 혼란스러울 테고 헤매게 될 거고요. 처한 모든 상황이 이해가 가지 않을 거예요.

캐시: 나는 짐과 잘 맞는다고 느꼈어요. 짐이라면 좋은 파트너가 될 수도 있었을 테고, 그와 결혼했더라면 지금과는 완전히 다른 삶을 살았을 거라 생각해요. 짐과 함께하는 인생도 내 탄생 전 계획에 구체적인 선택지로 들어가 있었나요?

위원회: 네, 그래요. 그 길을 갔더라면 사랑과 위안, 재정적 안정 속에서 인간으로서 더 만족하는 삶을 살았을 겁니다. 그리고 그 인생을 선택했더라도 성장했을 거예요. 조금 다른 성장이었겠지만요. 그 인생을 선택했더라면 영적으로 깊어지지는 못했을 겁니다. 물론 짐이 당신의 영적인 길을 함께 가기로 선택했다면 또 달라졌을 테고, 짐이 그렇게 선택할 가능성도 물론 있었어요. 그것은 또 그가 내려야 할 선택이었겠죠.

캐시: 태어나기 전에 싱글로 살 때 가장 잘 치유하고 배울 수 있다고 느꼈다면 애초에 왜 짐과 살아가는 그런 다른 선택지도 계획 속에 넣어둔 거죠?

위원회: (웃으며) 우리는 롭이 당신에게 이 질문을 하라고 할 줄 알았어요. 캐시, 당신은 인생의 다양한 측면을 보고 정보가 충분한 상태에서 선택하고 싶었어요. 당신은 어떤 구상이든 다 환영하는 편이고, 그것들이 각기 어떤 느낌인지 알기 전까지는 결정을 내리

지 않는 편이죠. 선택지가 주어지고 그중에서 하나를 선택하는 것이 당신에겐 맞습니다. 그 당시 당신이 더 성숙하고 인간적으로도 진화했다면 짐과 매우 만족스럽고 행복한 삶을 살았을 것이고, 그랬다면 영적인 삶은 또 다른 생의 몫이 되었겠지요. 짐이 당신 인생에 들어왔던 당시, 당신은 애정 관계에서는 기술도 깊은 이해도 부족했어요. 그 관계를 위해 당신이 가진 게 별로 없었죠.

캐시: 이제 스타 하트에 관해서 묻고 싶어요. 그가 내 영혼의 짝인가요?

위원회: 네, 그래요. 당신도 둘의 영혼이 영겁의 시간 동안 함께 여행해 왔다는 걸 분명히 이해했겠지요. 당신들은 서로를 돕고 지지해 왔어요. 지금은 그가 위에서 당신을 지켜보며 보호하고 있죠. 그렇게 충분한 거리를 유지함으로써 당신 스스로 걸어갈 수 있도록 배려하는 거예요.

캐시: 영혼의 짝이란 게 뭔가요?

위원회: 인간 세상에는 이 용어를 혼동하는 사람들이 있습니다. 영혼의 짝을 애정적으로 완벽한 짝이라고 생각하는 사람들이 있죠. 이것은 영혼의 짝의 한 측면일 뿐이에요. 영혼의 짝은 평생 나란히 걸어가면서 서로를 보살피는 사람, 서로의 성장을 돕고 서로를 위해 무언가 역할을 해주는 사람입니다. 하지만 꼭 같은 생에 태어나 함께 살아가지 않을 수도 있어요. 영혼의 짝은 함께 진화의 길을 헤쳐 나가는 클래스메이트와 같아요. 그 삶의 형태는 방금 말한 클래스메이트를 포함해 여러 가지로 나타날 수 있고요.

캐시: 누구에게나 영혼의 짝이 있나요?

위원회: 그래요. 누구나 영혼의 짝이 있어요. 꼭 한 명이 아닐 수도 있고요.

캐시: 싱글로 살며 힘들어하는 사람이 그 경험에서 더 큰 의미나 목적을 찾는 데 도움될 만한 말씀이 더 있나요?

위원회: 첫째, 사랑과 연민의 마음으로 부드럽게 자신을 대하세요. 당신 내면에 있는 자신만의 가치와 강점, 그리고 신의 불꽃을 사랑스럽게 바라보세요. 그렇게 자신의 풍요로움을 키워나가면서 불안이 사라지는 것을 지켜봅니다. 둘째, 왜 그렇게 사랑하는 사람을 갖고 싶은지 그 이유를 들여다보세요. 덜 외롭기 위해서? 허전함 때문에? 성장을 위해서? 파트너가 있으면 편해서? 아니면 옆에 똑똑한 사람이 한 명 있으면 좋을 것 같아서? 이제 이 두 가지를 종합해서 어떤 결론이 나오는지 보세요. 당신에 대해 더 많은 것을 알게 되면서 마음이 편안해질 수도 있고, 당신 꿈에 더 가까워지는 길이 보일 수도 있습니다.

하고 싶은 질문을 다 했으므로 나는 캐시에게 위원회와 빛의 존재, 스타 하트, 커트 등 세션에 참석한 모든 존재에게 지혜와 사랑을 나눠준 데 감사하고 이 경험을 잘 기억할 것을 당부했다. 그리고 천천히 하나부터 열까지 세면 그때 깨어나라고 지시했다. 캐시가 정신을 추스를 때까지 우리는 몇 분간 말없이 앉아 있었다.

"세 차례나 되는 전생을 경험해 봤는데 어땠나요?" 캐시가 이야기를 나눌 준비가 된 듯 보여 내가 물었다.

"첫 번째 전생은 아주 즐겁고 행복했어요. 집처럼 편안했죠. 나에겐 이 전생에 대한 기억이 늘 남아 있었던 게 분명해요. 두 번째 전생도 꼭 내 집에 있는 것처럼 편안했어요. 인간이기에 겪는 문제는 있었지만 그렇게 힘들지는 않았어요. 흐름과 리듬에 따라 사는 삶이었죠. 문제가 있어도 늘 '봐. 이렇게 하면 되겠네'라고 생각할 수 있었어요. 그러니 그런 삶의 수준을 이번 생에서 늘 갈망한 것도 당연하죠! 세 번째 전생에서는 나에게 가장 높은 진실을 반영하는 선택을 하지 못할 때 인생이 얼마나 달라질 수 있는지를 봤습니다."

"빛의 존재와 이야기를 나눴는데 그건 어땠나요?"

"한 번도 가져본 적 없는 오빠와 이야기하는 것 같았어요. 친구이면서도 지혜로운 선생 같고, 존경받고 추앙받는 구루 같고요. 막 위계를 따지는 그런 구루가 아니라, 편안하고 나를 도와주려는 동료나 팀 멤버 같은 구루 말이에요. 인도에 갈 때면 지혜로운 마스터라는 사람들을 종종 만나보는데, 오만하고 거리감이 느껴지는 분들이 있는가 하면 아주 편하게 대해주는 분들도 있죠. 빛의 존재는 후자 같은 느낌이었어요. 그리고 은총을 받는 듯한 느낌도 있었어요."

"캐시, 위원회와의 대화는 어땠나요?"

"존재들 각각의 개체성은 의도적으로 보여주지 않았던 것 같아요. 그들이 모두 함께 생각하는 대답을 하나로 집약해서 그 정수만 들려주기 위해서요. 그것은 공을 좀 들여야 하는 일 같았어요. 처음에는 천천히 대답하다가 어느 순간부터 탄력을 받았죠. 그리고 마지막에 룹, 당신이 모두에게 감사의 마음을 전하라고 했을 때 나는 당신에게도 감사했어요."

★★★

속담에도 있듯이 어디에 서느냐는 먼저 어디에 앉느냐에 달려 있다. 당신이 3차원에 '앉은' 인간이라면, 생의 대부분을 싱글로 서기를 원할 리도 열망할 리도 없을 것이며, 따라서 그렇게 사는 건 외롭고 심지어는 고통스러울 수도 있다. 만약 당신이 비물질 영역에 '앉은' 영혼이라면, 수십 년을 싱글로 선다는 것은 확장과 치유를 위한 기회, 지혜의 획득을 위한 진정으로 귀하고 멋진 기회가 될 수 있다. 여기서 우리는 서로 정반대되는 두 가지 관점을 보고 있고, 보는 이의 입장에 따라서는 둘 다 맞다. 전자는 저항과 괴로움을 부르고, 후자는 받아들임과 평화를 부른다. 이 책에서 말하고자 하는 것은 우리가 제한적인 인간의 관점에서 훨씬 더 고양된 영혼의 관점으로 옮겨갈 수 있다는 것이다. 그렇게 할 때 인간으로서 우리의 여정이 지극히 편해지고 그 배후의 교훈을 더 의식적으로 그리고 덜 힘들게 배울 수 있다.

인간 경험 중인 영혼은 아주 깊은 수준에서 이루어져 때론 알아차리기 힘든 조건화의 대상이 된다. 조건화는 아주 어릴 때부터 이루어지며 평생 계속된다. 우리는 '늘 있어온' 그런 조건화에 적응해서 더 이상 그 사실을 알아차리지 못한다. 물론 좋은 마음에서 그러는 거겠지만, 부모나 교사, 각종 미디어에 등장하는 인사들은 애정 관계의 장점들을 극찬한다. 대중 매체는 남녀 간의 사랑을 낭만적으로 포장하며, 그런 관계를 맺지 못하는 것을 부자연스럽고 암울한 것으로 만든다.

이런 조건화의 흐름을 '거슬러' 헤엄쳐 가기로 태어나기 전에 계획했다면, 그것은 매우 용감하고 대담한 행위가 아닐 수 없다. 태어나기 전 우리는 태어날 시간과 장소를 고른다. 그런 계획을 세우면서 우리는 우리가 선택한 시간과 장소 속의 사회가 어떤지도 볼 수 있다. 캐시는 애정 관계에 거의 집착하는 사회에 자신이 태어날 것을 잘 알고 있었다.

스스로 선택하고 스스로 유도한 기억상실 상태, 장막에 가린 그 상태에서 캐시는 자신의 진정한 본성을 잊은 채 수십 년을 살았다. 인간에 내재하는 결핍감과 상호 의존성이 자신과 (겉보기에 다른 사람처럼 보이는) 타인에 대한 조건 없는 사랑의 자리를 대체했다. 깊은 갈망과 외로움의 시간들이 내면의 온전함을 잊고 자신이 '존재하는 모든 것All That Is'과 하나임을 잊어버리게 했다. 이미 자신이 사랑임을 아는 영혼이 대체 왜 다시 무대로 내려와 자신은 물론 다른 모든 배우들이 얼마나 신성한 존재인지 망각한 채 이런 연극을 펼치는 걸까?

자신이 진정 누구인지 잊었다가 다시 기억하는 과정을 통해서 우리는 더 깊은 자각에 이르게 된다. 누구와도 애정 관계에 있지 않았던 그 긴 세월, 캐시는 내면으로 향하는 영웅의 길을 걸었다. 의식儀式과 명상을 통해서든, 그저 나무 아래에 앉아 온전히 현재 순간에 머무르는 것을 통해서든, 캐시는 자기 안에 내재하는 아름다움, 사랑으로 가득한 깊은 본성, 그리고 자신의 신성, 곧 이 지구에 함께 살고 있는 모든 존재들을 축복하는 자신의 신성을 기억해 냈다.

애정 관계 없이 생애 대부분을 살아온 덕분에 캐시는, 아론이 말했듯이, 자신에게 마음을 열고 사랑할 수 있는 기회와 동기를 제공

받았다. 자신을 사랑하고 받아들이는 법을 배우는 것이 그녀의 탄생 전 계획 중 하나였다. 자신을 온전히 사랑하고 받아들일 수 없다면 타인도 온전히 사랑하고 받아들일 수 없기 때문이다. 우리는 우리가 주는 것을 받고, 세상은 우리가 주는 것을 우리에게 고스란히 되비쳐준다. 사람들이 왜 당신을 판단하고 거부하고 인정해 주지 않는지 궁금하다면, 당신이 어떤 방식으로 자신을 판단하고 거부하고 인정해 주지 않는지 보기 바란다. 그런 다음 그런 당신의 모습을 그대로 되비쳐준 그 사람들을 용서하고 감사하고 축복하기 바란다. 지구는 우리의 학교이고, 그 사람들은 우리의 선생이다.

다른 사람을 용서하는 것도 깊은 치유를 낳지만, 자기 용서self-forgiveness야말로 자기 사랑을 낳게 도와주는 진정한 산파이다. 아론이 말했듯이, 말 그대로 인간적인 자신을 용서하지 않는 한 자신을 온전히 사랑할 수 없다. 자기 용서의 반대인 자기 비난self-blame은 다른 사람들이 감히 다가오지 못하게 막는 에너지로 자신을 무장시킨다. 이때 우리의 오래된 영혼은 사랑 가득한 파트너 대신 자기 비판을 불러일으키는 파트너를 계속해서 초대한다. 그렇게 해서 당신이 자신에 대해 연민의 마음을 갖고, 그 결과 에너지 무장을 풀게 하려는 영혼 수준의 계획이 있기 때문이다.

또한 '신성한 어머니'가 말했듯이 캐시는 자신이 감당할 수 없는 요구를 받을까봐 두려워 파트너의 사랑을 받아들이기가 힘들었다. 여기서도 중요한 것은 자신과의 관계이다. 캐시가 애정 관계라는 방해 없이 내면으로 향하는 자신의 영적 여정을 계속해 나아갈 때, 이번 생에서든 다음 생에서든 언젠가는 자기 사랑을 충분히 키워낼 것이다. 자신을 충분히 사랑하고 있음을 알게 될 때 캐시는 자신이 늘 자기에게 가장 이로운 쪽으로 행동하리라는 믿음을 갖게 될 것이고, 자신에게 지나친 요구를 하지 않게 될 것이다. 이런 캐시의 에너지 진동이 자신에게 지나친 요구를 하지 않을 것이 분명한 파트너를 끌어들일 것이다.

아론이 캐시에게 말했듯이, 캐시가 가장 중요하게 생각하며 원하는 것은 깊은 관계가 아니라 영혼의 성장이다. 관계 안에 있는 것이 영혼의 성장에 가장 좋을 때에는 캐시에게도 그런 파트너가 있었다. 그 관계들을 통해 캐시는 누군가를 바로잡으려 드는 것은 현명하지 못하다는 것과 부정적인 것들에 자비심을 담아 '싫다'고 말할 힘이 자신에게 있다는 것을 배웠다. 싱글인 것이 영혼의 성장에 더 도움이 될 때에는 캐시는 혼자였다. 그 시기 동안 캐시는 내면으로 여행을 하면서 자신의 믿음을 키웠고 내면에 있는 신성을 재발견했다. 어느 쪽이든 각기 고난과 고통이 없지 않았지만, 그녀의 여정은 완벽했다. 캐시는 그때그때 정확하게 자신이 가장 필요로 하는 것을—설령 그것이 그녀가 가장 원하는 것은 아니었더라도—얻었다.

영혼의 눈을 통하면 그 완벽함이 분명히 보인다.

05

금욕적 관계

자기를 표현하는 것에 대한 두려움에서 자유로워지고 싶었던 사라

"싸우지 않기 위해 혹은 책임감 때문에나 그를 구제하기 위해 계속해서 '날 것의 감정'들을 밀어낸다면 당신 고유의 성 에너지, 다시 말해 창조 에너지도 같이 억압하는 겁니다. 성 에너지는 영혼 에너지이기도 해요. 둘은 서로 분리될 수 없습니다."

★★★

오버라이트닝overlightning('빛의 과도한 발산'이란 뜻—옮긴이)은 예를 들어 길잡이 영 같은 비물질 존재가 그 에너지 몸 안에 인간 같은 물질적 존재를 감싸 안을 때 발생하는 현상이다. 비물질 존재는 에너지 진동수가 높으므로 그렇게 안긴 사람은 분명한 에너지의 고양을 느낀다. 본질적으로 그것은 따뜻한 사랑의 담요가 우리를 감싸는 것과 같다. 기쁘고, 평화롭고, 나아가 축복을 받는 기분을 느낀다. 인식의 전환이 일어나서 세상을 훨씬 사랑스러운 눈으로 볼 수도 있다.

사라Sarah와 대화를 시작하고부터 나는 내내 그런 오버라이트닝을 경험했다. 사라는 남편 짐Jim과의 금욕적이지만 서로 사랑하는 결혼 생활에 대해 나에게 말해주기로 했었다. 그 전에 경험한 적이 한 번도 없었음에도 나는 즉시 어떤 일이 벌어질지 알았다. 영은 나에게 "사라 이야기는 중요해요. 우리는 당신이 이 이야기를 책에 넣기를 권합니다"라고 했다. 영이 왜 그렇게 느끼는지 나 역시 직관적으로 이해했다. 금욕적 관계는(여기에서 금욕적 관계란 성행위를 하지 않는 것을 뜻한다) 흔하고, 그럼에도 서로 사랑하는 경우도 많다. 하지만 이런 관계에 있는 사람들은 자기가 정상이 아니라는 생각에 괴로워하기도 한다.

사라와 짐은 동갑으로 둘의 나이 마흔여덟에 결혼했다. 둘은 서로를 진심으로 사랑하고 존중했으며 결혼한 것도 잘한 일이라고 느끼지만, 사라는 그들의 금욕 생활이 그동안 거의 금기시되다시피 해 이제라도 한번 깊이 살펴볼 필요가 있다고 느꼈다.

사라와의 대화가 시작되고, 나를 오버라이팅하던 존재의 아름답고 거의 취할 것 같은 에너지로 샤워를 하는 동안 나는 이미 사라와 짐이 태어나기 전에 서로 금욕 생활을 한다는 데 동의했음을 알 수 있었다. 영이 사랑으로 나를 쿡 찔러 알려준 것이다. 하지만 도대체 어떤 커플이 하필이면 사회가 '비정상'이라고 재단하는 그런 경험을 하고 싶을까? 이런 형태의 괴로움에서 어떤 치유와 배움을 얻을 수 있을까? 나는 영이 우리를 어디로 데리고 갈지 몹시 궁금했다.

사라 이야기

나와 대화 당시 사라는 예순 둘이었다. '사랑 가득한' 아일랜드계 가톨릭 가정에서 열한 명의 자녀 중 가운데 딸로 태어났다. 사라는 나에게 "오빠 스티브가 어린 시절 내내 나를 성폭행했다는 커다란 비밀 하나만 빼면, 나는 오빠와 남동생이 일곱 명이나 되어서 좋았고 감사했어요. 한 명만 빼고 모두 적당히 다정했죠. 아버지는 항상 따뜻하고 도를 넘지 않는 분이셨고, 내가 원하는 거라면 대부분 지지해 주셨죠"라고 했다. 그러므로 어릴 적 가족들과는 사랑도 듬뿍 받았지만 시련도 컸다고 할 수 있었다.

"뉴욕 시에 있는 커다란 기업에서 마케팅 관련 일을 했어요. 남편 짐과는 회사 동료로 처음 만났어요. 일하는 곳은 달랐지만 겹치는 프로젝트가 좀 있었죠. 우리는 서로의 일을 잘 이해했고 공통점이 많았어요. 나쁘지 않았죠."

사라는 미국 전역의 수많은 지사 사람들과 업무적으로 엮이는 일이 많았는데 덕분에 짐을 자주 만났다. 짐은 유명한 마케팅 중역으로 그 지사 중 한 곳에서 일했다. 일을 잘해서 상도 많이 받는 등 동료들의 부러움을 사는 사람이었다.

"짐에게서 크게 매력을 느끼기 시작한 건 매년 여름에 열렸던 콘퍼런스에서였어요." 사라가 기억을 더듬었다. "모든 지사의 마케팅 부서 사람들이 다 참가하는 콘퍼런스인데 마지막 날에 파티가 열려요. 우리가 서로 잘 알지 못했을 때도 짐은 매년 나에게로 직진하듯 다가와 춤을 신청했죠. 또 하나 흥미로운 점은 짐이 아프리카계 미국인과 일본인 사이의 혼혈이라는 거였어요. 그래서 그런지 그는 눈에 띄고 뭔가 색달랐어요. 나는 아일랜드계 가톨릭 집안 출신에 붉은빛이 도는 금발 머리 여자예요. 파티에 잘 어울리는 외모랄까요? 어쨌든 그 파티에서 함께 춤을 췄는데 갑자기 그가 너무 매력적으로 보이는 거예요. 와우! 느낌이 정말 좋았죠! 탄탄한 그의 팔이 내 몸에 닿으니까 흥분되더라고요."

그 후 둘은 짐이 뉴욕으로 출장을 올 때마다 만났다. 짐이 사라에게 매번 점심 초대를 하는 식이었는데, 그 다섯 번째 만남에서 마침내 그가 함께 저녁을 먹자고 했다.

"그때쯤 이미 나는 '이제 나한테 키스해도 좋아요'라는 말을 온몸으로 표현하고 있었죠." 사라가 웃으며 말했다. 그날 둘이 함께 지하철을 타고 저녁 먹을 장소로 가면서 사라는 짐에게 바싹 붙어 자신이 그를 얼마나 좋아하는지 은근히 내비쳤다. 저녁 식사 후 시내를 걷는데 짐이 그녀의 손을 잡았다. "그 순간 우리가 '커플'이 될 걸 알았죠." 사라가 말했다. 그때 둘은 처음 키스를 했다.

"그리니치빌리지 지역에서 한가롭게 걸으며 가게들을 기웃거리던 중이었죠." 사라가 회상에 잠겼다. "내가 약간 높은 바닥에 서 있다가 몸을 돌렸는데 바로 그때 그가 나에게 첫 키스를 했어요. 이 이야기를 할 때마다 그는 그때 마침 역광이어서 내 머리카락 뒤로 빛이 났다고 말하죠. 짐은 많은 장면을 영화처럼 봐요! 키스 후 나는 '음, 때가 됐네요!'라고 했어요. 그러고 나서 우리는 좀 더 걸었죠. 그러다가 어느 공원 벤치에 앉았어요. 너무 낭만적이었어요. 내가 '왜 우리 둘 다 아직까지 결혼을 안 했다고 생각해요?'라고 물었어요. 그가 '바로 지금 우리가 함께 이 벤치에 앉기 위해서요'라고 하더군요. 그 말에 홀딱 반하고 말았죠!"

그때부터 둘은 본격적으로 데이트를 시작했고, 둘 다 뉴욕 주 북부 출신으로 서로의 집에서 차로 3분이면 닿을 곳에서 자랐다는 사실을 알게 되었다. 하루 날을 잡아 둘은 각자의 예전 집을 보여주는 짧은 여행을 했다. 같이 차를 탄 채 사라는 자신이 스케이트를 배웠던 곳도 보여주며 그때의 행복했던 기억을 이야기했다. 그러면서 스케이트를 타면서 듣던 비틀즈의 〈노웨어 맨Nowhere Man〉이란 노래를 참 좋아했다는 말을 했다. 그런데 바로 그 몇 초 뒤에 자동차의 라디오에서 〈노웨어 맨〉이 흘러나왔다. 사라와 짐은 깜짝 놀랐다. "짐은 그 일을 매우 희한해했어요!" 사라가 말했다. "우리는 우주가 우리에게 신호를 보냈다고 여겼죠."

첫 키스 후 사라와 짐은 더욱 가까워졌다. "거의 매일 사랑을 나누었어요." 사라가 말했다. "그런데 내 안의 뭔가가 늘 망설이는 게 느껴졌어요. 오빠한테 받은 성폭행 때문에 나는 자존감 문제가 있었죠. 데이트 기간에 내 모든 걸 보여주면 그가 나를 더 이상 원치 않을지도 모른다는 두려움이 있었어요."

첫 키스를 하고 넉 달 후, 짐이 사라와 함께 크리스마스를 보내기 위해 2주 예정으로 뉴욕에 왔다. 크리스마스 이브 날 짐은 사라에게 타임스퀘어에 있는 대형 광고판 하나에 문제가 생겨서 가봐야 할 것 같다고 했다. 짐이 책임지고 관리하던 광고판이었다. 짐은 사라도 함께 가기를 원했다. 사라가 그때를 떠올리며 말했다.

"가서 문제가 뭔지 같이 봐줘야겠다 싶었죠. 그런데 갑자기 그 광고판에 집 두 채만한 크기로 내 얼굴이 뜨는 거예요! 그러더니 그가 나를 위해 쓴 시가 광고판에 올라왔어요. 너무 근사했죠. 아름다운 시가 계속 올라오더니 마지막에 '사라, 나와 결혼해 줄래요?'라는 문장이 단어 하나하나가 건물 한 채씩은 될 정도로 크게 올라왔죠! 나는 그 즉시 그러겠다고 했어요. 짐이 그 자리에서 반지를 꺼내더군요. 그해 크리스마스는 정말 천국 같았어요. 성생활도 아주 사랑으로 넘쳤고요. 꿈에 그리던 사랑이었죠. 그런데 섹스 자체로 보면 늘 잘 맞았다고 할 수는 없었어요. 하지만 아직 서로를 알아가는 단계니까 괜찮다고 생각했죠."

잘 맞지 않은 것 중에는 짐이 전희를 충분히 하지 않고 삽입하려 했다는 점도 있었다. 또 짐은 사라가 클라이맥스에 여러 번 다다르기를 원했다. 짐이 자신을 위해 노력하는 모습을 보면서 사라도 그를 위해 노력해야 한다는 압박감이 들었다. 하지만 그런 고민을 그와 나누기는 아무래도 주저되었다. 어렵게 말을 꺼내도 봤지만 그럴 때는 짐이 자신의 말을 곡해해서 듣는 것 같았다.

"내 안에 두려움이 있어서, 안 그래도 그 문제에 대해 터놓고 말하기 어려운데, 기껏 말을 하면 그가 아주 과잉 반응을 했죠. 아주 조심스러웠어요. 안 그러면 그가 '당신을 만족스럽게 해주지 못한다는 말을 들으면 내 기분이 어떻겠어?'라고 반응하니까요. 우리 둘 다 지나치게 예민했어요. 둘이 그렇게 예민해서 잘 맞는 점도 있지만, 그래서 소통하기가 더 어려운 점도 있었죠. 사실 절정에 이르고 나면 그는 그것으로 끝이었어요. 그 다음부터 그 사람 입장에서는 힘들고 짜증나는 시간이 한동안 이어지죠. 나와 더 오래 사랑을 나누고 싶지만 몸이 따라주지 않으니까요. 이 모든 게 결혼하기 전부터 있던 일이에요."

그리고 결혼식 날이 왔고, 사라와 짐은 아름다운 식을 올리며 사랑을 서약했다. 그날 밤도, 그 후 신혼 여행 때도 그들은 매일 밤 사랑을 나누었다.—신혼 여행 마지막 날까지는. 마지막 날 아침에 둘은 돈 문제로 다퉜다. 돌아오는 비행기 안에서 짐은 한마디도 하지 않았다. 그리고 집으로 돌아온 뒤 짐은 우울증에 빠졌다. 신혼 여행 후 여섯 달 동안 둘은 섹스를 일절 하지 못했다.

사라가 짐에게 말했다. "당신이 결혼을 한 데는 이유가 있을 거예요. 그 이유 중에는 때로 당신이 어떤 기분인지 나한테 말하고 이해받고 싶은 것도 있을 거고요. 그런 기분을 당신 혼자 극복할 필요는 없어요. 여기 내가 있잖아요. 나는 어디에도 가지 않아요."

짐은 의사를 찾아갔다. 약이 우울증에서 벗어나는 데 도움을 주기는 했지만 덕분에 그의 성욕이 줄어들었다. 다시 사랑을 나누기는 했다. 처음에는 몇 주에 한 번 정도였다. "그러다 넉 달, 여섯 달에 한 번 정도가 됐죠." 사라가 슬픈 듯 말했다. "그리고 대체 언제부터 섹스를 전혀 하지 않게 되었는지는 이제 기억도 나지 않네요. 처음에는 뭔가 끔찍하고 속은 느낌이었어요. 마침내 사랑하는 남자와 멋진 섹스를 하며 잘살 거라 생각했는데, 이건 멋지기는커녕 최악이잖아요. 게다가 남자친구도 아니고 남편인데!" 그녀의 목소리에 당시의 괴로움이 고스란히 배어 있었다.

시간이 지나면서 사라는 섹스를 하지 않는다고 계속 화만 내봐야 좋을 게 없다는 걸 깨달았다. 그녀는 같은 문제를 안고 있는 여성들의 모임에 나가기 시작했다. 그러면서 그녀는 온통 짐에게만 신경이 쏠려 있던 일상에서 벗어나 자신이 행복해하는 일에 더 신경을 써나갈 수 있었다. 그 모임에서 사라는 한 친구로부터 자신이 행복하기 위해서는 솔직해지는 것이 중요하다는, 특히 사랑을 느낄 때 진심을 담아 그 사랑을 표현하는 것이 중요하다는 말을 들었다.

"이 조언을 듣고 우리 부부는 사랑을 담아 가볍게 스킨십을 하기 시작했는데, 그 덕분에 지금까지도 그렇고 부부 사이가 한층 좋아졌어요." 사라가 훨씬 행복한 얼굴로 말했다. "우리는 영화를 볼 때도 서로 꼭 손을 잡고 봐요. 집에 있을 때면 서로 잘 끌어안고 키스하죠. 애무도 자주 해요. 오르가슴에 이를 정도까지는 아니고 성적으로 살짝 흥분할 정도로요. 우리는 늘 서로에게 말해요. 우리는 지금 성적인 욕구가 충족되는 삶을 되찾기 위해 노력하는 중이라고요. 아직까지 성공하지는 못했지만."

"사라, 섹스하지 않은 지 얼마나 됐죠?" 내가 물었다.

"어이쿠, 롭, 그런 생각은 일부러 하지 않았어요. 오래됐으니까요. 슬프지만 그래도 아직 희망은 있는 것 같아요. 늘 서로 상냥하고 사랑으로 대하니까요. 그래서 사랑이나 관심을 못 받고 있다고 느끼지는 않아요. 그냥 나이가 들면 다 이렇게 살겠거니 해요."

각 방을 쓰는 것이 문제일지도 몰랐다. 짐은 잘 때 예민한 편이라 혼자 자야지만 잘 잤고, 그래야 우울증에 빠지지 않는 측면도 있었다. 주중에는 아침 일찍 나가서 저녁 늦게 돌아오므로 둘 다 지쳐서 섹스하자고 말할 엄두를 못 내었다. 사라가 말했다. "지금 내 생각은, 짐에게도 말했는데 일주일에 한두 번은 같이 자자는 거예요. 짐도 괜찮을 것 같다고 했어요. 하지만 사실은 둘 다 두려운 점이 없잖아서 실제로 시도해 본 적은 없어요."

성생활에 시동을 걸어보고자 사라는 섹시한 옷으로 한껏 꾸며본 적도 몇 번 있었다. 짐은 좋아할 때도 있었지만, 짜증을 내고 화를 낼 때도 있었다. 우울할 때는 "그거 내가 당신과 섹스해야 한다는 뜻이야?"라고 퉁명스럽게 내뱉기도 했다.

"갈피를 못 잡겠더군요." 사라가 그때를 돌이켰다. "남편 보라고 그런 옷들을 입고 싶은 건데 거부당할까봐 겁이 나기도 하고요."

"그럼 이제 탄생 전 계획의 관점에서 이 문제를 이야기해 봅시다. 당신은 당신과 짐이 이런 방식을 미리 계획했다고 믿나요?" 내가 물었다.

"네, 나는 그렇게 믿고 있어요. 우리 인생에서 이건 아주 강력한 주제라서 이렇게 계획했다고 봐야지만 말이 되는 것 같아요."

"그렇다면 당신과 짐은 왜 이런 계획을 한 것 같아요?"

"짐은 사랑과 섹스를 하나로 통합하는 법을 배울 필요가 있어요." 사라가 설명했다. "나 이전에 짐은 성적으로 만족을 모르는 남자였어요. 수많은 여자와 수많은 모험을 즐겼죠. 지금 짐은 반대로 섹스 없이도 사랑할 수 있다는 걸 배우는 중이에요. 그리고 짐의 인생에서 또 다른 아주 중요한 문제가 있는데 바로 소속감을 느끼는 문제예요." 여기서 사라는 짐이 혼혈인 점을 말하고 있었다. "짐은 살아오면서 아마도 지금 처음으로 소속감을 느끼고 있을 텐데요, 나에게 느끼는 소속감과 나에 대한 사랑을 통합해서 그것을 성적으로 표현할 수 있다면, 그는 정말 만족스러울 거예요. 나로 말할 것 같으면, 사랑의 마음으로 섹스할 수 있다는 걸 배울 필요가 있고요. 이것은 나 자신을 사랑하고, 내가 사랑받을 만한 존재임을 믿으며, 신이 사랑하는 창조물로서 나 자신을 경험하면서 나의 본질적인 가치를 알아가는 과정이기도 해요."

나는 사라에게 섹스의 부재가 어떻게 성장에 도움이 된다고 느끼는지 더 말해달라고 했다.

"이 관계는 나에게 마지막 히든카드 같은 거예요. 다른 관계들에서 나는 온전히 나 자신일 수 있고 내가 정말로 생각하는 것을 말할 수 있어요. 하지만 짐과의 이 관계에서는 여전히 그럴 수 없죠. 아니면 무슨 이유에선지 그러지 않아요. 무언가 너무 많은 것이 걸려 있는 것 같아요. 그걸 극복하고 싶기는 해요. 항상 나한테 '진짜 너의 생각을 말해'라고 하죠. 하지만 성폭행을 당했던 경험 때문에 자신이 무가치하다고 느끼고 자신을 숨기는 것이 습관이 된 것 같아요. 이런 습관은 이제 그만 없애고 싶어요. 이 관계에서 이제 완전히 솔직해지고 싶어요. 그런데 그게 정말 어려운 것 같아요. 가장 하기 힘든 일이고, 할 수만 있다면 그만큼 성취감도 클 것 같아요. 내 인생에서 제일 자랑스러운 건 바로 불행했던 결혼을 행복한 결혼으로 바꾸는 데 어쨌거나 성공했다는 거예요. 섹스를 하든 하지 않든 말예요. 무슨 일이 일어나도 이것만큼은 내가 늘 갖고 갈 수 있는, 영혼의 수준에서 이룬 성취일 거예요."

사라의 말을 들으면서 나는 관계란 치유와 확장을 위한 것임을 다시 한 번 상기했다. 사라는 어릴 때 받은 성폭행의 상처를 치유하고 자신의 영혼이 바라는 자기 사랑으로 확장해 가는 데 짐이 완벽한 파트너라고 생각했다.

"사라, 이 책의 독자들 중에도 섹스를 전혀 하지 않거나 자주 하지 않지만 서로 사랑하며 서로 최대한 행복하기를 바라는 사람들도 있을 거예요. 이들에게 당신의 지혜를 좀 나눠주시겠어요?"

"일단 상대를 비난하지 않는 것이 가장 중요해요. 비난한다는 것은 보통 우리 안에 우리가 주의해서 보지 않는 무언가가 있다는 뜻이에요. 그러니까 일단 당신 자신을 들여다보세요. 그리고 당신 혼자 있을 때 자신의 성적 욕구sensuality를 탐구해 보세요. 나는 자위 행위도 좋다고 봐요. 비밀을 하나 말해줄까요? 내 성적 욕구를 탐구하며 정기적으로 자위 행위를 하다 보면 남편이 다가와서 사랑을 나누고 싶어 할 때들이 있어요. 자기를 사랑하는 사람은 그만큼 매력적으로 보이니까요. 자신을 나쁘게 볼 때 당신 파트너도 그런 당신에게 동조하며 당신을 나쁘게 대할지도 몰라요. 자신에게 잘 대해주는 것이 도움이 될 겁니다."

여기에서 우리는 인생에 중요하고 근본적인 진실 하나를 만나게 된다.—우주는 우리를 우리 자신에게 되비쳐준다. 우리 자신을 사랑할 때 우리 관계에 그것이 반영된다. 우리 자신을 사랑하지 않을 때에도 그것이 우리에게 반영된다. 바로 다른 사람들이 우리를 대하는 방식을 통해서.

"사라, 파트너를 비난하지 않는 것이 중요하다고 했죠. 그렇다면 자신을 비난하거나 심판하는 사람들에게는 뭐라고 하시겠어요?"

"더 큰 그림에 집중하라고요." 사라가 말했다. "우리가 지금 이런 상황에 있는 것은 우리 영혼이 무언가를 배우고 싶기 때문이에요.

이 상황이 왜 그렇게 소중한지 그 이유를 가슴으로 찾아봐야 해요. 파트너와 안전하고 축복에 찬 관계에 있는 동안 당신이 스스로 해야 할 아주 중요한 것이 있어요. 규칙은 없습니다. 사람들은 결혼 생활이 어때야 한다고 그림을 그리지만, 영혼이 자신을 표현하는 방식은 무한하죠. 결혼은 하나의 수단이에요. 당신 영혼이 결혼이라는 수단으로 자신을 표현하고자 한 방식은 백마 탄 왕자와 신데렐라 같은, 우리 사회가 그리고 말하는 방식과는 매우 다를 수 있죠. 나는 결혼 생활이라는 걸 한 생애 이상의 관점으로 봐요. 이런 관점을 지닐 때 어떤 상황에 있든 둘이 함께 가장 빨리 행복해질 수 있어요. 당신들은 이 여행을 함께 하고 있으니까요. 그리고 이 여행에서 서로 얼마나 많은 것을 나누느냐는 사실 그다지 중요하지 않아요. 어차피 영혼의 수준에서는 모든 것을 나누고 있으니까요. 나는 가끔 짐의 영혼에게 이렇게 말해요. '베일 저편에 있는 짐의 영혼 안녕? 그냥 내가 당신을 얼마나 사랑하는지 알아주기를 바라요. 그리고 이번 생에서 내가 당신에게 얼마나 솔직하고 정직하고자 하는지도 알아주기를 바라고요.' 이렇게 말하고 나면 마음이 한결 가볍답니다."

"사라, 당신 이야기를 읽는 사람 중에는 결혼 관계에 있다면 어쨌든 주기적으로 섹스를 해야 한다는 우리 사회의 시각을 똑같이 갖고 있는 사람도 있을 거예요. 그리고 그렇게 하지 않으면 자신이 뭔가 잘못됐다거나 틀렸다거나 비정상이라고 느낄 수도 있고요. 이들에게는 뭐라고 하시겠어요?"

"당신에게 결혼한 자식이나 친구가 있는데 그들이 결혼 관계에 있으면서도 섹스를 하지 않는 게 자기가 뭔가 잘못됐다거나 틀렸다고 말하는 모습을 본다 해도, 당신은 그런 그들에게서 그들만의 아름다움을 볼 거예요. 사실 당신은 그들 양쪽 모두에게서 아름다움을 보고, 그들이 자신의 가야 할 길을 가는 중임을 가슴으로 알 겁니다. 그러니까 나는 당신에게 의미를 찾고 만들어보라고 권하고 싶어요. 이 경험을 받아들이고 그 안에서 무엇을 배울 수 있을지 보라고요. 이 경험을 거부한다면 아무것도 배우지 못하고 상황은 더 나빠지겠죠. 하지만 마음을 열고 당신 자신과 파트너를 가슴으로 대한다면 원래 하고자 했던 것을 훨씬 더 잘 실현하게 될 겁니다."

사라의 생과 생 사이로의 영혼 퇴행

사라는 남편 짐에 대한 자신의 사랑과 금욕에서 오는 자신의 고통에 대해 솔직하고 용기 있게 이야기해 주었다. 그녀는 과연 태어나기 전에 이 힘든 시련을 계획했을까? 만약 그랬다면 왜 그랬을까? 우리는 생과 생 사이로의 영혼 퇴행을 통해 그녀가 만든 이번 생의 청사진을 살펴보기로 했다.

나는 사라가 사랑하는 사람들, 길잡이 영들, 천사들, 그리고 그녀를 사랑하고 안내하는 모든 영적 존재들에게 참석해 줄 것을 요청하는 기도와 함께 세션을 시작했다. 그 다음 나는 늘 하던 대로 사라의 육체적 · 정신적 긴장을 풀어주고 생과 생 사이로의 영혼 퇴행 중의 전생 퇴행 부분을 시작했다. 나는 사라에게 터널 밖으로 나오면 의미 있는 전생 속의 의미 있는 장면이 보일 거라고 말했다. 그리고 사라에게 보이는 것을 묘사하게 했다.

"밖이에요." 사라가 말하기 시작했다. "시골이고 낮이에요. 적당히 더운 여름이고요. 누구랑 같이 있어요. 나는 맨발에 소박한 갈색 치마를 입고 그 위에 앞치마를 두르고 있어요. 상의는 하얀 아일렛 블라우스(작은 구멍이 촘촘히 나 있는 블라우스—옮긴이)를 입고 있어요. 시골 사람들이 입는 일상복 같아요."

"좋아요. 이제 당신은 거울 앞에 서 있어요. 당신의 얼굴과 머리카락이 분명히 보입니다. 어떤 모습인가요?"

"긴 갈색 머리예요. 아주 긴 건 아니고요. 콧등이 살짝 굽었지만 예뻐요. 놀라고 겁먹은 표정이네요. 서른 정도 되어 보여요. 햇볕에 그을린 백인 피부를 하고 있어요. 키와 체격은 보통이고요."

"이제 거울은 사라지게 하세요." 내가 말했다. "이제부터는 당신 의식 안에 들어오는 것과 당신이 어떤 행동을 하는지 내가 따라갈 수 있게 다 말해주세요."

"옆에 남자가 한 명 있어요." 사라가 말을 이었다. "남자가 내가 원치 않는 방식으로 나를 통제하려고 해요. 나는 그 남자에게 굴종하고요. 나를 매우 생각해 주는 것 같지만, 자신이 나에게 얼마나 큰 상처를 주는지 몰라요. 그냥 겉으로만 잘해주는 척할 뿐이에요. 나를 사랑한다고 생각하지만 나는 그 사랑이 느껴지지 않아요. 이 남자가 내 주인인 것 같아요. 내 남편은 아니에요."

"놀라고 겁먹은 것 같다고 했죠?" 그녀가 한 말을 상기시키며 내가 물었다. "왜 그렇죠?"

"주변에 이 남자 말고는 아무도 없어요. 농장 마당인데 나를 겁탈

하려고 해요."

"그 남자의 얼굴과 눈을 자세히 보세요. 그 영혼이 이번 생의 누구를 떠올리게 하나요?"

"오빠요, 스티브 오빠요." 사라가 확신에 찬 목소리로 말했다.

"좋아요. 그 장면을 계속 이어가 봅시다. 이제 무슨 일이 일어나고 있나요?"

"그가 나를 구슬려가며 섹스를 하려고 해요. 나는 정말 싫지만 이 사람은 덩치가 나보다 너무너무 크고 힘이 세요. 그가 몸을 나에게 밀어붙여요. 내가 공포와 고통으로 울부짖어도 그는 내가 좋아서 그러는 거라고 생각해요. 이제 한참을 웃더니 바지를 다시 입네요. 나는 바닥에 누워 있어요. 울면서 치마를 수습해요. 그가 좋았다고 말하더니 가버려요."

"지금 기분을 말해줄래요?"

"끔찍해요. 마음이 너무 아프고, 모욕감을 참을 수 없고, 외로워요. 그가 그 짓을 또 할 것 같아 무서워요. 도움을 청할 사람이 아무도 없어요." 사라가 울면서 말했다.

"이해합니다. 당신의 영혼과 당신 길잡이 영들이 그 장면을 보여준 데는 분명 이유가 있을 거예요. 방금 본 것과 관련해서 당신이 무엇을 꼭 알고 이해해야 할까요? 당신은 이미 그 답을 알고 있습니다."

"나는 그 일이 옳지 않았음을 이해해야 해요." 사라가 말했다. "그리고 내가 비난받을 일이 아니라는 것도요. 나는 빌미를 주지도 않았고, 그런 일을 당할 만한 짓도 하지 않았어요. 설사 예쁘게 보이고 싶었다고 해도 그런 일을 당해야 하는 건 아니죠."

"그 장면에서 더 경험해야 할 중요한 것이 있나요? 아니면 이만하면 된 것 같은가요?"

"이만하면 된 것 같아요."

"이제 내가 셋을 세고 나면 당신은 자동으로 좀 전의 그 전생에서 그 다음으로 중요한 사건이나 장면으로 넘어가게 될 거예요. 하나…… 둘…… 셋! 이제 어디에 있나요? 무슨 일이 일어나고 있나요?"

"어느 작은 도시에 있어요. 나는 모자를 쓰고 옷도 더 화려한 걸 입고 있네요. 열 살 정도 나이를 더 먹은 것 같아요. 마차가 한 대 보이고 이제 막 그 마차를 타려고 해요.…… 그가 보여요! 우연히요!"

"좀 전의 그 남자 말이에요?"

"으음, 그가 같은 길에서 조금 떨어진 곳에 서 있어요. 그도 나를 알아봐요."

"얼마 만에 보는 거죠?"

"10년 만에요."

"서로에게 다가가나요?"

"아뇨."

"그를 보니까 기분이 어떤가요?"

"나 자신이 아주 자랑스러워요."

"왜 그렇죠?"

"나는 그 작은 도시에서 명망 있는 사람과 결혼했어요. 그 남자(강간범)는 나를 하찮게 취급했지만 나는 하찮은 사람이 아니에요! 나를 사랑하고 보살펴주는 다른 소중한 사람이 있고 그(강간범)가 더 이상 나에게 힘을 휘두를 수 없게 만들었다는 사실이 자랑스러워요."

잠시 후 사라가 다음 장면으로 갈 준비가 되었다고 했으므로, 나는 그 전생에서 다음으로 중요한 장면으로 가게 했다.

"임종 직전이에요. 방에 빛이 밝아요. 영으로부터 나오는 빛 같아요. 주변에 가족들이 있고, 나는 두렵지 않아요. 남편이 있는데 영의 상태인지 육체 상태인지는 모르겠어요. 성장한 아들과 며느리도 있어요." 사라가 말했다.

나는 거기 있는 사람들 얼굴을 자세히 보라고 지시했다. "그 영혼들이 이번 생의 사람들을 떠올리게 하나요?" 내가 물었다.

"아들은 이번 생에 내 여동생인 클레어예요. 며느리는 이번 생에서 내 여동생의 아들 데니네요."

"당신은 대략 몇 살쯤 되나요?"

"일흔 살 정도예요."

"연도는요? 마음으로 숫자를 바라보세요."

"1882년이네요."

"어느 나라인 것 같습니까?"

"오스트리아예요."

"그날이 다 가기 전 죽을 거라고 암시하는 어떤 일이 당신 안이나 주변에서 벌어지고 있나요?"

"마음속으로 그런 확신이 들어요."

"이제 곧 마치게 될 그 삶을 생각할 때 어떤 느낌이 드나요?"

"잘 살아온 것 같아요." 사라가 만족스러운 어투로 말했다. "초년에는 너무 외로웠어요. 그래서 이번 생에 그렇게 많은 형제자매들로 둘러싸이기로 선택한 것 같네요. 주변에서 어떤 사랑이나 지지도 기대할 수 없는 그런 상태를 다시는 겪고 싶지 않았으니까요. 늦은 나이였지만 마침내 아들을 낳았고 며느리와도 마음이 아주 잘 맞았어요. 자식은 아들 하나밖에 없었네요. 가난하고 멸시받다가 마침내 가족을 일굴 수 있어서 몹시 행복했어요. 더 나은 삶을 살려고 열심히 노력했어요. 그래서 지금 평화롭고 행복합니다."

나는 사라가 그 전생의 육체에서 빠져나오도록 안내했다.

"지금 어디에 있나요? 육체에서 완전히 나왔나요?" 내가 물었다.

"위에서 내가 살던 마을을 내려다보고 있어요. 가족들에게 그동안 고마웠다고 마지막 인사를 해요." 이렇게 말하고 사라는 다시 울기 시작했다.

"마음껏 울고, 준비가 되면 말해주세요."

"떠나려니 너무 힘들어요." 사라가 한숨을 쉬며 말했다. 그리고 몇 분 후 "이제 괜찮아요"라고 했다.

"이제 육체를 완전히 떠나 '집'으로 돌아가는 여정을 시작할 겁니다. 그 전에 지구에서 더 마무리하고 싶은 일이 있나요?" 내가 궁금해서 물었다.

"남편과 관련해서 해결하고 싶은 일이 있어요."

"그럼 지금 그에게로 가세요. 남편에게 갈 수 있어요. 하고 싶은 일이 뭔가요?"

"남편에게 그가 나를 사랑해 준 것처럼 나도 그를 온전히 사랑해 주지 못해서…… 마음만큼 사랑해 주지 못해서 미안하다고 말하고 싶어요. 그리고 나에게 그런 삶을 선물해 줘서 고맙다고, 그를 정말로 많이 아주 많이 사랑한다고 말하고 싶어요. 육체적으로 그를 거부했던 것, 그가 나에게 주고 싶어 한 쾌감을 내가 받아들일 수 없었던 게 미안하다고 말하고 싶어요."

전생 장면들을 묘사할 때 전혀 언급되지 않은 내용이었지만 나는 지금 사라가 하는 말이 얼마나 중요한 문제인지 금방 알 수 있었다. 나는 사라에게 영혼의 몸으로 그 전생의 남편에게로 갈 것을 재촉했다. 몇 분 지나지 않아 사라가 말했다.

"그를 찾았어요."

"당신은 그와 텔레파시로 소통할 수 있어요. 이제 그에게로 가서 당신이 방금 나에게 한 말을 전하세요. 서두를 것 없으니 필요한 만큼 충분히 시간을 갖고요." 내가 안내했다.

"남편은 케빈Kevin이에요." 전생의 남편을 보더니 갑자기 깨달은 듯 사라가 말했다. "케빈은 이번 생에서 내가 어릴 때 데이트했던 남자예요."

"그에게 하고 싶은 말을 다 하세요. 그리고 세션을 계속할 준비가 되면 말해주고요."

잠시 후 사라가 말했다. "이제 떠날 준비가 됐어요."

나는 사라를 안내해 지구 차원 바깥의 비물질의 '집'으로 돌아가게 했다. 사라가 자신 위로 밝은 빛이 보인다고 하자 나는 그 빛 속으로 들어가도록 용기를 북돋았다.

"제일 먼저 보이는 건 파랑과 분홍이 섞인 파스텔 풍의 구름들이에요." 사라가 말했다. "나는 둥근 지붕을 기둥들이 받치고 있는 건물 쪽으로 움직이고 있어요. 건물 앞으로는 작은 (도시) 광장이 있어요. 거기서 몇 사람이 나를 기다리고 있어요. 할머니하고 아버지예요." 이 대목에서 사라가 울음을 터트렸다. "짐 삼촌하고 어머니도 있어요. 어머니는 정말 행복해해요. 내가 정말 보고 싶었는지 기뻐서 팔짝팔짝 뛰며 어쩔 줄을 몰라 하시네요. 작은 요정 같아요. 정말 얼마 만인지 모르겠어요! 이렇게 모두 만나 이야기를 나누게 된 것이요. 짐 삼촌도 활짝 웃고 있어요. 특히 할머니는 나에게 매우 중요한 사람이에요."

나는 사라에게, 그렇게 와준 가족들에게 고맙다는 말과 함께 그들에 대한 사랑의 마음을 표현하고 그들도 그녀에 대한 사랑을 마음껏 표현하도록 두면서 가족들과의 사적인 순간을 즐기라고 했다. 사라가 그렇게 하는 동안 침묵의 몇 분이 흐르고, 잠시 후 사라는 가족들이 하는 말을 그대로 전하기 시작했다. 말을 할 때마다 누구의 말인지부터 밝히고 시작했다.

"네 아버지로 살면서 정말 즐거웠단다." 사라의 아버지가 그녀에게, 그리고 그녀를 통해 말했다. "특히 네가 어렸을 때 너와 놀거나 네가 커가는 모습을 보는 게 정말 좋았단다. 너는 에너지 넘치고 똑똑하고 엉뚱한 아이였지. 그리고 요구 사항도 참 많았어."

"걸음마를 배우기 시작할 때 네 오빠들한테 동전을 쥐어주면서 널 도와주라고 했었어." 사라의 어머니도 거들었다. "너는 오빠들 손을 붙잡고는 걷고 또 걷고 또 걸었지. 오빠들이 지루해하며 그만하려고 하면 너는 막 소리를 질러댔어." 이렇게 말하며 어머니가 크게 웃었다. "그럼 내가 또 동전을 쥐어줘. 그러면 오빠들이 다시 네 손을 잡고 걸어줬어. 너는 어릴 때부터 구도자 같았어. 너를 데리고 다니는 게 얼마나 즐거웠는지 몰라. 나는 어디를 가든 널 데리고 다니려고 했어. 네가 뭐든 하려고 애쓰는 모습을 지켜보는 게 좋았지." 어머니의 말을 전하면서 사라가 낮게 흐느꼈다.

"사라, 아까 하필이면 왜 그 전생을 보게 되었는지 물어보세요." 내가 말했다.

"그 전생이 이번 생과 관계가 있기 때문이란다." 사라의 할머니가 말했다. "너를 강간했던 그 덩치 큰 남자는 지금 너의 생에서도 어릴 때 너를 오랫동안 욕보였고, 그래서 넌 혼란스러워했지. 네 인생에서 너무 큰 일이었으니까, 너는 그게 결국 네 책임이라고 생각했어. 그리고 죄책감을 느꼈지. 그래서 아무한테도 말하지 않았던 거야. 그 전생을 보는 게 너에게는 중요했어. 그건 그 남자가 너에게 한 일이 잘못된 일이라는 것, 너의 책임이 아니라는 것, 그리고 네가 벌인 일이 아니라 그가 벌인 일이라는 것을 그 전생에서는 더 똑똑히 볼 수 있기 때문이란다. 그 전생과 닮은 너의 성격과 외모가—심지어 네가 참 어렸음에도—오빠로 하여금 다시 그런 행동을 하게 만들었지. 하지만 너의 빛은 너의 빛이고, 누구도 그 빛을 끌 수는 없단다." 이 말에 사라는 더 크게 흐느꼈다. 나는 그녀가 잠시 울게 놔두었다.

"사라, 가족들에게 당신 오빠가 이번 생에서 어떤 숙제를 갖고 있는지 물어볼래요?" 내가 제안했다.

"네 오빠는 자기 자신과 자신의 행동에 책임지는 법을 배우고 있단다. 자기 내면에 있는 더 높은 충동에 접촉하는 법을 배우고 있어. 지금도 한창 씨름하고 있지." 사라의 아버지가 대답했다.

"그런 학대 상황을 불러낸 끈이 이제 끊어지고 있어. 그 끈은 네 오빠 쪽이 더 원했던 거야. 오빠는 너에게 집착해 왔어. 너는 그런 오빠에게 만회의 기회를 주고 싶었지." 사라의 삼촌도 거들었다.

여기서 큰 사실 하나가 드러났다. 사라는 이번 생의 오빠 영혼에 대한 크나큰 사랑과 봉사하고픈 마음에 탄생 전 계획의 일부로 근친상간의 가능성을 받아들이고 그것에 동의했던 것이다. 우리 영혼은 종종 동료 영혼이 필요로 하는 성장의 기회를 주기 위해 이런 위험을 기꺼이 감수한다.

이제 사라의 가족은 그 전생에서 사라가 남편과 성관계를 자주 갖지 못한 것뿐 아니라 그 남편의 동생—그가 이번 생에 그녀의 남편 짐으로 다시 태어났다—에게 더 끌린 것에 죄책감을 느꼈다는 사실을 한 목소리로 전했다. 그 죄책감의 에너지가 생과 생을 그대로 넘어왔고, 지금도 사라로 하여금 짐과 육체적으로 친밀한 관계를 맺지 못하게 방해하고 있다고 했다.

"사라, 당신과 짐이 섹스와 관련해 구체적으로 어떤 계획을 짰고 왜 그런 계획을 짰는지 물어보세요." 내가 제안했다. 그때 사라가 짐의 영혼이 거기에 있으며 자신을 통해 말하려 한다고 알렸다.

"짐과 사라는 둘 다 사랑과 섹스를 하나로 통합하기를 원했어요." 짐의 영혼이 말했다. "하지만 지금 둘 다 겁을 먹고 있어요. 거부당할까봐요. 짐은 사라를 사랑해요. 아직은 부분적이긴 하지만 마침내 자신이 사라를 사랑한다는 걸 느끼면서 그걸 일상적으로 표현할 만큼 편안해졌어요."

"사라와 짐은 태어나기 전에 이처럼 성관계를 갖지 않는 기간을 보내게 되리란 걸 알았나요?" 내가 물었다.

"물론이요." 짐의 영혼이 대답했다. "이번 생에서 짐은 단순한 욕정이 아닌 사랑에 의한 섹스를 이해하고 싶은 거예요. 그리고 사랑이 무엇인지도 분명히 알고 싶고요. 사라와 짐은 둘 다 이성異性이 보내는 사랑에 대한 불신이 있었죠. 이것은 둘에게 많은 생에 걸친 주제였어요. 둘은 다른 성性을 조종하는 데 능했어요. 그리고 늘 상대를 매우 힘들게 했지요. 이 둘은 섹스 없이도 깊이 사랑할 수 있고 결혼생활도 유지할 수 있다는 걸 배울 필요가 있었어요. 그래야 사랑과 이 사랑에서 나오는 성적 표현을 온전히 통합할 수 있으니까요."

나는 짐의 영혼에게 사라와 짐이 그것을 완전히 다 배웠는지, 더 배울 게 있는지 물었다. 짐의 영혼이 대답했다.

"좀 더 정직하면 좋겠어요. 서로에게 정직하지 않다는 말은 아니고, 이 둘 정도라면 서로에게 훨씬 더 솔직해질 수 있으니까요. 그러니까 이제 그만 서로에게 마음을 활짝 열고 더 많은 걸 나누는 일이 남았네요. 그냥 단순히 '이제부터 완전히 솔직해질 거야'가 아니라, '이제부터 경계를 다 치워버리겠어. 두렵지만 내 마음을 완전히 열어 보이고 싶은 상대가 바로 이 사람임을 절대 잊지 않을 거야'라고 다짐해 보라는 겁니다. 이것은 생각하고 느끼는 것을 그냥 말하는 것과는 달라요. 이런 다짐을 하는 것은 서로를 깊이 그리고 변함없이 신뢰한다는 뜻이고 일말의 의구심도 갖지 않는다는 뜻입니다. 아직 그 정도는 아니거든요."

"사라와 짐은 어떻게 해야 서로에게 모든 걸 보여주고 또 서로를 절대적으로 신뢰할 수 있을까요?" 나는 궁금했다.

"진정으로 마음을 열 수 있을 때까지 서로 경계를 조금씩 허물어가야 해요. 두려워도 사랑을 향해 나아가야 해요. 아무리 무서워도 가장 사랑스러운 행동이 무언지 생각하고 또 그 행동을 해야 하고요. 짐은 이번 생에서 깊이 사랑하고 또 깊이 사랑받고 싶어 합니다." 짐의 영혼이 조언했다.

"요약하면 사라와 짐이 서로 마음을 더 활짝 열지 못하고, 더 친밀해지지 못하고, 또 성생활을 더 적극적으로 하지 못하는 이유가 둘 다 상대를 실망시킬까봐 두려워하는 것뿐만 아니라 사라가 에너지적으로 아직도 가지고 있는 그 죄책감 때문인가요?" 내가 물었다.

"그렇습니다." 짐의 영혼이 대답했다.

"두려움에서 행동하는지 사랑에서 행동하는지 아는 것이 관계에서 중요해요." 사라의 할머니가 덧붙였다. "두려움을 느낀다면 그냥 잠시 내려놓고 자신에게 이렇게 물어봐요. '지금 할 수 있는 사랑의 행동이 뭐지?'라고요. 그리고 그걸 하는 거예요. 결혼 생활에 규칙 같은 건 없어요. 어때야 한다거나 어떻게 하면 좋을 것 같은 건 없어요. 오직 사랑만 있죠. 그러니까 사랑이 당신의 길잡이가 되게 하세요. 섹스를 하지 않는 것이 불안할 때는, 당신 자신에게나 남편에게 훨씬 더 사랑스런 마음으로 대할 때라는 걸 기억하세요. 그렇게 의도적으로 훨씬 더 사랑을 담아 생각하는 훈련을 한다면 분명 도움이 될 겁니다."

"사라, 사랑과 섹스와 관련해 당신과 짐의 탄생 전 계획에 대해 가족들이 더 해줄 말이 있을까요?" 내가 물었다.

"짐은 이 관계가 사라에게 너무 중요해서 사라가 결코 포기하지 않을 거라고 믿었어요." 사라의 가족이 한 목소리로 말했다. "짐은 둘이 일단 만나고 나면 사라가 절대 포기하지 않으리란 걸 알았어요. 그녀가 짐을 찾기를 포기하지 않으리란 것도 알았고요. 둘은 만나기까지 오래 걸릴 줄 알았지만 그래도 괜찮았어요. 왜냐하면 둘 다 거쳐야 하는 다른 관계들이 많았고, 이번 생에서 너무 일찍 만나도 좋지 않다는 걸 알았기 때문이죠. 둘은 서로 만나기 전에 다른 사람들을 통해 충분히 경험하고 배워야 할 것들이 있었어요. 그 다음 만나서 궁극의 배움을 얻고 싶었죠."

"궁극의 배움이라면요?" 내가 물었다.

"자신의 가치를 느낄 만큼 충분히 자신을 사랑하고, 그 결과 두려움 없이 서로를 대하게 되는 겁니다."

"내가 진짜로 화가 나거나 상처받을 때는 내가 나를 진심으로 사랑하지 않을 때뿐이란 걸 이제 알았어요." 사라가 이제 자기 자신이 되어 말했다.

"이것은 아주 큰 깨달음이에요. 짐이 경솔하다면 그건 짐이 그런 거예요. 내가 상처받기를 선택한다면 그건 내가 그런 거고요."

나는 사라의 가족에게 사라와 짐이 사랑과 섹스에 대해 더 배워야 할 것이 있는지 물었다.

"둘은 사랑이 지닌 슬픔과 기쁨, 깊이, 고유의 아름다움, 창조력 등 사랑의 모든 것을 표현하는 법을 배우고 싶을 겁니다. 이것들이 곧 사랑이니까요. 사라와 짐은 무엇보다 사랑의 창조력을 영Spirit에서 육체 차원으로 끌어와 자신을 치유하고 서로를 치유하며, 나아가 그 힘을 그들이 아직 상상해 본 적 없는 창조적인 방식으로 세상에 베풀기 위해서 함께 있는 거예요." 사라의 할머니가 대답했다.

우리가 주의를 집중하는 것은 더욱 커지게 되어 있다. 이것이 삶의 법칙이다. 거기에 사랑까지 더한다면 우리는 우리의 주의 집중에 신神의 변형력까지 더하는 셈이다. 주의 집중과 사랑의 결합은 모든 것을 축복하고 고양시킨다. 사라와 짐은 그들의 관계를 통해 그 힘, 즉 태어나기 전에는 알았지만 잊어버리기로 선택했던 창조와 변형의 힘을 기억하는 과정에 있었다. 그 힘을 기억하면서 그들은 사랑의 힘도 더 깊이 알게 되었다. 일시적으로 잊어버리지 않았다면 그렇게 더 깊이 알 수는 없었을 것이다.

"상대를 진정으로 편안하게 해준다는 건 뭘까요? 그러려면 필요한 게 무엇이고요?" 내가 사라의 가족에게 물었다.

"상대를 믿어주고, 상대가 궁극적으로 아름답고 가치 있고 선한 존재임을 거울처럼 되비쳐주는 것, 다 괜찮고 언제나 다 괜찮을 것임을 알게 해주는 것이 무엇보다 중요해요. 그리고 육체적인 접촉도 매우 중요합니다. 사랑의 창조력을 모두 당신 두 팔에 끌어 모은 다음 그 팔로 상대를 안아주세요."

"사랑하는 사람과의 사이에서 섹스의 역할이 뭔가요? 어떤 관점에서 봐야 이것을 가장 잘 보는 것일까요? 우리는 애초에 왜 섹스하는 존재로 태어난 걸까요?" 내가 물었다.

이때 사라가 자신의 영혼이 그곳에 있고 자신을 통해 말하려 한다고 알려왔다.

"섹스의 주된 역할은 당신이 영Spirit임을 상기시키고, 끊임없이 확장하는 창조의 경험 자체를 함께 나누는 것입니다. '존재하는 모든 것'은 '사랑Love'이며, 인간의 사랑은 '존재하는 모든 것All There Is'의 일부일 뿐입니다. 그 외에 다른 것은 없어요. 그러니 육체 안에 있을 때 창조의 근원과 접촉하고 싶은 것은 자연스러운 일입니다. 창조의 근원이 바로 사랑이기 때문에, 두 영혼이 몸을 가지고 살다가 만나 서로를 알아보고 하나가 되면 사랑의 불꽃이 튀게 되죠. 그리고 나방처럼 그 불꽃을 따라가다가 결국 창조에 접하는 지점까지 이르게 되고요. 여러분은 창조의 끝부분을 접어 올리고, 삶이 시작하는 자리, 즉 보이지 않는 것이 막 보이는 존재가 되려는 그 자리에서 다시 삶을 경험하는 겁니다. 그러므로 섹스의 목적은 삶의 최고 목적과 정확하게 같아요. 바로 사랑을 표현하고 창조의 근원에 가 닿는 것 말이에요."

"사라, 우리가 당신과 짐 사이에 왜 성관계가 별로 없는지 처음 물었을 때, 서로 간에 어떤 규칙이나 이러저러해야 한다는 것이 없다는 대답을 들었죠. 여기 영혼들이 그 점에 대해 더 부연할 게 있을까요?" 내가 물었다.

"네, 그건 아주 중요한 문제에요." 사라의 할머니가 대답했다. "당신 인생이나 당신 자신한테서, 또는 타인들한테서 당신이 꿈꾸는 판타지를 충족할 수 있을 거라는 기대감으로 결혼하지 않는 거 말이에요. 그보다는 순간순간을 사랑하면서 사세요. 존재하는 것은 오직 사랑뿐이므로, 모든 순간은 사랑이 표현된 것이거나 아니면 (상대적으로) 사랑이 표현되지 않은 것 둘 중의 하나입니다."

"성적인sexual 자아에 다가가 그 자아를 받아들이는 것도 영과 접촉하는 한 가지 방법이에요." 사라의 아버지가 덧붙였다. "영은 사랑이고, 세상은 물질적이죠. 그러니 물질 세상에서는 육체적 사랑, 즉

성적 욕구를 표현하는 데서 사랑이 완전히 표현된답니다."

"이제 세션을 마칠 시간이 다 된 것 같군요. 이곳에 있는 모두에게 오늘 사랑과 지혜를 아낌없이 나눠준 것에 감사하고, 그들도 당신에게 사랑과 감사를 표현하도록 하면서 개인적인 시간을 가지세요. 시간은 충분해요. 그리고 준비가 되면 말해주고요." 내가 사라에게 말했다.

"모두들 볼 수 있어서 정말 기뻤어요." 사라가 가족들에게 말했다. 그리고 그녀가 조용히 흐느끼는 소리가 들려서 나는 잠시 말없이 기다렸다. "나를 위해 여기 와줘서 고마워요. 이제 됐습니다."

"그들과 헤어지기 전에 물질적 · 감정적 · 정신적 · 영적인 모든 차원에서 에너지 치유를 부탁해 보세요. 그리고 무슨 일이 일어나는지 나에게 말해주시고요."

"넷 모두 이제 마치 빛의 존재처럼 보여요." 사라가 말했다. "그리고 위로 올라가요. 빛의 폭포가 되고 있어요. 이들 네 존재가 내 몸을 둘러싸고 나에게 그 빛을 쏟아줘요. 나를 둘러싸고 총알 모양의 캡슐을 만들고 있어요. 내 가슴이 열리고 그 빛을 받아들여요. 그들이 서로 다시 만난 것, 나를 다시 만난 것에 대한 그들의 기쁨과 유머, 그리고 사랑이 느껴져요. 어머니와 아버지가 느껴져요. 두 분 모두 아주 행복해하세요. 내 부모였을 때처럼 서로가 서로의 일부예요. 부모님 각각 별개의 존재이면서도 서로가 하나이고 나하고도 하나임이 동시에 느껴져요. 이 모든 걸 느끼고 알 수 있어서 정말 기쁩니다."

이제 치유가 끝났으므로 나는 사라에게 오늘 경험한 것을 모두 기억하라고 말하고, 트랜스 상태에서 천천히 깨어나도록 안내했다. 그리고 그녀가 현실로 완전히 돌아올 때까지 잠시 기다렸다.

"롭, 나 돌아왔어요." 사라가 자신의 상태를 알려왔다.

"그래 어땠나요?"

"몇 번 그런 생각이 들었어요. 줄곧 내 안에 있었지만 그동안 알아차리지 못하던 새롭고 진보된 정보를 받고 있다는 생각이요."

"왜 그런 생각이 들었을까요?"

"뭔가 다른 것과 합쳐지는 것 같았어요. 부분적으로는 이해가 가기도 했지만, 그건 내 이해를 넘어선 것이었어요. 대단한 감정들이 몰려와서 세션 내내 많이 울었네요." 사라가 웃으며 말했다. "우는 것처럼 보이지 않을 때도 눈물이 계속 흐르더라고요. 롭, 당신이 처음에 기도할 때부터 뭔가 펑! 하고 터지는 것 같았어요. 그러더니 그들이 갑자기 거기에 있었죠. 마치 쇼의 마지막까지 기다릴 수 없다며 문을 뻥 차고 들어온 것처럼요. 마침내 정말 위안이 되는 존재들을 만난 것 같았어요. 짐이 날 위로하지 않는다는 게 아니라, 나를 완전히 이해하고 몹시도 도와주고 싶어 하는 존재들이 함께해 준다는 느낌이랄까요?"

나는 사라에게 이 경험에서 가장 크게 얻은 것이 무엇 같은지 물었다.

"내 인생과 내 결혼 생활이 왜 이런지 진짜 이유를 알게 됐어요. 이게 가장 큰 것 같아요. 그리고 온전한 사랑을 만끽하기 위해 섹스 없이 살아야 하는 기간이 있을 필요가 있다는 걸 알게 된 것도요. 나와 만나기 전의 짐은 대체로 사랑보다는 섹스가 전부인 관계들 속에 있었죠. 아마도 짐이 정말로 사랑에 빠진 사람도 내가 처음이었을 거예요."

"사라, 오늘 일로 사랑하는 사람과의 사이에서 섹스가 하는 역할에 대해 생각이 달라진 게 있나요?"

"네 아주 많이요. 나는 창조의 최초 근원이 물질적 형태로 드러나는 문제에 대해서는 사실 제대로 생각해 본 적이 없었어요. 그러니까 사랑하는 사람과의 섹스는 비물질적 근원의 창조적인 사랑을 보이는 물질적 사랑으로 바꾸는 거잖아요. 그 '거리'야말로 우리가 갈 수 있는 가장 먼 거리고요! 그 거리를 주파한 후 육체적으로 사랑을 표현하는 행위는 실제로 매우 영적인 일이에요. 나도 그렇다고 말은 늘 해왔지만 정말로 그걸 이해하거나 느껴본 적은 없었거든요. 이제 비로소 이해하고 느껴요. 더 깊이 들어간 느낌이에요. 무엇보다 내 인생을 볼 때 정말 맞는 면이 있는 것 같으니까요."

"앞으로 짐과의 관계가 어떻게 달라질 것 같나요?"

"이제 더 많이 이해하고 확신하게 되었으니 그만큼 더 편해지겠죠. 지금 이대로도 정말 괜찮다는 확신도 새삼 들고요."

"이 세션으로 더 느낀 것이 있다면요?"

"그 전생에서 강간당하는 동안 나는 쾌감을 느꼈어요. 그게 (그 전생 내내) 나를 아주 혼란스럽게 했죠. 섹스가 뭔지 몰랐던 나를 그 남자가 강간했는데, 고통스럽고 두려우면서도 그 속에 쾌감도 있었죠. 그 때문에 나는 후에 남편과의 섹스를 늘 주저하게 되었어요. 하지만 동시에 그 생에서 스스로에게 절대 허락하지 않았던 그 (쾌감의) 느낌을 평생 원하면서 살았죠. 내 생각에 나는 그런 전생의 경험을 지금 짐과의 관계를 통해 극복 중인 것 같아요. 마침내 쾌감 없는 사랑도 사랑 없는 쾌감도 아닌 사랑과 쾌감을 모두 느낄 수 있게 말이에요. 나는 사랑과 쾌감을 함께 느끼려고 노력 중이에요."

"오늘 배운 것이 앞으로 도움이 될 것 같나요?"

"네, 그럴 거예요. 분명."

파멜라, 예수아와 함께한 사라의 세션

생과 생 사이로의 영혼 퇴행으로 우리는 사라의 탄생 전 계획에 관한 많은 통찰을 얻을 수 있었다. 사라와 나는 그 외 무엇을 더 배울 수 있을지 보기 위해 파멜라, 예수아와도 대화해 보기로 했다.

"질문 하나로 시작해 볼게요." 내가 말문을 열었다. "사라와 짐은 태어나기 전에 성생활을 거의 하지 않는 부부 관계를 혹은 그럴 가능성을 계획했나요? 좀 더 일반화해서 묻자면 커플들이 더러 이런 상황을 계획하기도 하나요? 만약 그렇다면 그 이유는 뭔가요?"

파멜라가 예수아에게 집중하기 위해 눈을 감았다. 그와 함께 파멜라, 나, 사라 모두 잠시 침묵에 잠겼다. 늘 그렇듯 나는 예수아가 나타나기를 고대했다.

"당신은 내면에 사랑이 많은 사람이에요." 예수아가 파멜라를 통해 사라에게 말하기 시작했다. "당신 가슴에서 아주 큰 빛이 나오고 있어요. 하지만 당신은 아직 그 빛의 의미를 잘 알지 못해요. 특히 당신은 늘 그 빛으로 다른 사람들을 보살피려 하는데, 그로 인해 당신의 중심 경계들이 뚫리기도 해요. 그럼 당신은 자신의 필요와 욕구를 온전히 채워줄 수 없어 불안정해져요. 무엇보다 당신 자신으로 돌아가 흔들림 없이 굳건해져야 해요. 관계에 있어서도 마찬가지입니다. 현재 당신과 짐의 에너지가 조금 복잡하게 엉켜 있어요. 당신은 깊은 사랑과 연민으로 짐을 보살피고 싶지만, 때로는 그런 사랑도 상대에게는 지나친 부담이 될 수 있어요. 그러면 문제가 생기죠. 어때요, 그렇지 않은가요?"

"네, 맞아요. 나는 짐의 말에 복종해 버릴 때가 많아요. 불화하는 것보다는 나으니까요. 사실 너무 순종적이죠. 짐을 위해 내가 원하는 많은 것을 포기하는 편이에요." 사라가 인정했다.

"그걸 단순히 복종이라고만 볼 수는 없을 것 같아요." 예수아가 요점을 분명히 하며 말했다. "당신 안에 외로움에 대한 두려움이 있어요. 그 두려움이 당신을 조종해요. 자신이 실은 복종적인 사람이 아닌 척 행동하지만, 혼자가 되는 게 두려우니까 여전히 복종하죠."

"그리고 그 외로움은 사실 당신만의 삶을 받아들이는 것과도 관계가 있어요." 파멜라가 덧붙였다. "당신은 당신 고유의 빛, 다시 말해 당신 고유의 창조력과 당신 고유의 남성적 에너지를 두려워해요."

"맞아요. 내 힘을 어떻게 받아들여야 할지 모르겠어요." 사라가 인정했다.

"이것은 여성의 집단 의식에 깊이 각인되어 있는 문제이기도 해요." 예수아가 말을 이었다. "여성의 경우 다른 사람들, 특히 남성의 요구에 봉사하고 그들을 보살펴야 한다는 생각이 너무 강해서 이것이 여성 정체성의 일부가 되었죠. 이해하고 공감하는 사람으로 역할하면서, 극히 예민한 상태로 늘 다른 사람의 에너지를 흡수하기만 하다 보면 자신만의 힘과 자율성을 받아들이기가 쉽지 않아요.

성 에너지는 생명 에너지예요. 기본적으로 섹스는 생명입니다. 매우 창조적인 에너지예요. 단지 육체적인 섹스를 하면서 느낄 수 있는 정도가 아니죠. 성 에너지는 훨씬 더 넓고 더 큰 개념입니다. 그것은 갱신하고 독창성을 가미하며 뭔가 새로운 것을 창조하는 것을 의미해요. 두 사람이 만나 서로에게 끌립니다. 그럴 때마다 탐구하고 싶고 발견하고 싶은 게 생기고, 마치 자석이 서로를 끌어당기는 듯한 느낌을 받죠. 육체적 감각에 대한 욕구도 강렬하지만 서로를 알아가고 싶은 마음도 그만큼 강렬해요. 그리고 그렇게 서로를 알아가면서 둘은 성장합니다. 그러므로 관계를 맺는 과정은 매우 심오한 창조 과정이에요. 이것이 실은 깊은 수준에서의 성性의 역할입니다.

사라, 당신은 더 깊은 수준 혹은 영혼의 수준에서 자신과 짐이 나란히 걷고 있지 않다고 느끼고 있어요. 당신 둘은 서로 다른 길 위에 있어요. 하지만 서로를 사랑하죠. 그래서 함께하고 싶어 해요. 하지만 둘 다 자기만의 문제에 대면할 필요가 있어요. 모든 걸 공유할 수는 없답니다.

서로를 향한 끌림과 친밀감이 점점 사라지는 것 같다면 내면을 살펴야 합니다. 끌림과 친밀감이 사라지거나 줄어드는 데에는 두 가지 이유가 있어요. 하나는 한쪽 혹은 양쪽 모두 자신만의 그림자와 대면하기를 두려워하기 때문입니다. 친밀한 관계에 있다 보면 그림자가 드러날 수밖에 없지요. 솔직하고 정직하게 자신의 그림자에 대면할 수 없다면, 한쪽 혹은 양쪽 모두 마음의 문을 닫게 되고 솔직하고 생기 넘치는 소통도 더는 할 수 없게 됩니다. 그럼 매일 똑같은 날을 습관적으로 마지못해 살아가게 되죠. 물론 그렇게 살 수도 있지만, 새로울 것 하나도 없는 인생이 되겠죠.

끌림과 친밀감이 사라지거나 줄어드는 중요한 이유가 하나 더 있어요. 지구에서 두 영혼이 만납니다. 그리고 둘은 뭔가 특별한 것을 나누죠. 더 깊은 수준에서 특정 문제들을 대면하도록 서로를 격려하고, 그 과정에서 창조의 기쁨도 느껴요. 하지만 이런 만남이나 관계가 예컨대 30년 결혼 생활 같은 것으로 모두 다 이어지는 것은 아닙니다. 때로 둘을 하나로 묶어주던 동력이 사라지면서 관계가 끝날 수도 있어요. 이것은 자연스러운 일이에요. 사람들은 이걸 실패라고 여기지만, 영혼의 관점에서 보면 꼭 그런 것은 아닙니다."

예수아의 이 말은 인간 세상에서는 보이는 것이 다가 아니란 걸 다시 한 번 실감하게 했다. 인간이 실패로 인식하는 것을 영혼은 성장의 완성으로 보는 경우가 흔히 있다.

"사라, 당신은 자신의 힘을 알기 때문에 주춤하는 거예요." 예수아가 덧붙였다. "당신이 자신의 빛과 지혜를 완전히 다 보여주면 그가 떠나버릴 거라고 느끼지요. 그걸 수줍음이나 겸손함으로 볼 수도 있겠지만, 그것은 막는다고 막을 수 있는 게 아니에요. 당신의 진정한 자아를 보여주어야 해요. 그를 보호하고 싶어서 그러는 걸지 몰라도, 한편으로는 그래서 불만이 쌓여가고 당신은 또 그 불만을 억누르게 돼요."

나는 이제 파멜라와 예수아에게 섹스와 관련해 사라와 짐이 구체적으로 어떤 계획을 했는지 물었다. 예수아가 잠시 물러나고 파멜라가 사라의 전생들에 접근하는 동안 우리는 가만히 기다렸다.

"당신과 짐이 서로 알고 지내던 전생이 하나 보여요." 파멜라가 사라에게 말했다. "짐이 당신 아버지였어요. 당신을 아주 사랑했네요. 당신은 아주 내성적인 아이였어요. 몽상을 좋아하고 내면이 풍부했지만, 표현은 잘 안 했죠. 부끄러움을 많이 타고 내향적이었어요.

짐은 늘 당신을 격려했어요. 당신에 비하면 짐은 활달한 성격으로, 말하자면 세상과 더 많이 소통했지요. 하지만 점점 더 당신에게 집착했어요. 당신은 짐 인생의 꽃이었고 중요했죠. 하지만 후에 당신은 그런 부녀 관계가 감옥 같다고 느꼈고, 그래서 젊었을 때 그런 관계에서 벗어나려고도 했어요. 그런데 그러자 참 따뜻하고 사랑만 주던 아버지가 당신을 지나치게 보호하고 지배하려 들면서 당신을 자기 품 안에만 가둬두려고 했죠.

당신은 아버지를 떠났어요. 다른 남자가 당신 인생에 들어왔죠. 아버지는 그를 조금도 좋아하지 않았고요. 질투를 느꼈고, 매사에 비판적이었죠. 당신은 양쪽에서 어쩔 줄 몰라 했습니다. 아버지에 대한 의리를 지켜야 한다는 압박이 있었던 거죠.

이 전생에서 당신은 글을 쓰고 싶었어요. 당신은 더 높은 에너지의 안내에 강하게 연결되어 있었어요. 그래서 그 에너지가 주는 정보와 지혜를 받아쓰려고 했지요. 이것은 예수아가 당신의 빛이라고 언급한 것과 아주 깊은 관련이 있어요. 그 빛은 또 사회에 새로운 의식을 가져오고자 하는 당신의 열망과도 관련되죠. 이 일을 그 생에서 했지만 쉽지는 않았죠. 아버지와 문제가 생겼거든요.

그 생의 초기에 당신은 겁 많고 내성적이고 민감한 소녀처럼 보였지만, 그 민감함에는 커다란 잠재성을 들어 있었어요. 내면에 강한 비전vision들을 갖고 있었으니까요. 나중에 당신은 그 비전들을 표현하고 싶었어요. 하지만 그런 당신에게서 낯선 딸의 모습을 본 아버지가 당신을 도와주지 않았죠. 그 결과 당신은 아버지에 대한 복잡한 감정을 갖고 그 생을 마치게 되었고요. 당신은 아버지를 늘 사랑했고 아버지와 잘 지내고 싶었지만, 아버지는 자기를 떠났다는 이유로 당신을 계속 비난했죠."

"듣고 보니 모든 게 딱 들어맞는 것 같네요." 사라가 확신에 찬 어투로 말했다. "이번 생에서도 짐은 나에게 늘 조언을 해주죠. 마치 내가 혼자서는 아무것도 제대로 할 수 없는 사람인 것처럼요."

"내 생각에 짐은 당신이 혼자서 아주 잘할 수 있다는 걸 누구보다도 잘 알고 있는 것 같아요." 파멜라가 말했다. "다만 자기가 없어도 된다는 걸 당신이 알면 어쩌나 하고 두려워하는 것 같네요. 버려지고 혼자가 될까봐 두려워하는 짐이 느껴져요."

"하지만 그런 두려움을 갖기는 나도 마찬가지예요." 사라가 말했다. "그는 내가 자신을 버릴까봐 두렵고, 나는 그 없이 혼자 될까봐 두렵고."

이때 예수아가 다시 파멜라를 통해 말을 해왔다.

"당신 영혼은 이번 생에서 그를 다시 만나고 싶어 했어요. 처음에는 서로에게 따뜻하고 다정하게 대하고 소속감도 줬어요. 그러다 점점 옛날의 패턴 속으로 빠져들었죠. 전생에서 문제가 다 해결되지 못했을 때 종종 일어나는 일입니다. 당신이 그 문제를 해결하고 싶어 하기에 반복되는 일이죠. 여기서 '해결한다'는 것은 혼자 힘으로 해결하는 것을 말해요. 모든 것을 함께 해결할 수는 없어요. 당신한테는 당신만의 길이 있죠. 당신 영혼은 이번 생에서 자신만의 고유한 빛을 드러내기를 원합니다.

당신 영혼은 또한 당신이 사람들에게 정면으로 맞서고, 인습적으로 행동하지 않고, 사람들이 두려워하거나 참고 피하는 것들을 용감하게 발언할 수 있기를 바라죠. 이것이 당신 영혼이 원하는 것입니다. 그리고 여성들에게 복종을 강요하는 문화에서 벗어나는 것도요."

"정말 흥미롭게도 짐과 나는 '여성의 권한 획득과 젠더 이해'라는 프로그램에 관여하고 있어요." 사라가 대답했다. "회사에서 우리가 시작한 프로그램이지요. 이 프로그램을 통해 남녀를 모아놓고 젠더 문제를 주제로 강의를 한답니다. 나는 온전히 나 자신으로 살려고, 무엇보다도 항상 짐이 주도하게 두는 패턴에서 벗어나려고 노력하고 있어요. 그렇게 해서 이번 생에서는 여태까지와는 반대되는 쪽에 가보려고요. 하지만 조심하면서 부드럽게 접근할 필요가 있죠. 안 그러면 짐은, 종종 그랬듯이 내가 자신에게 맞서려 한다고 오해하거든요."

"지금 당신은 자신에게 완전히 솔직하지는 않아요." 예수아가 지적했다. "당신의 일부는 복종하고 있잖아요. 마음속 깊은 곳에 당신은 짐에 대한 어떤 판단이 있는데 싸우기 싫으니까 그렇게 판단하는 자신을 감추고 있어요. 하지만 짐은 그걸 감지하고, 그래서 불안한 겁니다. 어느 정도는 바로 그 불안 때문에 그가 좋지 않은 행동을 하거나 비판적이 되거나 당신을 지배하려고 드는 거예요. 당신은 이 근본적인 문제를 당신 스스로 해결해야 해요. 짐이 봤을 때 당신은 애매모호해요. 당신의 힘을 받아들이세요. 그 다음 무슨 일이 일어나는지 보세요. 관계에서 어떤 일이 벌어질지 통제할 수는 없지만, 영혼의 관점에서 봤을 때 당신에게 가장 중요한 임무는 그 힘, 그 빛, 그 영감을 받아들이고 자신의 진짜 모습을 표현하는 거예요. 여성에게는 힘이 없다는 집단 의식에 사로잡혀 주춤거리는 게 아니라요."

"사라, 짐과 논쟁할 때 그런 판단이 들면 화를 내게 될까봐 두렵나요?" 파멜라가 이제 자신의 억양과 말투로 말했다.

"네. 아주 많이요." 사라가 인정했다. "거의 공포에 질리죠. 내가 화를 내면 그는 곧장 '이렇게는 살 수 없어'라고 할 거예요. 아니면 '결국 서로 싸우는 결혼 생활은 이제 그만 할 거야'라고 하든지요. 짐은 벌써 여러 번 그런 식으로 말했어요. 짐은 부모가 늘 다투는 집안에서 자랐죠. 그래서 일부러 다투려고 하진 않을 거예요. 그가 날 떠나지 않으리란 것도 잘 알고요. 하지만 난 싸우는 건 절대 허용이 안 돼요. 나는 싸우지 않고 그를 이해시킬 수 있는 방법을 찾아야 돼요."

"하지만 그런 경우에 짐은 화가 나서 당신에게 제멋대로 퍼붓잖아요." 파멜라가 말했다. "그러고 나면 당신은 말다툼에 대한 당신 자신의 두려움은 물론, 그의 두려움까지 책임지죠. 모든 짐을 혼자 떠안고는 '큰소리 내지 말자'고 결심해요. 이것이 단기적으로는 도움이 될지 모르지만, 장기적으로는 그렇지 않아요. 자기 목소리를 안에 눌러두고 있으니까요." 이 말과 함께 파멜라의 의식이 물러서고 예수아가 돌아왔다.

"그냥 화를 내세요." 예수아가 조언했다.

"세상에나, 그건 나한테 너무나 무서운 일이에요." 사라가 울기 시작했다. "나는 알아요, 대부분 여자들에게 그게 얼마나 무서운 일인지를요……"

“그게 왜 그렇게 무서운 일인지 설명할 수 있겠어요?” 예수아가 부드럽게 물었다.

“혼자가 되는 것에 대한 두려움이 너무 커요. 내가 크게 화를 내면 그가 마음의 문을 닫아버릴 거예요. 늘 그래왔으니까요. 그럼 나는 혼자 외로워하겠죠. 내가 화내는 걸 그 사람은 참지 못해요.”

“그 관계에서 당신은 이미 외로워요.” 예수아가 말했다. “하지만 당신이 외로운 건 근본적으로 당신 자신, 진정한 당신, 당신의 영혼, 당신의 영감, 당신의 직관과 연결되어 있지 않기 때문이에요. 조마조마한 마음으로 평화를 유지하려 애쓰는 순간 당신은 자신과 상황에 정직하지 않은 겁니다. 이것 또한 외로움을 부르고, 이거야말로 실제로 혼자가 되는 것보다 더 안 좋은 거죠.”

“맞는 말이네요. 나는 내 진심을 말하지 못할 때는 외롭고 내 진심을 말할 때는 그와 연결되었다고 느껴요.”

“이건 용기의 문제예요.” 예수아가 사라에게 말했다. “사실 쟁점은 용기지요. 당신은 (무엇을 해야 하는지) 이미 다 알고 있잖아요.”

“정말 재밌는 게 뭔지 아세요? 내 강의에서 여성들과 함께하는 연습 중에는 ‘용기 찾기The Courage Finder’라는 것도 있다니까요.” 사라가 크게 웃으며 말했다.

“남성 지배 문화는 따져봐야 할 매우 중요한 문제예요. 하지만 여기에도 양면이 있어요.” 예수아가 말했다. “과거에 여성은 어머니와 아내 같은 역할 때문에 힘없는 존재로 길러졌죠. 자신을 공공연히 드러낼 수 없었어요. 하지만 남성도 자기 표현을 하는 데 커다란 제한을 받았지요. 남성은 일을 할 수 있었고 돈도 벌고 군대도 가고 전쟁터에도 나갈 수 있었지만, 이것은 권한이면서 동시에 의무이기도 했죠. 이러한 남성의 전형적인 역할들도 실제로 남성을 자유롭게 해주지는 못했어요. 그러니까 지배적인 성性이었다고 해서 그들이 맡은 역할들이 그들 내면의 자아 혹은 영혼에 양식이 되었다고 할 수는 없는 거죠. 남성들은 자신의 느낌, 즉 가슴과 단절된 채 살았어요. 영혼과 연결되려면 그것을 통하지 않고서는 안 되는데 말예요.

남녀 모두 그처럼 구속력이 큰 각자의 역할 때문에 엄청난 고통을 받아왔고 지금도 이는 마찬가지예요. 하지만 이제 그런 역할들에서 벗어날 때가 되었어요. 그래야만 남녀 모두 각자의 영혼의 본질에, 그 고유하고 개별적인 영혼의 에너지에 더 깊이 연결될 수 있으니까요. 전통이 정해놓은 남녀의 역할에 자신을 강하게 동일시하는 순간 당신 영혼은 자신을 표현할 수 있는 힘에 제약을 받게 됩니다. 여성이든 남성이든 이는 마찬가지예요."

"지금 이 시대가 요구하는 여성의 역할을 잘 이해할 필요가 있어요." 예수아가 이어서 말했다. "자신을 남성 중심 사회의 희생자로 보고 화내고 좌절하기만 한다면 문제를 해결하는 데 필요한 동력을 얻을 수 없어요. 남성들도 그동안 상처받기는 마찬가지였으니까요. 관계에서 자신들에게 요구하는 것이 너무 과하다 싶을 때 남성들은 마음의 문을 걸어 잠그고 감정을 차단하거나 또는 공격적으로 된다거나 불만스러워할지도 모릅니다. 그럴 때 여성들이 남성들의 집단적 에너지가 흘러온 역사를 살피고 이해하려 노력하면서 주도적인 역할을 할 수 있습니다. 이런 방식으로 여성은 젠더 사이에 치유의 다리를 놓을 수 있어요."

"그런 것이 나나 다른 사람들의 성관계에 어떤 영향을 미칠까요?" 사라가 물었다.

"서로를 성적으로 필요로 한다는 것이 영혼이 연결과 기쁨을 열망한다는 뜻이 될 겁니다." 예수아가 대답했다. "그리고 남녀에게 주어진 전통적인 역할들은 버리게 될 거고요. 성관계는 매우 개인적인 표현이자 서로 아주 친밀하게 연결되고 소통하는 일이 될 겁니다. 사실 성은 역사적으로 권력(및 권력의 남용)의 문제와 아주 깊이 얽혀 있었지요. 성에는 그래서 감정적 트라우마가 많이 결부되어 있죠. 따라서 이 영역에서는 소통이 아주 중요합니다.

그리고 여성들이 성숙해져서 희생자나 비난자 역할에서 벗어나 자신들만의 창조적 힘을 진정으로 받아들이는 것도 중요해요. 그때 여성 안에 진정한 여성 에너지가 재탄생할 것이고, 그 여성 에너지가 여성 안에 있는 남성적인 측면과 자연스럽게 통합될 겁니다. 그러므로 당신은 여성 남성 둘 다입니다. 이 자연스러운 통합이 여성들 안에서 이루어지면 여성들이 더욱 독립적 · 자율적이 되고, 남성들과의 관계에서 받는 스트레스도 훨씬 줄어들 거예요. 남성에게 기대하는 것이 훨씬 적어질 테니까요. 어떤 면에서 이것은 남성을 자유롭게 해 그들이 진정한 자신으로 살도록 해주는 것이기도 합니다. 이제 남성도 더 이상 그동안 해오던 역할을 할 필요가 없습니다. 이럴 때 남성도 여성처럼 진정한 개인으로 자유롭게 살아갈 수 있어요."

이때 내가 끼어들었다. "다시 원래의 중요한 질문으로 돌아가 보고 싶은데요, 이미 어느 정도 대답을 들은 것 같긴 하지만요. 왜 사라와 짐은 성적으로 적극적이지 않은 거죠? 이걸 태어나기 전에 계획했다면 왜 그런 건가요?"

"둘은 처음부터 강하게 끌렸어요. 서로의 영혼을 알아본 거죠." 예수아가 말했다. "둘은 전생에서 겪었던 고투와 갈등을 재연한 뒤 이번에는 좀 더 자유로워지는 쪽으로 선택을 하고 싶었어요. 사라, 당신 영혼이 이 문제를 직면하고자 한 것은 아주 오래된 두려움, 즉 자기를 표현하는 것에 대한 두려움에서 자유로워지고 싶어서였어요. 특히 여성으로서 자기를 표현하는 것에 대한 두려움에서요. 그래서 이 문제에 직면하기로 계획을 세웠지요. 성적 친밀감의 문제는 사실 당신 둘의 관계가 지닌 전반적인 문제에서 부차적으로 발생한 문제랍니다. 다시 말해 이는 둘 관계의 전체적인 역학과 관련된 문제이지, 이것만 별도의 문제가 아니라는 뜻입니다.

사라, 내면으로 깊이 들어가서 한번 보세요. 지금 당신 둘 사이의 문제가 단지 일시적인 것인지, 아니면 둘 사이의 관계가 그 자연스러운 끝에 이르렀는지를요. 나는 말해줄 수가 없습니다. 당신 스스로 찾아야 하는 당신만의 과정이니까요."

"예수아, 사라와 짐이 이제 어떻게 성생활에 접근하면 좋은지 달리 더 조언해 줄 게 있나요? 성생활을 다시 활발히 하려면 어떻게 해야 할까요? 특히 자신이나 서로에 대한 판단, 서로에게 느끼는 슬픔이나 두려움을 어떻게 하면 잘 극복할 수 있을까요?" 내가 물었다.

"둘 다 진심으로 이 문제를 해결하고 싶다면 솔직해야 합니다." 예수아가 사라에게 조언했다. "그의 감정에 너무 신경 쓰지 마세요. 그의 감정에 너무 신경 쓰다 보면 자기 표현을 할 수 없고, 이것은 두 사람의 관계에 도움이 되지 않습니다. 날것의 감정이라도 솔직하게 말하세요. 그러면 그도 당신과 마찬가지인 게 보일 거예요. 문제는 섹스가 아니라 감정이에요. 감정이 섹스에 영향을 미치죠. 끌림이나 육체적 흥분은 저 혼자 까닭 없이 일어나는 게 아닙니다. 그것은 감정과 긴밀히 연결되어 있어요.

성은 너무 직접적이고 본능적인 것이라 여기에서는 아무것도 숨길 수가 없어요. 평화를 유지하기 위해 종일 감정을 억누른다면 당신의 에너지는 닫혀버립니다. 당신은 더 이상 자발적이지 않게 되죠. 둘 다 그렇게 감정을 억누르고 있다면 자발적인 섹스는 불가능해져요. 사라, 당신의 고유한 성 에너지가 그렇게 막혀 있어요. 화를 내는 것 같은 '날것의 감정' 표현을 계속 거부한다면 그 억눌린 화 속에 당신의 성 에너지도 갇히는 겁니다. 당신 안의 관능성sensuality, 불, 열정도 갇히고요. 싸우지 않기 위해 혹은 책임감 때문에나 그를 구제하기 위해 계속해서 그런 감정들을 밀어낸다면 당신 고유의 성 에너지, 다시 말해 창조 에너지도 같이 억압하는 겁니다. 성 에너지는 영혼 에너지이기도 해요. 둘은 서로 분리될 수 없습니다."

"내 성 에너지 때문에 어린 시절 큰 곤란을 겪었어요." 사라가 슬픈 목소리로 말했다.

"네, 그게 보여요." 파멜라가 이제 자신의 목소리로 말했다. 파멜라는 성폭행을 당하는 어린 사라의 에너지에 초점을 맞췄다. "당신이 마치 먹구름 같군요. 분노와 좌절의 먹구름인데, 그 먹구름을 창살들이 둘러싸고 있어요. 아주 낡은 창살들이에요. 당신은 자신이 느끼는 분노와 좌절을 표현할 수 없었어요. 하지만 지금의 짐과의 관계에 영향을 주고 있는 것은 전생에서 당신이 자신의 감정을 표현할 수 없었던 그 카르마 기억, 당신 영혼의 기억이에요. 그 기억 때문에 짐 앞에서 진정한 당신이 되기 어려운 거죠. 날것의 감정을 드러내기란 사실 어떤 상황에서나 다 어려운데, 이 카르마 역사 때문에 짐 앞에서는 특히 더 어려운 겁니다."

"이제 독자들을 위해 해줄 말이 있다면 부탁드려요. 사랑으로 맺어진 사이지만 섹스를 거의 또는 전혀 하지 않는 커플들에게 어떤 말을 해주시겠어요?" 내가 예수아에게 부탁했다.

"그 이유를 찾아보고, 아무런 판단 없이 서로에게 솔직해져 보세요." 예수아가 말했다. "성과 친밀감은 수치심, 실패감, 열등감 같은 감정들에 쉽게 휩쓸릴 수 있는 매우 민감한 주제입니다. 가장 먼저 해야 할 일은 둘 다 커다란 고통 속에 있음을 진정으로 알아주고 인정해 주기로 결심하는 것입니다.

성적인 문제는 언제나 한 사람의 에너지 전체와 관련된다는 점을 인식하세요. 성적인 문제만 따로 불쑥 생기는 게 아닙니다. 그것은 당신의 생명 에너지와 관계가 있어요. 당신 자신에게, 당신만의 진실한 에너지에 편안해지세요. 성이 그렇게나 중요한 이유는 바로 그것이 영혼의 표현이기 때문입니다.

당신의 성 에너지가 막혀 있다고 느끼는 순간—너무도 많은 사람이 이렇게 느끼죠—내면에서는 뭔가가 벌어지고 있습니다. 그 문제 속으로 둘이 같이 또 혼자서 들어가 봐야 해요. 마음을 열고 판단을 내려놓고 영혼의 수준에서 연결되는 것이 그 첫걸음입니다. 상대를 남자와 여자로만 보지 말고 그것을 뛰어넘어 서로 연결되어 보세요. 친구 사이에서 그렇듯이 인간으로서 함께 나눠보세요. 그럼 더 많은 것을 함께 나눌 수 있을 겁니다.

이 문제를 육체적인 수준에서만 보지 마세요. 일상의 수준에서 서로 어떻게 교감하는지, 서로 어떻게 말하는지, 각자의 희망과 바람, 욕구는 무엇인지를 보세요. 두 사람이 오래 함께 살다 보면 패턴이라는 게 생기고 그 패턴에 아주 익숙해지기 쉽죠. 일상이 매우 바쁘게 돌아가다 보면 수많은 일들 속에 파묻혀 지낼 수도 있고요.

관계가 습관이 되어서는 안 돼요. 습관이 되면 서로에 대한 경이驚異와 흥분, 호기심의 불꽃도 같이 꺼져버리니까요. 그러다 보면 흙먼지가 쌓이고 성적인 불꽃도 사그라들고 말죠. 그러니까 스스로에게 지금 자신이 하는 일에 정말 무슨 의미가 있는지 물어보세요.—이것은 관계만이 아니라 인생의 모든 면에서 중요해요.—당신이 하는 어떤 일에서든 당신 영혼의 불, 영혼의 열정이 당신이 가진 가장 큰 재능이니까요."

"예수아, 섹스가 없어도 커플들이 감정적으로 친밀해질 수 있지 않을까요?" 내가 궁금해서 물었다.

"그러려면 무엇보다 서로 마음을 열어야 하고 솔직해져야 해요. 친밀하다는 것은 자신의 가장 깊은 감정들까지 기꺼이 공유할 정도로 상대에게 편안해진다는 뜻입니다. 상대가 당신을 판단할까 두려워하지 않지요. 감정적으로 친밀한 두 사람의 에너지장은 더할 수 없는 사랑 속에 서로에게 열려 있습니다. 진정한 호기심과 경이로움으로 상대를 대해요. 상대를 인습의 안경을 통해 본다거나 사회적인 성공 여부로 또는 부자냐 아니냐로 분류하지 않고요. 그러니까 이 사회의 잣대를 가지고 판단하지 않습니다.

이것은 기적과도 같은 일이에요! 친밀한 관계에 있을 때 사람들은 진정한 경이의 차원에 들어가 서로를 마치 처음 만나듯 새로운 눈으로 바라보지요. 이 기적을 일으키려면 노력이 필요해요. 사람들은 두려움에 쉽게 사로잡히고, 따라서 자기가 상황을 통제해 원하는 결과를 얻으려 하죠. 그러니까 친밀감을 유지하려면 미래에 대한 생각을 내려놓고 지금 순간에 머물어야 합니다. 모든 통제 메커니즘을 버려야 해요. 예를 들어 결혼을 했다면 늘 함께 있어야 하고 어떤 일은 꼭 함께해야 한다고 생각하죠. 이런 규칙과 기대가 너무 많아서 상대가 지금 어디에 있고 어떤 감정 상태에 있는지 알아갈 마음의 여유가 없습니다. 많은 경우가 그래요. 그러므로 그럴 수 있는 마음의 여유를 만들고 그것이 주는 경이를 경험할 필요가 있는 겁니다.

성적인 친밀감을 되찾고 싶은 것이든, 그냥 친구처럼 더 가까워지고 싶은 것이든, 친밀감을 원한다면 거절이나 판단당할 것에 대한 두려움을 떨치고 용기를 내 자신을 열어보여야 합니다. 친밀감은 관계를 진전시키는 커다란 한 걸음이에요. 거기에는 당연히 위험이 따르게 마련이죠."

"예수아, 인간 관계에서 섹스의 역할이 뭔가요? 인간은 애초에 왜 섹스를 하는 존재가 된 거죠?" 내가 물었다.

"인간 사회는 성에 대해 아주 많이 오해하고 있어요." 예수아가 말했다. "그런 데에는 현재 인간 세상을 지배하는 과학적 패러다임의 책임이 큽니다. 사람들은 성을 생존을 위한 생물학적 메커니즘으로 간주하죠. 하지만 성의 진정한 본성은 훨씬 더 정교하며 영혼과 더 관계가 깊답니다.

영혼은 성장하고 싶고, 자기 이해와 경험을 더 많이 하고 싶으며, 또 관계를 통해 자신을 드러내고 싶어 해요. 당신은 다른 사람을 만나고 그 만남을 통해 자신과 대면하죠. 그리고 그 사람 덕분에 즐겁게 자신의 다른 면을 보게 될 수도 있고요. 관계의 춤 안에는 빛과 그림자가 공존해요. 관계는 성장의 강력한 도구지요. 실제로 성은 창조의 기쁨이에요. 영혼의 관점에서 성은 결코 생존을 위한 수단이 아니에요. 그래서 영혼은 당신이 동성애자든 이성애자든 상관하지 않아요. 성은 기본적으로 삶의 춤입니다. 당신만의 고유성을 축하하고 그것을 다른 사람과 나누는 것이 바로 성이에요.

두 사람이 모든 차원에서, 즉 육체적 차원과 감정적 차원 모두에서 함께할 때 깊은 연결이 일어납니다. 이 연결이 두 사람 사이에 일종의 마술을 일으키고, 이 마술이 그들의 성장을 촉진시키죠. 나아가 주변 세상에도 영향을 끼치고요. 성이 마술이라고 하는 것은 그것이 깊은 창조 에너지를 끌어내기 때문입니다. 인간에게는 성이 영감의 원천이에요. 그러나 성은 단지 두 사람 사이의 관계에만 머물지 않습니다. 예를 들어 화가나 작가 같은 예술가가 영감을 얻어 작품을 창작할 때 맛보는 그 통합과 흥분의 느낌 안에는 실제로 성적인 흐름이 존재해요. 창조적 영감은 본질적으로 성적인 것입니다. 그러므로 성적인 영역을 단지 육체적인 것, 아이를 갖기 위한 것에 한정시켜서는 안 됩니다."

"더 깊이 들어가서 말해줄 수 있나요?" 사라가 요청했다.

"당신이 대단히 창조적이거나 영감을 받는 상태에 있을 때 당신의 가장 높은 에너지 수준인 크라운 차크라가 활발해집니다." 예수아가 말했다. "이것이 척추 아래에 있는 뿌리 차크라의 순환 운동을 불러일으키고, 이에 에너지가 위아래로 흐르기 시작하지요. 이것을 어떤 문화에서는 '쿤달리니 각성'이라고 말해요.

이와 함께 당신 안에 있는 모든 차크라들이 열리고 당신 영혼이 당신의 육체적 · 감정적 에너지와 진정으로 하나로 뒤섞일 때, 그것은 마치 빛이나 불이 당신을 통해 흐르는 것처럼 됩니다. 영혼은 위쪽의 차크라들로, 즉 머리로, 가슴으로 내려오고, 이어서 낮은 에너지 센터들로 흘러 내려가고자 하지요. 그런데 지난날 인간들이 자신의 창조력을 제대로 표현하지 못하고 살았기 때문에 대개 복부 차크라와 뿌리 차크라가 막혀 있는 경우가 많습니다. 이것은 인간이 역사 속에서 얼마나 깊이 제도의 지배를 받아왔는지, 지난날 남녀가 얼마나 철저히 구분되고 제한된 역할의 구속을 받아왔는지와 깊은 관련이 있어요. 이것이 사람들이 자신의 창조성을 드러내기를 그렇게 힘들어하는 이유 중 하나예요. 창조성을 드러낸다는 것은 자신의 온전함, 자신의 성적 욕구가 자유롭게 표출되도록 허락한다는 뜻이기도 하거든요. 그러므로 성은 단지 두 사람의 관계에만 국한되지 않는 더 깊은 의미를 갖고 있는 겁니다. 그리고 그것은 진정 자유롭게 당신 자신을 표현하는 것입니다."

이렇게 말한 뒤 예수아가 잠시 물러나고 파멜라가 말했다. "우리가 각기 개인적인 통합을 이룰 때, 그러니까 여성이라면 자신의 남성 에너지를 통합하고 남성이라면 자신의 여성 에너지를 통합할 때, 우리는 진정으로 창조적이 되고 이때 우리의 관계도 훨씬 좋아집니다. 더 이상 낡고 고정된 예전의 패턴 속에 빠지지 않죠. 이것은 아주 큰 도

약이에요."

"예수아에게 묻고 싶은 게 하나 더 있어요." 내가 말했다. "나이 많은 커플들에게는 성생활이 얼마나 중요하고 또 어떤 역할을 하나요? 나이 들어서 만난 커플이건 둘이 함께 오래 살아온 커플이건 다요. 나이 든 커플일수록 더 많은 고려와 계획이 필요할까요?"

"시간과 공간을 미리 계획하는 게 서로를 위해 필요할 때들이 있죠." 예수아가 대답했다. "오랫동안 함께한 커플인 경우 자신이나 상대가 어떤 상태인지 잊어버릴 수 있으니까요. 서로를 늘 과거가 아닌 현재 모습으로 새롭게 보고 경이감을 갖는 것이 중요해요. 가능한 일이고요.

결국 중요한 건 두 영혼이 서로를 어떻게 이해하느냐예요. 나이가 들면 성적 친밀감에 깊이나 차원이 더해질 수 있는데, 이런 건 제법 나이가 들어야 가능한 일이죠. 당신이 젊고 아이들도 어릴 때는 외부 세상에 주의를 뺏기기 십상이에요. 신경이 온통 일상의 실질적인 문제들에 가 있죠. 가정을 일굴 때는 모든 게 물질 세상 속에 들어와 있는 것 같아요.

그러다 나이가 들면 육신을 포함해 물질의 구속에서 어느 정도 벗어납니다. 물질 세상에 덜 집중하게 되지요. 더 이상 미래의 목표들만 바라보며 살지도 않아요. 영적인 영역에 마음이 더 열리게 되고, 그러면서 성생활에서도 육체적 관계를 갖기는 하지만 그 감각에는 덜 집중하면서 오히려 친밀감은 더 깊어질 수 있어요. 육체적 감각도 중요하지만 서로에게서 전적으로 편안함과 다정함을 느끼는 것이 실은 더 중요해지죠. 이 정도의 친밀감은 때로 서로 오래 함께했을 때만 느낄 수 있습니다. 이것은 마치 두 물줄기가 만나 하나로 흘러가는 것과 같아요. 그런 친밀한 순간의 느낌은 일종의 신비 체험이라고 할 수 있어요. 성행위나 오르가슴에 이르는 것이 여기에 포함될 수도 있겠지만 꼭 그래야 하는 것은 아닙니다. 이런 것들은 사실 그다지 중요하지 않아요. 중요한 것은 서로를 만져주면서 두 사람 모두가 큰 따뜻함과 위안을 느끼며 물질 너머의 영역에 가닿는 것이에요."

나는 사라가 흥미로워할 질문을 하나 했다. "예수아, 성적 관계에서 '구애'가 왜 그렇게 중요한 거죠? 보통은 남자가 여자를 좇아다니죠. 그리고 어떻게 하면 그런 구애 행위에서 친밀한 성적 관계로 넘어갈 수 있을까요? 남자가 여자를 '얻고' 나면 구애는 끝나고, 그러고 나면 대체로 남자가 더 이상 여자에게 끌리지 않는 경우가 많지 않습니까?"

"남자가 여자를 좇는다는 발상은 자연스러운 관념이 아니에요." 예수아가 말했다. "그건 만들어진 생각이죠. 남자는 모름지기 성적으로 주도해야 하고, 따라서 적극적으로 구애해야 한다고 믿거나 판단하는 사람이 많아요. 물론 남자에게 이성과 연결되고자 하는 자연스러운 욕구는 있습니다. 하지만 이 욕구는 여자에게도 똑같이 있어요. 다만 남자에게 주도권이 있다는 관념이 과거에 사회적으로 더 받아들여졌을 뿐이죠. 이건 아주 부자연스러운 생각이에요.

성에 관해서라면 여자아이, 남자아이 가릴 것 없이 모두 자신의 감정을 편하게 드러낼 수 있도록 키워야 합니다. 그렇게 되면 '구애'에 대한 생각이 지금처럼 그렇게 단순한 상태에 머무르지 않겠죠. 성적으로 주도해야 한다거나 구애를 해서 여자를 갖는 걸 무슨 성취인

양 믿는다면, 그 남자는 단지 그 행위가 다인 줄 알고 거기에만 몰두하겠죠. 거기에는 진정한 연결이 없고, 따라서 흥분은 금방 사라집니다. 습관적으로 그렇게 행동하는 남자라면 내면에 다른 더 복잡한 문제들이 있을 겁니다. 여성과 친밀한 관계를 맺기가 힘들거나 하는 문제 말예요. 이때는 그 사람에게 실제로 어떤 문제가 벌어지고 있는지 봐야 해요."

"그건 짐에게도 아주 큰 문제예요." 사라가 자기 생각을 이야기했다. "짐은 자신이 주도해야 한다고 거의 집착에 가깝게 생각해요. 섹스를 할 때 그는 내가 최대한 많이 오르가슴에 다다르길 원해요. 이것이 우리 사이에 하나의 압박이 되죠. 때로는 그래서 섹스하는 데 두 시간이 더 걸리기도 해요. 왜냐고요? 남자가 주도해야 한다는 그 구태의연한 역할 강박 때문이겠죠. 그럴 때 우리는 서로 진정으로 연결되지 못해요. 나는 그가 좋아하길 바라고 그는 내가 좋아하길 바라서 그렇게 하는 건 결코 진정한 연결이 아니죠."

"자기가 그런 성취감을 맛봐야 한다거나 당신에게 그렇게 감명을 줘야 한다고 느낀다면, 그건 자신이 충분히 괜찮은 사람이 아니라는 생각이 마음 깊숙한 곳에 있고, 그래서 불안하기 때문인 것 같아요." 파멜라가 사라에게 말했다. 파멜라는 이제 자신의 투감clairsentient 능력을 사용해 사라와 짐 사이에서 작용하는 에너지 역학을 느끼고 있었다. "어려운 일이네요. 당신이 그럴 필요 없다고 말하면 그는 그걸 거부로 받아들일 테니까요."

"맞아요. 바로 그래요." 사라가 확인해 주듯 말했다.

"이건 남자들이 어떻게 하라고 배우며 자랐는지 보여주는 좋은 예입니다." 파멜라가 덧붙였다. "하지만 그게 남자들의 진심에서 나오는 건 아니에요. 어쩌면 '그런 성취감 따윈 이제 그만 놓아주자'라고 말하는 건 여성들이 더 잘하는 것 같아요. 남자들에게는 그게 쉽지 않죠. 자신이 생각하는 남성성의 정의에 너무도 어긋나니까요. 놓아주는 것이 남자들에게는 무서운 일이에요."

"예수아, 두 사람이 영혼 수준에서 지구에서의 삶을 계획하며 사랑하는 관계를 맺자고 이야기할 때 그들 성생활이 어땠으면 좋겠다는 논의도 자주 하나요? 그리고 섹스를 거의 혹은 전혀 하지 않겠다고 계획한다면 그 계획은 대개 하나의 가능성이나 개연성 같은 건가요, 아니면 확실하게 그렇게 하자는 건가요?" 내가 물었다.

"육체적인 부분이 그다지 큰 역할을 하지 않는 친밀한 관계(혹은 결혼)를 맺자고 영혼이 계획하는 일도 더러 있습니다." 예수아가 말했다. "관계에는 대개 중심이 되는 문제나 초점이 한두 가지씩 있죠. 두 사람이 영혼의 수준에서 만나 특정 문제들을 다루려고 할 때 섹스가 그 문제 해결에 전혀 중요하지 않을 때도 있어요. 이런 경우 성생활을 하지 않는 것이 문제될 것은 없습니다.

하지만 성적인 것이 중요한 문제가 되도록 계획된 관계들이 많아요. 그럴 때는 성 에너지 아래에 있는 더 근본적인 역학을 봐야 해요. 왜냐하면 어떤 커플이 섹스를 그다지 즐기지 않는 걸 보고 당신이 '그 커플은 성적인 친밀감을 그다지 나누지 않기로 삶을 계획했느냐?'고 묻는다면, 그건 그저 드러난 결과일 뿐 문제는 더 근본적인 에너지 역학에 있기 때문이지요.

이처럼 파트너들 사이에 카르마로 인한 문제들이 있을 수 있지만,

그런 문제들은 항상 어떤 한 영혼의 역사 안에 내재하게 마련인 일반적인 문제들을 보여줍니다. 예를 들어 영혼이 학대의 문제들을 살피거나 경험하고 싶을 수 있어요. 학대와 관련해서는 사실 성적인 학대가 매우 많죠. 성관계를 하지 않는 것이 문제로 보인다면 이 학대 문제를 깊이 들여다볼 필요가 있습니다. 그 문제에 직면하기로 분명 영혼이 계획했을 테니까요. 그때 많은 것이 올라올 수 있어요. 오래된 고통이나 자기 심판, 여자로 사는 것, 남자로 사는 것 등등 온갖 문제를 건드리게 될 텐데, 이것도 영혼이 계획한 일입니다. 이런 식으로 한층 높은 수준에서 바라볼 때 우리의 집단 의식도 성과 관련된 과거의 무거운 짐으로부터 좀 더 벗어나게 될 거예요. 그러므로 성적인 문제는 언제나 전체 사회와 관계가 있습니다. 성은 여전히 어둠과 두려움, 학대, 과거의 도그마들에 매우 많이 오염되어 있어요."

"개인의 변화를 넘어서 사회적 수준에서 변화를 모색하는 방법은 없나요?" 사라가 예수아에게 물었다.

"이 문제에 대한 공개적 토론을 여성들이 주도해서 열 수 있습니다." 예수아가 대답했다. "과거 여성 해방 운동을 통해 여성들은 훨씬 독립적이 되었고, 자신의 삶에 더 충실해졌어요. 성이 단지 육체적 만족이나 욕구, 갈망만이 아니란 것도 자연스럽게 이해하게 되었고요. 그리고 여성들은 가슴과 배 사이의 연결이나 성의 영적인 역할—실제로 그것은 신성한 경험이에요—에 대해서 배우지 않고도 잘 이해하고 있습니다. 성적인 접촉의 본질에 대해 더 많은 정보를 접하고 더 많이 이해하는 것이 집단 의식 차원에서 중요하고, 이제 여성들은 훨씬 더 자유롭게 그렇게 할 수 있어요.

남성들은 어떤 면에서 남성성에 대한 전통적인 정의에 여전히 짓눌려 있고 그에 따른 상처도 많이 받고 있어요. 남성들은 다소 갈팡질팡하는 상태에 있죠. 그러는 가운데 강하고 거칠고 통제적인 과거의 남성 이미지에 대한 비판은 점점 더 커지는 추세이고요. 그래서 남성들은 민감성과 여성적인 측면을 계발해야 한다는 말을 듣지요. 하지만 그것은 감옥을 부수고 나오라는 말과 비슷해요. 쉽게 할 수 있는 일이 아니죠. 어떤 면에서는 남녀 모두를 위한 치유의 공간을 만드는 데 여성들이 더 나은 위치에 있다고 할 수 있습니다. 그리고 성적 친밀감의 문제를 다루고 이를 인간 존재 전체와 연결시키는 여타의 방법들을 사회에 알리는 데서도 여성들이 더 나은 위치에 있다고 할 수 있고요."

"여기서 포르노그래피는 어떤 역할을 하나요? 이런 질문을 하는 건 섹스를 할 때 남자들이 포르노그래피를 이용하는 경우가 많은 것 같아서요. 꽤 흔한 일인 것 같아요." 사라가 예수아에게 물었다.

"포르노그래피는 성취감만 강조하죠." 예수아가 대답했다. "그리고 거기에는 진정한 의미의 친밀감도 솔직함도 없어요. 무언가 불안하면서도 성적 욕망은 여전할 때 남성들이 포르노그래피를 보는 건 그 불안감에서 도망치는 쉬운 방법이 됩니다. 자신을 열어 보일 필요가 없으니까요. 불안한 남성들은 자신들에게 요구되는 것이 바로 그런 성취감이라고 생각하기 쉬워요. 그래서 그것에 집중하게 되고, 그럴수록 성적 친밀감을 나눈다는 게 뭔지 점점 더 모르게 되죠.

이 문제는 사회가 아이들을 어떻게 키우고 가르치는지, 다시 말해 섹스에 대해 어떻게 말하는지와 밀접한 관계에 있어요. 사회는 섹스가 부도덕한 것 혹은 나쁜 것이라고 자주 말하죠. 그러나 섹스와 관련해 십대들이 느끼는 감정에 대해서는 얼마나 진실하고 솔직하게 대화할 수 있나요? 아이들은 친밀감이 무슨 의미인지 몰라요. 정보가 없으니까요. 이런 토론들을 진정으로 하기 시작할 때 젊은 남녀나 아이들의 정신에 강력한 효과를 주게 될 거예요. 포르노그래피는 더 이상 관심을 끌지 못할 거고요. 진정한 친밀감, 솔직함, 경외감, 그리고 진정한 연결을 수반하는 섹스가 포르노그래피보다 훨씬 더 만족스러울 테니까요."

"포르노그래피를 보고 싶다는 충동은 일종의 도피 같은 거예요. 이걸 안다면 포르노그래피를 보는 건 괴로운 일이 되겠죠." 파멜라가 덧붙였다.

"나는 남편이 포르노그래피를 이용하는 게 늘 걱정스러웠어요." 사라가 말했다. "그리고 우리가 더 가까워질 때, 그러니까 꼭 육체적으로가 아니더라도 일반적으로 서로 친밀해질 때 그가 포르노그래피를 덜 본다는 것도 알게 됐고요."

"그래요. 진짜 필요로 하는 걸 채워주는 건 친밀감이니까요." 파멜라가 확고한 목소리로 말했다.

지구 차원에서는 보이는 것이 정말 다가 아니다. 현대 문화의 기준에서 보면 사라와 짐의 금욕적인 관계는 언뜻 실패나 기능 장애, 비

정상, 혹은 사랑이 부족한 것이 아닐까 의심하게 한다. 하지만 사라와 짐이 그렇게 사랑의 부족으로 오해받을 수도 있는 금욕적 관계를 계획한 것은 한층 더 높은 차원의 사랑을 이해하고 또 마침내 표현하기 위해서였다. 짐의 영혼이 우리에게 말해주었듯이, 짐은 사랑이 무엇인지 분명히 알아가는 중이고, 두 사람은 섹스 없이도 깊은 사랑이 지속될 수 있음을 배워가는 중이다. 그러다 보면 언젠가는 사랑이 가득한 성생활도 가능해질 것이다.

사라와 짐의 영혼은 이번 생에서 '반대를 통한 배움'을 계획했다. 궁극적으로 알고자 하는 것과 반대되는 것을 경험함으로써 그들은 사랑과 섹스를 더 잘 이해하고 그 가치를 더 깊이 깨닫고자 했다. 일시적이라도 상당한 고통을 겪을 것을 알면서도 이런 계획에 동의한 것은 대단히 용감한 행위가 아닐 수 없다. 금욕의 신성한 목적이 잘 알려지지 않은 시대와 사회에서 그런 계획을 가지고 산다는 것은 더 더욱 비범한 용기가 필요한 일이다.

이 사회는 금욕에 대해 잘못 판단하고 있는 것과 똑같이 연약함 vulnerability에 대해서도 잘못 이해하고 있다. 자기 방어 능력은 강한 것으로 또 연약함은 나약한 것으로 오해하는데, 사실은 정확히 그 반대이다. 방어는 일종의 공격이고, 연약함에는 커다란 힘이 들어 있다. 이런 진실들을 추구하면서 사라와 짐은 자신들의 솔직함, 정직함, 연약함을 완성 짓는 하나의 방편으로서 금욕을 선택했던 것이다. 이런 덕성들을 기를 때 사라와 짐은 사라의 가족이 '궁극의 배움'이라고 했던 것을 마스터할 것이다. 다시 말해 자신의 가치를 깊이 깨닫고 서로 간에 두려움 없이 관계를 이어나갈 수 있을 것이다. 관계에서 두려움을 없앨 때 사라와 짐은 다른 커플들도 따라올 수 있는 활기 넘치는 길을 활짝 열어 보이게 될 것이다. 사라와 짐의 금욕은 그런 의미에서 결코 실패가 아니며, 오히려 애정 관계를 대하는 개인적·사회적인 태도의 전환을 촉진한다. 이런 것이 바로 진화이다. 두려움으로 오염되고 희석된 사랑에서 오직 사랑으로의 진화 말이다.

태어나기 전 다음 생을 위한 청사진을 짤 때 우리는 종종 누구보다 자신이 가장 배울 필요가 있는 것을 남들에게 가르치는 계획을 세운다. 그리고 원래 가장 먼저 배우는 사람은 가르치는 선생 자신이다. 선생은 자신이 가르치는 것을 배우고 그 배움대로 살 때 더 영향력이 큰 선생이 된다. 이것이 바로 사라가 회사에서 '여성 권한 획득' 강의를 하면서 걷는 길이기도 하다. 이 강의에서 그녀가 참석자들과 주로 하는 연습은 '용기 찾기' 연습이다. 전반적인 강의도 그렇지만 특히 이 연습은, 예수아가 말했던 집단적으로 여성의 권한을 박탈하는 데서 벗어나 사라가 자신만의 힘을 찾아가는 방법이다. 사라의 영혼은 이번 생에서 그녀가 자신만의 힘과 능력을 더 깨닫기를 바랐다. 사라가 자신만의 덕성과 앎을 잘 닦아나가고, 그리하여 그것들을 다른 사람들에게 도움이 되는 형태로 표현하는 것이 탄생 전 그녀 영혼의 의도였다. 사라에게는 강의에서 여성적인 힘을 표현하는 것이 그런 힘을 알아가고 연마해 가는 과정이다. 여기에서 '연마'와 '표현'이라는 쌍둥이 의도가 동시에 실현되는 것이다.

또 중요한 것은 사라에게는 분노에 솔직해지는 것이 자신의 여성적인 힘을 주장하는 한 방법이라는 점이다. 분노를 억압할 때 사라의 성 에너지는 그 분노 속에 묻혀버린다. 예수아가 말했듯이 사라의 영혼은 사라가 전생에 짐과의 관계에서 느꼈던 두려움, 즉 (특히 여성으로서의) 자신을 표현하는 것에 대한 오래된 두려움에서 벗어나기를 바랐다. 자신과 짐에 대한 분노를 정직하게 표현할 수 있을 때 사라는 비로소 전생의 카르마를 '풀어주게' 될 것이다. 애당초 그 카르마를 낳은 근본적인 성향을 치유하게 되는 것이다. 그리고 짐과의 관계에서 성 에너지가 분노 속에서 표현되는 것이 아니라 성적으로 자유롭게 표현되도록 할 때 그 카르마가 '균형을 이루게' 될 것이다.

자신의 힘을 연마하고 표현할 때 사라는 우리 사회의 좁고 제한된 전통적 젠더 역할을 넘어서게 될 것이다. 예수아가 말했듯이 그런 역할들과 자신을 강하게 동일시할 때 영혼은 자신을 표현할 수 있는 힘에 제약을 받게 될 것이다. 그렇다면 우리 영혼이 표현하고 싶은 것은 정확히 무엇일까? 그것은 바로 연결과 기쁨이며, 자신의 유일함을 파트너와 함께 축하하고 공유하는 것이다. 이 모든 느낌들이 성을 통해 표현될 수 있다. 그러나 꼭 성을 통해서만 표현되는 것은 아니다. 창조적 표현도 본질적으로 성적이며, 이 또한 우리 영혼이 자신을 표현하는 형식이 될 수 있다. 또 창조적 표현이 성적인 형식을 취한다고 해도 "당신이 동성 연애 관계에 있는지 이성 연애 관계에 있는지는 영혼에게 전혀 중요하지 않다." 영혼에게 사랑은 그 형식이 어떻든 모두 사랑이다.

어느 천사 집단이 나와 영매 미셸 맥캔Michelle McCann을 통해서 이렇게 말한 적이 있다.

"보통의 성생활처럼 보이지 않는 모든 성적 상황은 해당 개인이 탄생 전에 미리 선택한 것이에요. 인간 몸 안에 살면서 성적인 수치심을 느끼지 않는 것이 어떤 느낌인지 알고 싶다는 게 그런 선택의 가장 흔한 이유죠. '금욕적으로' 살고자 선택하는 영혼들은 상대의 의사와 달리 섹스 없이 그냥 사랑하는 마음만으로 살겠다는 자신의 행동이 부른 고통과 수치심을 치유하는 중이에요. 그런 선택을 하는 사람(혹은 사람들)에게 잘못된 것은 아무것도 없습니다. 이들이 잘못되었다고 한다면 우리 천사들은 오히려 이들이 많은 면에서 더 진화한 영혼들이라고 반박할 겁니다. 이들은 성과 관련하여 자신과 집단을 치유하고자 미리 계획한 겁니다. 가장 진화한 영혼들은 사회와 문화가 이래라 저래라 하는 것과 상관없이 자신이 행복해지는 삶을 살아갑니다."

우리를 사랑하는 천사들, 길잡이 영들, 그리고 다른 비물질적 존재들은 우리가 무슨 일을 하든 혹은 하지 않든 우리를 결코 판단하지 않는다. 그러므로 말 그대로 그 누구도 사랑받을 가치가 없는 행동은 할 수 없다. 그런데 인격체 수준의 우리는 마음속으로 강한 잣대를 들이대며 자신과 타인 모두를—성적인 규범에 대항하는 사람들을 포함해서—끊임없이 평가한다. 사라와 짐처럼 사회가 용납하는 행동 규범을 따르지 않기로 선택한 사람들은 자신을 치유하고 나아가 인간 집단을 치유하기 위해 그런 선택을 한다.

이들이야말로 인류에게 진정으로 도움을 주는 용감무쌍한 사람들이다.

에필로그

지구는 우리 우주에서 태어나기에 가장 어려운 행성이다. 여기 지구에서 한 생을 보냈다면 그 삶은 당신만의 독특한 색과 소리의 조합으로 구성되는 당신의 에너지 서명energy signature의 일부가 된다. 비물질 영역의 존재들은 그 에너지 서명으로 당신을 알아본다. 이름은 이곳 지구에서나 중요한 것이다.

이번 생이 끝나 당신이 택한 그 다음의 일들을 하며 우주를 여행할 때, 다른 존재들이 당신 에너지 서명을 보고 당신이 지구에 있었음을 알아볼 것이다. 그리고 "당신 지구에 갔었네요?? 와우!" 같은 반응을 보일 것이다. 아주 깊은 감동을 받을 거라는 말이다! 그들은 지구에서의 삶을 계획하는 것이 실로 대단한 용기가 필요한 일이라는 것, 나아가 그렇게 계획한 것을 태어나서 실행해 나아가기는 훨씬 더 큰 용기가 필요한 일이라는 걸 잘 알고 있다.

이런 말을 하는 것은 당신도 스스로에게 아주 깊은 감동을 느끼기 바라기 때문이다. 위대한 도전을 계획하고 그 도전으로 배우고 치유하고자 용기를 낸 자신을 존중하고 공경하기를 바란다. 지구에서 육체를 갖고 살아간다는 것은 그 자체로 이 우주에서 가장 용감한 존재의 하나가 된다는 뜻이다.

그리고 이번 생에서 당신이 과거에 애정 관계를 가졌든, 현재 가지고 있든, 혹은 미래에 갖게 될 것이든 아니든지와 상관없이 이것만은 꼭 알기 바란다. 깊고 아름답고 경이롭고 찬란한 사랑을 바로 '당신 자신을 위해서' 가꾸어가기로 계획했다는 것 말이다. 이번 생은 "나는 무가치한 사람"이나 "나는 불충분한 사람" 같은 공허하고 무의미한 생각들을 영적 쓰레기통에 버리기 위한 생이다. 수천 년 동안 인간들은 오직 우리 안에서만 진정한 발견이 가능한 것을 밖에서 찾았다. 당신은 인간이 오랫동안 고대해 온, 그리고 한참 늦은 감이 없지 않은, 깊은 자기 사랑의 시대를 열기 위해 이곳에 왔다. 당신은 우리 한 사람 한 사람이 '신성의 현현Divinity Incarnate'임을 전 지구인이 알아차리기를 촉구하는 사람이다.

당신 인생의 위대한 사랑은 바로 당신 자신이다.

감사의 말

이 책에 자신의 이야기를 싣도록 허락해 준 용감한 영혼들에게 깊은 감사의 말을 전합니다. 이들이 사랑과 봉사의 열망으로 나에게 마음을 열어준 덕분에 우리 소중한 독자들이 자신과 자신이 사랑하는 사람들에게 더 온전히 다가갈 수 있을 것입니다.

그리고 사랑과 지혜를 나눠준 바바라 브로드스키Barbara Brodsky, 아론Aaron, 파멜라 크리베Pamela Kribbe, 예수아Jeshua, 코비 미틀라이트Corbie Mitleid, 스테이시 웰즈Staci Wells와 그녀의 길잡이 영에게 다시 한 번 감사드립니다. 여러분은 진정으로 길을 보여주는 존재들입니다. 이 길을 여러분과 함께 갈 수 있다는 건 저의 영광이자 기쁨입니다.

내 인생의 사랑, 리즐Liesel에게 그녀가 보여준 사랑과 변함없는 지지에 감사합니다. 당신이 있기에 나는 매일 더 나은 사람이 됩니다.

예리한 시각에 뛰어난 통찰력을 가진 편집자 수 만Sue Mann에게 감사합니다. 수 만은 이 책을 만드는 데 그야말로 적임자였습니다. 독수리의 눈으로 교정 작업을 해준 에밀리 한Emily Han과 내지 레이아웃을 아름답게 디자인해 준 사라 블룸Sara Blum에게 감사합니다. 그리고 표지 디자인을 멋지게 해준 바바라 홋지Barbara Hodge에게도 감사합니다. 내 책들을 전 세계에 소개해 주고 있는 실비아 헤이서Sylvia

Hayse에게도 감사합니다.

그리고 린다 벡크만Linda Backman 박사에게 감사드립니다. 벡크만 박사는 자신이 만들어낸 유도법을 내가 이 책에 소개된 사람들에게 쓸 수 있도록 해주고 이 책에 인용하는 것도 허락해 주었습니다.

또한 이 책은 지혜를 나눠주고 지지를 아끼지 않은 다른 많은 사람들의 도움이 있었기에 세상에 나올 수 있었습니다. 그런 의미에서 특히 미셸 맥캔Michelle McCann, 캣 베일리Kat Baillie에게 감사를 전합니다.

이 책이 세상에 나올 수 있게 도와준 수많은 길잡이 영들, 교사들, 조력자들, 천사들, 마스터들, 그리고 다른 비물질 존재들에게 감사합니다. 내 아내가 채널링을 하는 빛의 존재들Beings of Light도 포함해서 말입니다. 당신들은 나의 선생이자 팀원이며 친구입니다.

옮긴이의 말

이 책은 현대 과학과 정신 의학 이론의 실행편 같은 느낌이다. 융Jung과 그로프Grof로 대표되는 '자아 초월 심리학transpersonal psychology'이나 양자학에서 말하는 '정보로 가득한 영점장zeropoint field' 이론과 모든 정보와 기억이 우주 공간 전체에 퍼져 있다는 홀로그램 우주론만 봐도, 이 책에서 중요하게 언급되는 '아카식 기록'으로의 접근이 어떻게 가능하며 최면을 통한 의식의 확장을 통해 어떻게 과거와 미래의 모든 정보에 접근할 수 있는지를 알게 된다. 그리고 이 모든 것이 가능한 이유는 우리가 모두 '하나의 에너지 혹은 의식'(Oneness)이기 때문이다.

이 책에서도 잠깐 인용되는 《기적 수업*A Course in Miracles*》에 따르면 신과 하나Oneness인 영적인 상태의 신의 자녀로부터 태초에 분리에 대한 요구가 있었다. 그것은 대양의 파도에서 잠깐씩 떨어져나오는 물방울 같은 요구였다. 분리가 없는 신의 법칙 안에서 그 물방울은 그 즉시 다시 대양과 하나가 되었다. 하지만 분리를 통해 특별함을 느끼고 싶었던 신의 자녀는 자유 의지로 인간의 몸을 포함한 이 모든 물질 세상을 만들었다. 물론 분리 없는 세상에서 이는 불가능한 일이었으므로, 그것은 신의 자녀의 상상 속에서 일어난 일일 뿐이다.

그렇다면 우리는 너와 나, 시공간의 분리가 없는 상태에 대한 흐릿한 기억을 품고서 상상 속, 가상 현실 속 혹은 꿈 속을 살아가는 방황하는 홀로그램 존재들이다. 육체와 물리적 우주는 실재하지 않는, 우리가 만들어낸 투사일 뿐이며, 에고는 신에게서 떨어져 나온 죄책감이 만들어낸 방어 기제이다. 그러므로 이 책이 거듭 강조하는 "지구에서는 보이는 것이 다가 아니다"라는 말은 지극히 정당하다. 하지만 이런 분리를 우리는 왜 한 번도 아니고 수천 번 거듭하면서 이 험난한 지구별로 오는 걸까?

이 책을 번역하고 난 현재의 나는 당연히 하나임Oneness 혹은 근원Source과 완전히 통합되어 추호의 의심도 없이 그 평화와 사랑을 만끽하기 위해서라고 추측해 본다. 그것을 위해 우리 영혼은 계획하고 환생하고 괴로워하고 극복 혹은 실패하고 또 계획한다. 하지만 흔히 하는 말처럼 인생이 괴롭다고 꼭 괴로워할 필요는 없다. 이 책에서 리딩이 트리시아에게 말하듯 우리가 지구에 온 이유가 너무 심각하지 않게 노는 법을 배우고 싶어서일 수도 있으니까 말이다. 그리고 이 말은 나에게 인생의 의미를 찾아가는 과정과 순간을 즐기라는 말처럼 들린다.

오늘날 영성을 말할 때 환경 문제를 빼놓고 말할 수는 없을 것 같다. 지구가 망가지는 속도가 인간 의식이 확장되는 속도보다 빠르다면 결국 모두가 함께 지구에서의 여정을 중지해야 하는 시기가 곧 올 테니까 말이다. 물론 그것 또한 우리 의식의 깊고 큰 계획일 수도 있지만, 인간 이기성이 낳은 결과를 바로잡을 시도조차 하지 않는 것은 우리 의식 확장의 여정에 좋을 것 같지는 않다. 환경 과학자들은 생물 다양성이 뛰어난 열대 우림 지대를 가진 나라들이 그 뛰어난 자원을 자연의 방식 그대로 활용하는 것으로 세계 최고 복지 국가가 되는 미래를 꿈꾼다. 나는 아카식 레코드 혹은 양자 정보에 접근해 결국 이타성과 사랑으로 귀결되는 자기 영혼의 과제를 깨닫고 완수하려 노력하는 사람들이 엘리트로 대접받는 의식 높은 세상을 꿈꿔 본다.

2022년 겨울

추미란

부록: 영매와 채널

Barbara Brodsky

www.deepspring.org

bbrodsky@deepspring.org

(734) 477-5848 (Deep Spring Center)

Pamela Kribbe

www.jeshua.net

pamela@jeshua.net

Corbie Mitleid

https://corbiemitleid.com

corbie@corbiemitleid.com

(877) 321-CORBIE

Staci Wells

https://staciwells.com

info@staciwells.com

독자들께 드리는 부탁의 말씀

책을 살 여유조차 없는 사람이 많습니다. 나는 그런 사람들을 포함해 되도록 많은 사람에게 이 책이 말하는 치유의 정보들을 전달하는 것이 나의 사명이라 여기고 있습니다. 당신의 거주 지역에 있는 도서관에 (내가 쓴 다른 두 책과 함께) 이 책의 구입을 요청하거나, 이 책을 다 읽었다면 기증하는 것을 고려해 보시기 바랍니다. 이런 작은 친절이 많은 사람들에게 좋은 영향을 줄 것입니다.

태어나기 전에 무엇을 계획했는지 깨닫는 것이 치유에 얼마나 큰 도움이 되는지 세상에 알리는 저의 작업에 힘을 보태주심에 미리 감사를 드립니다.

로버트 슈워츠

당신의 인생 계획을 알고 싶은가요?

로버트 슈워츠는 전생 퇴행 치료를 하는 최면 치료사이다. 전생 퇴행을 통해 당신은 매우 지혜롭고 사랑이 가득하며 비판하지 않는 존재들과 직접 대화할 수 있다. 이 존재들은 당신이 무엇을, 왜 계획하고 태어났는지, 그 계획을 이루기 위해 당신이 지금 무엇을 하고 있는지, 어떻게 하면 그 계획을 좀 더 잘 이룰 수 있는지 말해줄 수 있다. 이 치료는 당신 삶의 더 깊은 목적을 알게 도와준다는 점에서 매우 귀중한 체험이 될 것이다. 당신은 삶에서 왜 그런 경험을 하는가? 왜 비슷한 패턴이 반복되는가? 왜 당신 삶에는 그와 같은 사람들이 등장하는가? 태어나기 전에 당신은 그 사람들과의 관계에서 무엇을 배우려 했던가?…… 이 치료로 이 모든 것을 알게 될 것이다. 그리고 육체적 · 감정적 치유, 용서, 더 깊은 평화와 더 큰 행복을 경험하고, 당신이 누구이며 왜 여기에 있는지를 깊이 이해하게 될 것이다.

더 많은 정보를 원한다면 로버트 슈워츠의 웹사이트 www.yoursoulsplan.com을 방문하거나 rob.schwartz@yoursoulsplan.com으로 직접 연락하기 바란다.

샨티의 뿌리회원이 되어
'몸과 마음과 영혼의 평화를 위한 책'을 만들고 나누는 데
함께해 주신 분들께 깊이 감사드립니다.

개인

이슬, 이원태, 최은숙, 노을이, 김인식, 은비, 여랑, 윤석희, 하성주, 김명중, 산나무, 일부, 박은미, 정진용, 최미희, 최종규, 박태웅, 송숙희, 황안나, 최경실, 유재원, 홍윤경, 서화범, 이주영, 오수익, 문경보, 여희숙, 조성환, 김영란, 풀꽃, 백수영, 황지숙, 박재신, 염진섭, 이현주, 이재길, 이춘복, 장완, 한명숙, 이세훈, 이종기, 현재연, 문소영, 유귀자, 윤홍용, 김종휘, 보리, 문수경, 전장호, 이진, 최애영, 김진회, 백예인, 이강선, 박진규, 이욱현, 최훈동, 이상운, 김진선, 심재한, 안필현, 육성철, 신용우, 곽지희, 전수영, 기숙희, 김명철, 장미경, 정정희, 변승식, 주중식, 이삼기, 홍성관, 이동현, 김혜영, 김진이, 추경희, 해다운, 서곤, 강서진, 이조완, 조영희, 이다겸, 이미경, 김우, 조금자, 김승한, 주승동, 김옥남, 다사, 이영희, 이기주, 오선희, 김아름, 명혜진, 장애리, 신우정, 제갈윤혜, 최정순, 문선희

단체/기업

주/김정문알로에 KIM JEONG MOON ALOE CO., LTD. 한생재단 design Vita PN풍년

사단법인 한국가족상담협회·한국가족상담센터 생각과느낌 소아청소년 성인 몸 마음 클리닉

경일신경과 | 내과의원 순수피부과 월간 풍경소리 FUERZA

샨티 이메일로 이름과 전화번호, 주소를 보내주시면 샨티의 신간과 각종 행사 안내를 이메일로 받아보실 수 있습니다.

이메일 : shantibooks@naver.com
전화 : 02-3143-6360 팩스 : 02-6455-6367